Svenja Lassen

Meer Momente wie dieser

Autorin

Svenja Lassen lebt mit ihrem Mann und dem gemeinsamen Sohn im hohen Norden Deutschlands, unweit der Nordsee. Am glücklichsten ist sie mit einer Brise Seeluft im Haar und Strandsand unter den Füßen. Ihre Leidenschaft für Bücher entdeckte sie bereits als Kind, seit 2016 kam aber auch die Liebe für das Schreiben eigener romantischer und humorvoller Geschichten hinzu. Mittlerweile hat die Autorin mehrere Romane sehr erfolgreich als Selfpublisherin veröffentlicht und zählt zu den Finalisten des Kindle Storyteller Award 2020. »Meer Momente wie dieser« ist ihr erster Roman bei Blanvalet.

Weitere Informationen unter: www.svenjalassen.de

Svenja Lassen

Meer Momente wie dieser

Roman

blanvalet

MIX
Papier | Fördert gute Waldnutzung
FSC® C014496
FSC www.fsc.org

Klimaneutral*
Druckprodukt
ClimatePartner.com/14044-1912-1001

Penguin Random House Verlagsgruppe FSC® N001967

6. Auflage

in der Penguin Random House Verlagsgruppe GmbH,
Neumarkter Str. 28, 81673 München
Dieses Werk wurde vermittelt durch die
Literarische Agentur Michael Gaeb.
Redaktion: Gisela Klemt
Umschlaggestaltung: Sandra Taufer, München
Umschlagmotive: © Shutterstock.com (Olga Maha, Eisfrei, Banana Oil, anemad, Maria Galybina, Chepurko Ekaterina, Oaurea, Salvadorova, U-Design, SimpLine)
DN · Herstellung: sam
Satz: Vornehm Mediengestaltung GmbH, München
Druck und Bindung: GGP Media GmbH, Pößneck
Printed in Germany
ISBN 978-3-7341-0919-5

www.blanvalet.de

Kapitel 1

SANFT STRICH ER mir eine Haarsträhne aus dem Gesicht, und meine Haut antwortete darauf mit einem Kribbeln. Gleich würde er mich küssen. Unsere Lippen waren nur noch wenige Zentimeter voneinander entfernt. Seine Augen strahlten blauer als der Himmel hinter ihm. Ich schloss die Lider, öffnete meinen Mund erwartungsvoll … Da klopfte es an der Tür. Widerwillig öffnete ich die Augen einen Spalt. Die Umrisse meines Gegenübers wurden unschärfer, je lauter die Geräusche ertönten.

»Geh nicht!«, wollte ich rufen, blieb aber stumm. Schon verwandelte sich das vermeintliche Klopfen in Gepolter, und ich erwachte gänzlich aus meinem Traum. Einem wunderschönen Traum, wohlbemerkt. Weswegen ich mich über den Lärm aus dem Flur nur noch mehr ärgerte. Ich hörte Amelie kichern und verdrehte die Augen. Meine Mitbewohnerin und ihr Freund Tommek hatten offenbar einen Drink zu viel getrunken. Mein Wecker auf dem Nachttisch zeigte 02:52 Uhr an – mitten in der Nacht. Ernsthaft? Dabei war es nicht einmal Wochenende, sondern Montag oder vielmehr Dienstagmorgen. Genervt starrte ich in die Dunkelheit. Einige Sekunden später fiel Amelies Zimmertür ins Schloss, und ich drehte mich auf die Seite. Vorsorglich drückte ich mir ein Kissen aufs Ohr, um etwaigen Geräuschen aus dem Nachbarzimmer zu entgehen.

Die Bilder meines Traumes schoben sich zurück in meine Gedanken, und der Nachhall stimmte mich wehmütig – zu real war das Kribbeln kurz vor dem Kuss gewesen. Dazu das verliebte Pärchen auf der anderen Seite der Wand … Auf einmal verspürte ich den sehnsüchtigen Wunsch, mich auch zu verlieben. Auf dieselbe intensive Art, wie ich damals für Michael empfunden hatte. Aber nach der schmerzlichen Erfahrung in der Oberstufe hatte es einfach nicht mehr aufkommen wollen, dieses Herzklopfen mit Tausenden von Schmetterlingen im Bauch. Zwar hatte ich seit damals die ein oder andere Beziehung gehabt, aber die hatten nur wenige Schmetterlinge dazu gebracht, aufzusteigen und nur träge mit den Flügeln zu flattern. Letztlich waren alle am Vergleich mit Michael Eberdinger gescheitert. Dieses Gefühl, dass das Herz übersprudelt vor lauter Glück, hatte nach ihm niemand mehr in mir ausgelöst. Und ich fragte mich manchmal, was mit mir nicht stimmte. Schließlich lag der gemeinsame Sommer mit Michael fast zehn Jahre zurück. Frustriert presste ich das Kissen fester aufs Ohr. Die Beziehung meiner Mitbewohnerin litt jedenfalls nicht unter mangelnder Leidenschaft, auch wenn bisher lediglich Amelies Gekicher und ein Gegenpart im Bariton dumpf durch die Wand zu mir herüberdrang. Aber bevor ich eine derart chaotische Beziehung führte wie die zwei im Nachbarzimmer, zog ich es doch lieber vor, allein zu bleiben.

Ich schloss die Augen und hoffte, gleich dem blauäugigen, blonden Typen wieder zu begegnen. Eigentlich stand ich auf dunkelhaarige Männer. Michael hatte dunkles Haar, war mein letzter Gedanke, ehe ich einschlief.

Als mein Wecker mich am nächsten Morgen unbarmherzig daran erinnerte, dass es Zeit war aufzustehen, konnte ich mich nicht mehr erinnern, was ich in der zweiten Hälfte der Nacht geträumt hatte. Gähnend schlug ich die Bettdecke zurück.

Die Sonne schickte bereits ihre Strahlen durch den schmalen Spalt meiner Gardinen. Als ich sie zur Seite schob, begrüßte mich ein wolkenloser Himmel. Es war Ende Juni, und ich liebte diesen Übergang vom Frühsommer in den Hochsommer, wenn die Temperaturen bereits angenehm waren, aber der größte Teil der warmen Jahreszeit noch vor einem lag.

In meinen Schlafsachen, bestehend aus kurzen Shorts und einem Top mit Spaghettiträgern, tapste ich in unsere Küche. Morgens brauchte ich als Allererstes eine Dosis Koffein, damit sich die Synapsen in meinem Hirn vollständig miteinander verbanden.

Die Kaffeemaschine befüllte ich meistens schon am Abend zuvor, damit ich sie morgens nur noch anschalten musste. Ich drückte auf den Knopf und nutzte die Zeit, bis der Kaffee durchgelaufen war, um Willi Wonka, unserem WG-Hamster, ein paar Leckereien zuzustecken.

Neugierig stellte er sich mit seinen Pfötchen ans Gitter und stopfte sich alles in die Backentaschen, was ich ihm reichte. Willi war an den meisten Tagen noch wach, wenn ich aufstand, und ich genoss es, den emsigen hellbraunen Fellball zu beobachten. Vor einem Jahr war Amelie auf die Idee gekommen, dass wir uns ein WG-Tier anschaffen sollten. Nur mühsam war es mir gelungen, ihr einen Hund oder eine Katze auszureden. In der Zoohandlung hatten wir unsere Herzen dann an dieses kleine Etwas verloren, obwohl mir eigentlich eher ein Goldfisch oder ein paar Guppys vorgeschwebt hatten. Mit vollen Backentaschen machte Willi es sich nun in seiner Höhle gemütlich. Den Rest des Tages würde er verschlafen, ähnlich wie Amelie. *Die zwei haben es gut*, dachte ich gähnend und drehte mich zum Kühlschrank, um die Milch herauszuholen.

Ich schmunzelte, als mein Blick beim Öffnen der Tür auf den Magneten fiel, den Amelie mir geschenkt hatte. »First Coffee – then the World« stand dort in hübschen Lettern. Für den Part, die Welt zu erobern, war definitiv Amelie zuständig, was wohl auch dazu beitrug, dass sie ihre Regelstudienzeit bereits um drei Semester überschritten hatte. Manchmal wünschte ich mir, ich hätte mich nach dem Abitur ebenfalls für ein Studium entschieden. Aber für diese Welt voller partywütiger Studenten hatte ich mich nach dem Schulabschluss nicht bereit gefühlt. Nach dem Tod meines Vaters hatte ich mich jahrelang zurückgezogen, war nicht mit meinen Klassenkameraden auf die ersten Partys gegangen und hatte keine ersten Küsse erlebt. Und als ich in der Oberstufe endlich bereit war, mein Schneckenhaus einzumotten, und annahm, nun würde die gute Zeit beginnen, brach Michael mir das Herz. Danach hatte ich die Mauern um mich herum ganz schnell wieder hochgezogen. Die Ausbildungsstelle im Büro, die ich nach dem Abi antrat, hatte mir ein Gefühl von Sicherheit vermittelt. Keine wilden Erstsemester-Partys oder durchfeierte Nächte im Wohnheim. Niemand, der mich für langweilig hielt.

Das schwarze Gold verströmte seinen wohltuenden Duft,

als es in die Kanne floss, und vertrieb die Gedanken an jene trübe Zeit. Das war alles lange her. Ich nahm eine Tasse aus dem Regal und schenkte mir ein. Danach setzte ich mich an den Tisch. Unsere Küche war nicht groß, aber für Amelie und mich reichte es. Wenn Tommek zu Besuch war, stellten wir einen Klappstuhl dazu. Während ich in meinen Becher blies, betrat jemand die Küche. Da Amelie selten vor zehn Uhr aufstand, vermutete ich, dass es Tommek war, und murmelte, ohne aufzuschauen: »Kaffee ist in der Maschine.« Anschließend nahm ich einen großen Schluck. Hm, das tat gut.

»Oh – vielen Dank«, antwortete eine dunkle Stimme, die *nicht* zu Tommek gehörte.

Noch mit der Tasse an den Lippen hob ich verwundert den Blick und prustete sogleich den ganzen Schluck quer über den Tisch. Ein Mann stand vor mir – breit grinsend und … nackt! Und es war tatsächlich nicht Tommek. Hastig schirmte ich meine Augen mit einer Hand ab.

»Hier«, sagte der Typ amüsiert. Zögerlich löste ich meinen Blick von der Tischplatte und heftete ihn in sein Gesicht, um ja nicht wieder zu seinem Intimbereich abzurutschen. Er hielt mir den Lappen aus der Spüle entgegen, und ganz automatisch senkte sich mein Blick erst zum Lappen in seiner Hand und dann zu … O Mann, das war zu viel für diese Uhrzeit! Mit glühenden Wangen riss ich ihm das Tuch aus der Hand und presste ein »Danke« hervor, während ich den Tisch sauber wischte. »Und – äh, würde es dir was ausmachen, dich anzuziehen? Ist schließlich unhygienisch in der Küche.« Unbestimmt wedelte ich mit dem Spültuch in Richtung seines Unterleibs.

»Unhygienisch?«, wiederholte er lachend. »Das hat noch keine Frau zu mir gesagt.«

»Ist es aber«, entgegnete ich entschieden, obwohl mir klar war, dass das irgendwie dämlich klang, aber wie gesagt, vor dem ersten Kaffee, von dem ich ja eben einen beachtlichen Teil auf dem Tisch verteilt hatte, war mein Gehirn noch nicht auf Zack. Und ein fremder Kerl ohne Klamotten war zudem nicht unbedingt förderlich für die Formulierung sinnhafter Sätze.

»Na gut«, sagte ebendieser nackte Mann, der offenbar keinerlei Schamgefühl besaß. Er stellte seine Kaffeetasse an das gegenüberliegende Tischende und verließ den Raum.

Mit offenem Mund starrte ich ihm hinterher. Von seinem braunen Haar glitt mein Blick über den muskulösen Rücken bis zu seinem wohlgeformten Po. Dabei tauchte unwillkürlich der blauäugige Typ aus meinem Traum wieder in meinem Kopf auf. *Sina*, schalt ich mich. *Reiß dich zusammen!*

Mit dem restlichen Kaffee flüchtete ich in mein Zimmer, bevor Amelies Eroberung zurückkam. Nun spielte es keine Rolle mehr, ob er etwas anhatte – bei seinem Anblick würde ich ständig seinen nackten Körper vor mir sehen. Stöhnend versuchte ich, das Bild aus meinem Kopf zu vertreiben.

Was war da nur schon wieder los? Ich hatte angenommen, mit Amelie und Tommek war momentan alles in Ordnung? Die beiden liebten und stritten sich gleichermaßen heftig, weswegen es des Öfteren zu kurzzeitigen Trennungen kam. Aber so schlecht sie miteinander konnten, so wenig hielten sie es ohneeinander aus. Und in der Regel tröstete sich Amelie auch nicht einfach mit einem anderen Typen.

Als ich ins Bad ging, nahm ich vorsorglich alle Klamotten mit und achtete darauf, die Tür sorgsam zu verriegeln.

Nicht, dass Mister Naked noch in den Genuss meiner entblößten Kehrseite kam.

Eine knappe Stunde später betrat ich die Verwaltung des Getränkegroßhandels, in dem ich seit drei Jahren als Assistentin der Geschäftsführung angestellt war.

Wie üblich war ich die Erste und genoss die Minuten der Stille, in der das Büro noch im Halbschlaf lag. Während der Computer hochfuhr, schrieb ich Amelie eine Nachricht.

> Was war das für ein Typ, der heute Morgen NACKT in unserer Küche stand? Was ist mit Tommek???

»Guten Morgen«, flötete Dagmar, als sie um kurz nach halb neun das Büro betrat. Nach mir begrüßte sie ihre Grünpflanzen, die sie wie Kinder hegte, und die für einen Hauch von Urwald in unserem Büro sorgten. Erst um kurz nach neun, als ich bereits fünf Angebote versendet hatte, setzte sie sich mir gegenüber und fuhr ihren PC hoch.

Den restlichen Vormittag schrieb ich Rechnungen, und Dagmar buchte Belege auf die entsprechenden Konten. Da der Getränkehandel Hoyer eine kleine Firma war, hörte sich meine Jobbeschreibung aufregender an, als sie war. Im Grunde war es meine Aufgabe, Herrn Hoyer zu entlasten. Bevor ich hier angefangen hatte, hatte er alle Angebote und Rechnungen selbst geschrieben. Manchmal fragte ich mich, was er mittlerweile den ganzen Tag in seinem Büro machte, außer ab und an Mitarbeitergespräche zu führen oder neue Lieferantenbedingungen auszuhandeln.

In der Mittagspause hörte ich mir wie üblich Dagmars Diätfrust an, während sie einen Schoko-Sahne-Joghurt leer löffelte. Dagmar war Mitte fünfzig und ein wenig fülliger, was ihr mal mehr, mal weniger zu schaffen machte. Seit über fünfzehn Jahren arbeitete sie für den Getränkegroßhandel und Herrn Hoyer und kümmerte sich in erster Linie um die Buchhaltung. Keine Ahnung, wie es früher war, aber seit ich hier angefangen hatte, focht sie einen Kampf mit ihrem Gewicht aus, schlingerte von einer Diät zur nächsten und ebenso von einem Jo-Jo-Effekt zum nächsten. Anfänglich hatte ich noch mit ihr diskutiert, wie schädlich Diäten für den Stoffwechsel wären, aber ich bezweifelte, dass sie mir jemals zugehört hatte. Zudem fand ich, sie hatte eine schöne, frauliche Figur, weshalb ich nie verstand, warum sie sich ständig in einem Ringkampf mit ihrem Gewicht befand. Wenn meine Mutter mir auch nicht viele alltagstaugliche Weisheiten für das Leben mitgegeben hatte, dann doch eine gesunde Einstellung zum Essen und zu meinem Körper.

Dennoch hatte ich über die letzten Jahre mit Dagmar gelitten und war unfreiwillig zu einer Diät-Expertin mutiert. Ich hatte dem Wiegen bei den WeightWatchers entgegengefiebert, den Geruch von Kohlsuppe ertragen und Kohlenhydrate als Werk des Teufels verschrien, dabei wusste ich nicht einmal wirklich, was Kohlenhydrate waren. Seit dem letzten Jahr war die Stoffwechselkur angesagt. Während Dagmar versucht hatte, sich an einem grausamen Essensplan zu halten, hatte ich meiner Mutter erneut im Stillen gedankt. Ich aß gern, und mein Po und mein Busen waren etwas üppiger als bei den Frauen, die mir von Zeitschriftencovern und aus Werbefilmen entgegenlächelten, aber im Großen und Ganzen mochte ich meinen Körper und hielt mein Gewicht recht konstant. Es gab nur eine Phase in meinem Leben, in der ich mir mit Frustessen ein paar zusätzliche Kilos angefuttert hatte, bis meine Hosen kniffen: in der zwölften Klasse, nachdem Michael Eberdinger mich abserviert hatte.

Um kurz nach siebzehn Uhr schloss ich die Programme auf meinem Computer und war froh, den Arbeitstag hinter mir zu haben. So stolz ich anfänglich auf meine neue Anstellung als Assistentin der Geschäftsführung gewesen war, verspürte ich in letzter Zeit hin und wieder Erleichterung, wenn der Tag im Büro vorbei war. Ich griff nach meinem Handy, um es in meiner Handtasche zu verstauen. Auf dem Display wurde eine Nachricht von Amelie angezeigt.

Bring Wein und was zu essen mit – heute ist Mädelsabend!

Kapitel 2

NACH EINEM ZWISCHENSTOPP im Supermarkt steckte ich den Schlüssel in das Schloss unserer Wohnungstür, aber ehe ich ihn umdrehen konnte, riss Amelie sie von innen auf.

»Da bist du ja endlich!« Ihr blondes Haar hatte sie zu einem Knoten auf dem Kopf gebunden, aus dem sich bereits einige Strähnen gelöst hatten. Die Leggings samt des XXL-Shirts, das sie trug, ließen mich vermuten, dass sie unsere Wohnung heute noch nicht verlassen hatte.

»Ich verhungere«, verkündete sie, während sie mir die Tüte aus der Hand nahm. Ich verkniff mir, sie darauf hinzuweisen, dass ich den ganzen Tag bei der Arbeit gewesen war und sie auch selbst hätte einkaufen gehen können. Amelie war eben Amelie: chaotisch, flatterhaft, aber auch lebenslustig und voller positiver Energie. Manchmal beneidete ich sie um ihren Hunger auf das Leben. Aber sie würde ebenso wenig zu einem verantwortungsvollen Menschen werden, wie Dagmar aufhören würde, Schokopuddings zu essen.

Als ich mir das Zimmer in der Wohnung vor vier Jahren angesehen hatte, waren wir uns sofort sympathisch gewesen, trotz unserer sehr unterschiedlichen Charaktere. Zu der Zeit hatte ich meine Ausbildung bereits ein Jahr lang abgeschlossen, arbeitete aber noch in meinem Ausbildungsbetrieb – einem Baustoffhandel, der mich in eine feste Anstellung übernommen hatte. Nach einem Jahr mit vollem Gehalt hatte ich genügend Geld angespart, um mein eigenes Leben zu beginnen. Ohne meine Mutter. Außerdem hatte sie mir gar keine Wahl gelassen, weil sie beschloss, nach Ibiza auszuwandern und unsere Wohnung an ein Ehepaar aus ihrem Meditationskurs unterzuvermieten. Da ich mir meine Mitbewohner lieber selbst aussuchen wollte und befürchtete, dass die zwei noch größere Esoterik-Freaks waren als meine Mutter, hatte ich mich auf die Suche nach einer kleinen Wohnung oder einem WG-Zimmer gemacht und war letztlich bei Amelie gelandet.

Zwei Jahre nach meinem Auszug war meine Mutter aus Spanien zurückgekehrt, zusammen mit ihrem fünfzehn Jahre jüngeren Liebhaber Toni. Da war ich erst recht erleichtert, meine eigenen vier Wände zu haben.

In unserem kleinen Flur streifte ich mir meine Schuhe von den Füßen und folgte Amelie in die Küche, wo ich mich auf einen der Stühle setzte, während Amelie anfing, die Zwiebeln kleinzuschneiden. So lief das bei uns: Ich ging arbeiten, einkaufen und backte hin und wieder eine Torte, sie kochte für uns und sorgte dafür, dass ich auch mal rauskam. Wenn sie zwischen schlafen, Partys und ihren Reisen noch Zeit hatte, besuchte sie Vorlesungen an der Uni in Hannover. Was aber eher selten vorkam. Sie war das Nesthäkchen einer Ärztefamilie, und der verstorbene Großvater sorgte auch nach seinem Ableben mit einer monatlichen Überweisung dafür, dass sich Amelies Kasse nie leerte. Tauschen wollte ich trotzdem nicht mit ihr, ihre Eltern schienen so sehr mit ihrem eigenen Leben beschäftigt zu sein, dass sie im letzten Jahr sogar Amelies Geburtstag vergessen und sich erst einen Tag später gemeldet hatten. Und auch wenn Amelie sich bemühte, sich darüber gleichgültig zu zeigen, gelang ihr das nicht immer.

»Und was war das jetzt für ein Typ heute Morgen?«, hakte ich nach, weil ich darauf noch keine Antwort von ihr erhalten hatte.

Sie zuckte mit den Schultern, während sie Tomatenmark mit allerlei Gewürzen verrührte und eine Auflaufform bereitstellte.

»Tommek und ich haben uns getrennt.«

»Das wievielte Mal in diesem Jahr ist es?«, neckte ich sie. »Das dritte oder vierte?«

Sie drehte sich um und hob drohend das lange Messer, ihre Mundwinkel zuckten dabei nach oben, um in der nächsten Sekunde wieder nach unten zu sinken.

»Dieses Mal ist es endgültig.«

Auch diesen Satz hörte ich nicht zum ersten Mal, aber sie schaute derart niedergeschlagen drein, dass auch mein Lächeln sich auflöste. Der Typ heute Morgen hatte mich schon das Schlimmste vermuten lassen.

»Ich glaube, es ist an der Zeit, nach vorn zu blicken«, sagte sie in einem Ton, als müsse sie sich selbst davon überzeugen. »Das mit uns hat keine Zukunft. Immer dieses Gestreite.« Eine Träne kullerte über ihre Wange, die sie schnell mit dem Handrücken fortwischte.

»Die Zwiebeln«, erklärte sie, und widmete sich weiter der Zubereitung des Auflaufs.

»Hm«, machte ich nachdenklich. Wenn die beiden eine ihrer guten Phasen hatten, war es schwer vorstellbar, dass sie nicht füreinander bestimmt waren. Da war immer so ein Knistern zwischen ihnen, das einem fast greifbar erschien.

»Worum ging es denn dieses Mal?«

Sie stieß einen verächtlichen Laut aus. »Er hat sich mit dieser Sarah getroffen und behauptet, nur um für die Uni zu lernen. Aber warum hat er es mir dann verschwiegen? Dann treffen wir die blöde Kuh in der Mensa, und sie säuselt: ›Tommi, das Lernen hat mir so viel gebracht, ich habe Statistik endlich verstanden. Du kannst es besser als jeder Prof erklären.‹ Dabei hat sie ihm über den Arm gestrichen und mit ihren falschen Wimpern geklimpert. Und was macht Tommek? Grinst dümmlich und lässt es sich gefallen, während ich daneben stehe und nicht wegschauen kann, wie bei einem Verkehrsunfall.«

Mit zu viel Druck würfelte Amelie die Champignons auf dem gläsernen Schneidebrett. Die Klinge des Messers verursachte ein knirschendes Geräusch auf dem Glas, und ich rieb über die Gänsehaut auf meinem Arm, die sich daraufhin gebildet hatte.

»Danach folgte ein Wort dem anderen, und es ist irgendwie … eskaliert.«

Amelie reagierte gern mal impulsiv, dennoch verwunderte mich ihre heftige Reaktion darauf.

»Hast du ihn denn gefragt, warum er es dir nicht erzählt hat?«

»Tsss, was sollte er da schon sagen? Es geht hier auch ums Prinzip, verstehst du?«

So ganz verstand ich es nicht.

»Dann hast du auch aus Prinzip gleich einen anderen Kerl abgeschleppt?«, fragte ich zweifelnd.

Sie zuckte mit ihren zarten Schultern und schniefte auf.

»Tommek soll bloß nicht denken, dass er mir noch wichtig ist! Aber keine Sorge, mit dem Typen gestern lief überhaupt nichts. Der war zu betrunken und ist in dem Moment eingeschlafen, als sein Kopf das Kissen berührt hat.«

»Nachdem er sich nackt ausgezogen hat?«

»Ja.« Sie schaute mich lächelnd über die Schulter hinweg an, doch das Lächeln erreichte ihre Augen nicht.

Meine Mitbewohnerin derart niedergeschlagen zu sehen, versetzte mir einen Stich, und ich verkniff mir weiteres Nachstochern.

»Was hältst du davon, wenn wir am Wochenende etwas gemeinsam unternehmen? Wir könnten in die Stadt fahren und ausgiebig shoppen«, versuchte ich stattdessen, sie aufzumuntern. Obwohl ich mich nach einem Shoppingtag mit Amelie stets fühlte, als hätte ich den Iron Man auf Hawaii absolviert. »Oder ich backe mal wieder die Apfelsinentorte nach dem Rezept meiner Mutter«, machte ich noch einen anderen Vorschlag. Das Kochen überließ ich zwar nur allzu gern Amelie, aber backen hatte mir schon immer Spaß gebracht, was wohl daran lag, dass dies eine der wenigen Mutter-Kind-Traditionen war, die meine Mutter gepflegt hatte. Amelie liebte meine Torten, und bei Herzschmerz war eine Extraportion Süßes einfach nötig. Womöglich würden sich die Wogen zwischen den beiden nach ein paar Tagen Abstand ganz von allein glätten.

Amelie stülpte den Deckel auf die Auflaufform und wirbelte regelrecht zu mir herum. »Ich habe mir etwas viel Besseres überlegt.« Verschwunden war jegliche Traurigkeit aus ihrem Gesicht.

»Oookay«, entgegnete ich gedehnt. Amelies Vorhaben

fanden für gewöhnlich weit außerhalb meiner Komfortzone statt, die zugegebenermaßen nicht sehr weitläufig war, aber das war ein anderes Thema. Ihre Worte lösten sofort leichtes Unwohlsein in mir aus.

»Brauche ich Wein für deinen Vorschlag?«

»Ach du …« Sie machte eine wegwerfende Handbewegung, ehe sie den Auflauf in den Ofen schob. Dann schnappte sie sich die Weinflasche mit zwei Gläsern und nahm mir gegenüber Platz. Verschwörerisch beugte sie sich über den Tisch zu mir herüber. »Ich schätze, du brauchst dafür eine *Menge* Wein.«

»Das geht nicht«, sagte ich zehn Minuten später. Damit ich mir genügend Argumente gegen dieses Vorhaben zurechtlegen konnte, nahm ich erstmal einige Schlucke Wein, um Zeit zu schinden. Amelie musterte mich dabei amüsiert. Sie kannte mich einfach zu gut.

»Dann leg mal los mit deiner Argumentation gegen einen Sommer auf Sylt.«

Ich verdrehte die Augen und stellte mein Glas ab, das sie mir sofort wieder auffüllte.

»Falls es dir in den letzten Jahren nicht aufgefallen sein sollte: Ich arbeite. Und diesen Samstag schon losfahren? Das ist viel zu kurzfristig!«

»Ja, ist mir aufgefallen – du opferst dich auf. Seit wir uns kennen, hast du im Sommer niemals länger Urlaub gehabt als eine Woche. Und seit du für den Getränkehandel arbeitest, gar nicht mehr. Damit diese Dagmar ihren wuchtigen Hintern nach Gran Canaria schaffen und dein Chef mit seiner gekauften Thai-Frau ihre Familie besuchen kann. Außerdem hast du ab nächsten Montag zwei Wochen Urlaub eingetragen, und ich finde, es ist an der Zeit, den auch tatsächlich in Anspruch zu nehmen.«

»Die ist nicht gekauft – sie haben sich im Urlaub kennengelernt. Und mein Chef kann ja nichts dafür, wenn da ständig irgendein Familienfest stattfindet oder ein neuer König gekrönt wird«, verteidigte ich Herrn Hoyer automatisch. Woraufhin Amelie wie üblich vielsagend eine Augenbraue hob.

»Moment mal – woher weißt du überhaupt, dass ich ab Montag Urlaub habe? Hast du in meinen Kalender geguckt?« Etwas erschrocken stellte ich fest, dass mir selbst entfallen war, dass mein Sommerurlaub kurz bevorstand. Ehrlich gesagt, hatte ich diesen Urlaub Anfang des Jahres lediglich angemeldet, weil alle Angestellten mindestens zwei Wochen fest verplanen mussten. Deswegen trug ich ihn jedes Jahr irgendwo ein. Meistens änderte sich da eh noch einiges, und ich verschob ihn auf die weniger beliebten Monate. Anfänglich hatte ich mich als die Neue in der Firma dazu verpflichtet gefühlt, und ohne Familie und Kinder war ich zudem flexibler als meine Kollegen – obwohl Dagmar auch keine Kinder hatte, aber »flexibel« war eben nicht ihr zweiter Vorname.

»Das habe ich nicht, ich habe mir die Daten gemerkt, als du im Januar gejammert hast, dass du Urlaub eintragen musst und wir mit Dartpfeilen auf den Kalender geworfen haben, um das Datum zu bestimmen.«

Ich schmunzelte beim Gedanken an diesen Abend.

»Wie kommst du überhaupt auf Sylt?«, lenkte ich das Gespräch auf das Wesentliche zurück. Normalerweise steuerte Amelie mit Vorliebe Ziele außerhalb Europas an.

Sie zuckte mit den Schultern. »Da lief heute Nachmittag

eine Reportage im Fernsehen. Mir war gar nicht bewusst, wie schön es dort ist.« Nun nahm sie einen Schluck Wein. »Es heißt, die Insel sei die Hamptons von Deutschland, inklusive vieler reicher, gutaussehender Typen.«

»Die Insel der Reichen und Schönen«, murmelte ich. »Darum geht es dir also. Ach, Amelie!« Ich kicherte.

»Für die richtigen Hamptons fehlt mir zurzeit das nötige Geld, aber für Sylt reicht es gerade noch.« Begeistert erzählte sie von Klubs und Strandlokalen, bis die Eieruhr verkündete, dass unser Essen fertig war.

Amelie stand auf, um die Auflaufform aus dem Ofen zu holen. Ich nahm zwei Teller und Besteck aus dem Schrank. Willi Wonka streckte sich genüsslich in seinem Käfig.

»Guten Morgen, Schlafmütze«, begrüßte ich ihn und steckte ihm einen Drops, der nach Himbeerjoghurt schmecken sollte, durch die Gitterstäbe.

»Wir können auch gar nicht beide fahren, denn wer kümmert sich dann um Willi?«

»Eine Urlaubsbetreuung für einen Hamster zu finden, kann ja nicht so schwer sein.« Amelie verdrehte lachend die Augen. Für sie war das Glas immer halb voll, während ich bereits befürchtete zu verdursten, sobald ich den ersten Schluck getrunken hatte. Aber das Leben hatte mich früh gelehrt, dass man sich des Bodens unter den Füßen niemals zu sicher sein sollte. Umso härter prallte man am Ende auf.

Sie lud uns eine Portion des herrlich duftenden Auflaufs auf die Teller, und wir aßen eine Zeitlang schweigend.

Bis Amelie ihr Handy hervorholte.

»Ich habe mir ein paar Dinge notiert, die ich dort auf jeden Fall machen möchte.«

»Dann lass mal hören.« Amelie legte für jede ihrer Reisen Listen an. Auch ich hatte Freude daran gefunden, mir im Vorfeld gemeinsam mit ihr zu überlegen, welchen Berg sie besteigen sollte, an welchem Strand sie schwimmen sollte und welche Sehenswürdigkeit sie auf keinen Fall verpassen durfte. Obwohl später nur Amelie diese Dinge erlebte, fühlte es sich dadurch an, als wäre ich zumindest ein kleiner Teil davon.

Sie räusperte sich bedeutungsvoll.

»Ins Strandlokal Sansibar gehen – einen Millionär kennenlernen. Im Klub Pony eine Nacht durchtanzen und dort einen Millionär kennenlernen. Sex am nördlichsten Punkt Deutschlands, Surfstunden, eine Affäre mit dem Surflehrer …«

»Hör auf«, befahl ich lachend. »Was willst du mit zwei Millionären und einem Surflehrer?« Der Wein zeigte bereits seine Wirkung, und ich kicherte schon wieder.

»Einen für dich, einen für mich, und den Surflehrer für den Spaß«, entgegnete sie leichthin.

»Du bist verrückt, und außerdem: Ich komme nicht mit«, erinnerte ich sie und versuchte dabei, möglichst unnachgiebig dreinzuschauen. Es schien ihr wirklich ernst damit, Tommek schnellstmöglich zu vergessen.

»Sina, bitte!«

Ich ignorierte ihr Flehen, schob meinen Teller zur Seite und nahm den Schreibblock vom Kühlschrank. Ganz oben auf die Seite schrieb ich: *Amelies Meer-Momente,* dann googelte ich *Sylt* und *Ausflugstipps.* Das Ablenkungsmanöver funktionierte.

Amelie entkorkte die zweite Flasche Wein, ehe sie ebenfalls den Internetbrowser ihres Handys öffnete.

Zunächst warfen wir alles Mögliche in den Raum, wogen ab, was es wert war, auf die Liste zu kommen.

Ein Picknick am nördlichsten Punkt Deutschlands war einer meiner liebsten Vorschläge und definitiv besser als Amelies Idee zum nördlichsten Punkt der Insel. Zwar handelte es sich um Amelies Liste, aber später würde sie mir danken, wenn sie außer Millionären noch andere Sehenswürdigkeiten der Insel erkundet hatte.

Auf Surfstunden bestand Amelie weiterhin, ebenfalls auf eine durchtanzte Nacht im Pony. Ich ergänzte: *einen Bernstein finden.*

Als die zweite Flasche Wein leer war, wurden unsere Vorschläge absurder. Im Nachhinein konnte ich nicht mehr sagen, wer den Einfall hatte, aber er landete auf der Liste: *Einen Mann kennenlernen, dessen Lieblingstier ein Hamster ist.* Schmunzelnd legte ich den Stift beiseite.

»Es ist schon nach Mitternacht, und ich muss morgen zur Arbeit.« Gähnend streckte ich mich.

»Bitte überlege dir, ob du nicht doch mitkommen möchtest.«

»Vier Wochen – das ist fast mein kompletter Jahresurlaub, außerdem habe ich nur zwei eingetragen.«

»Du könntest für ein oder zwei Wochen mitkommen, mit dem Zug von Hannover fährt man lediglich ein paar Stunden.«

»Aber Willi Wonka«, warf ich ein. »Außerdem hätte ich das früher mit Herrn Hoyer und Dagmar absprechen müssen.«

»Wer eine Ausrede sucht, der findet auch eine. Du bittest schließlich nicht spontan um Urlaub, du hast ihn bereits vor Monaten eingetragen. Irgendwann bist du alt und grau und wirst denken: Wäre ich doch nur damals mit Amelie einen Sommer lang nach Sylt gefahren.«

»Gute Nacht, du verrücktes Huhn.«

»Gute Nacht, du Spießerin.«

Lächelnd umarmten wir uns.

Kapitel 3

NACH DEUTLICH ZU wenig Schlaf erreichte ich am nächsten Morgen später als üblich und mit leicht flauem Magen das Verwaltungsgebäude des Getränkegroßhandels. Dagmar kam nur wenige Minuten nach mir.

»Morgen«, begrüßte ich sie.

»Guten Morgen.« Sie stellte ihre Tasche an ihrem Platz ab. »Kannst du dich wieder um die Blumen kümmern, wenn ich im Urlaub bin?«, fragte sie und wischte die Blätter einer Orchidee sauber, die sie von ihrem Herrmann zum diesjährigen Valentinstag geschenkt bekommen hatte.

»Ab nächster Woche habe *ich* ja erstmal zwei Wochen«, erinnerte ich sie. Wenn ich mich nicht täuschte, verlor Dagmars vom Solarium gebräunte Haut etwas an Farbe, ehe sie mit der Sprühflasche die Blätter befeuchtete.

»Und den willst du tatsächlich nehmen?« Skepsis mit einem Hauch Panik wehten in ihrer Frage zu mir herüber.

»Weiß ich noch nicht«, murmelte ich, während ich auf meinen Bildschirm starrte und darauf wartete, dass das Programm sich öffnete. Währenddessen tauchten Bruchstücke meines gestrigen Traumes auf. Erneut war darin der blauäugige Typ vorgekommen, dieses Mal in Form von

Amelies Surflehrer, nur dass ich plötzlich an ihrer Stelle gewesen war. Ich schüttelte den Gedanken ab. Aber weitere Bilder drängten sich in meinen Kopf, von den weißen Stränden Sylts, den reetgedeckten Häuschen, den Strandkörben mit ihren blau-weiß gestreiften Polstern … Die entsprangen nicht meiner Fantasie, sondern stammten von der gestrigen Recherche für Amelies Liste, und sie hatten sich offenbar bei mir eingebrannt.

»Vielleicht fahre ich für ein oder zwei Wochen nach Sylt«, hörte ich mich sagen, und erschrak beinahe über meine eigenen Worte.

»Du?«, entfuhr es Dagmar, die ihre Blumenpflege beendet und mit einem Pudding an ihrem Tisch mir gegenüber Platz genommen hatte. Sie schien über diese Aussage ebenso überrascht zu sein wie ich selbst. Der Wein von gestern musste wohl noch nachwirken und mir den Verstand vernebeln.

»Ja, warum denn nicht?«, grummelte ich dennoch zurück.

Auf einmal wurmte mich der Umstand, dass es schien, als dächten alle, ich hätte kein Leben außerhalb der Firma.

»Aber du fährst doch nie weg! Und es ist dir immer egal, wann du deinen Urlaub nehmen kannst. Den meisten nimmst du ja nicht einmal«, bestätigte Dagmar diese Vermutung und löffelte hektischer als sonst ihren Schokosahnepudding leer. »Also, ich und der Herrmann, wir haben unseren Urlaub bereits im letzten Jahr gebucht. Dreieinhalb Wochen Gran Canaria. Da gibt es einen Friseursalon … die schneiden mir immer so super die Haare. Diese beiden Schwulen, kennst du die aus dem Fernsehen? Von den Auswanderern? Die sind echt nett.«

Ich betrachtete ihre schwarz gefärbten Haare, die ihr Gesicht bis zum Kinn umrahmten.

»Klingt prima«, entgegnete ich lediglich und widmete mich dann dem Angebot für ein Festival am Maschsee. Verdrossen gab ich die verschiedenen Positionen in das Dokument ein. Nachdem ich es fertiggestellt und per Mail versendet hatte, schrieb ich das nächste.

Der Vormittag verging, aber in mir grollte es unterschwellig weiter. Ich war ein eher bodenständiger Mensch und mochte nicht gerade für meine Abenteuerlust bekannt sein, was aber nicht bedeutete, dass ich niemals in den Urlaub fahren wollte.

Hielten mich sogar hier alle für derart langweilig und berechenbar? Und wenn schon! Es war eine positive Eigenschaft, beständig zu sein.

In der Beziehung meiner Eltern hatte mein Vater stets diesen Part übernommen, und meine Mutter war für die verrückten Dinge zuständig gewesen. Nach seinem Tod vor vierzehn Jahren hatte mir diese Beständigkeit gefehlt. Und meine Mutter hatte mit ihm ihren kostbaren Anker verloren. Das erste Jahr nach seinem Tod hatte sie kaum das Haus verlassen, danach fing sie an, sich von einem Abenteuer ins nächste zu stürzen. Manchmal waren das Affären mit Männern, die sie mehr schlecht als recht vor mir zu verheimlichen versuchte, und manchmal waren es verrückte Kunstprojekte, bei denen sie ihr Atelier tagelang nicht verließ. Dabei war sie immer auf der Suche nach Halt gewesen, ohne zu verstehen, dass sie den nur bei sich selbst finden konnte – fast so wie Amelie, wenn sie sich mal wieder von Tommek getrennt hatte. Ich hingegen hatte dadurch früh gelernt, mir selbst eine Stütze zu sein und meiner Mutter gleich mit. Ich war zu einem Anker geworden, der so fest im Boden feststeckte, dass er Schwierigkeiten hatte, sich auch nur einen Zentimeter vor- oder zurückzubewegen und sich von vertrauten Angewohnheiten zu lösen.

Als könne sie meine Gedanken lesen, klingelte das Telefon, und die Nummer meiner Mutter erschien auf dem Display.

»Hallo, Mama, ich bin in der Arbeit.«

»Ich weiß, mein Apfelsinchen«, flötete sie in den Hörer. Diesen Spitznamen benutzte sie ständig. Ich tat meist so, als nervte mich das, aber eigentlich mochte ich es, denn mein Vater hatte mich früher oft so genannt. Zu gern hatte ich als Kind der Geschichte meiner Namensfindung gelauscht. Wie meine Eltern kurz vor meiner Geburt in Spanien Urlaub gemacht und die köstlichsten Apfelsinen gegessen hatten, die sie je gekostet hatten. Saftig und süß, bei denen man die Sonne in jedem Bissen schmeckte. Von einem Baum direkt vor ihrer gemieteten Finca. Da hatten sie beschlossen, mich Sina zu nennen, im Wunsch, dass mein Leben immer nach Sonne schmecken würde. Die Ableitung von diesen Apfelsinen zu Sina war in meinen Augen zwar etwas weit hergeholt, aber ich freute mich, dass es eine Geschichte rund um meine Namensfindung gab, und war insgeheim froh, dass sie mich nicht direkt Apfelsine oder Orange genannt hatten. Meiner Mutter wäre es durchaus zuzutrauen gewesen.

»Ich wollte dich zum Mittagessen einladen, der Toni kocht heute seine berühmte Paella«, riss meine Mutter mich aus meinen Gedanken. Sie kicherte, und ich hörte Tonis dunkle Stimme im Hintergrund. Toni, der meiner Mutter vor zwei Jahren von Ibiza hierher gefolgt war, war im Vergleich zu ihren früheren Liebhabern ganz in Ordnung, auch wenn mich der Altersunterschied anfänglich irritiert hatte und ich von Zeit zu Zeit an der Ernsthaftigkeit seiner Absichten zweifelte. Immerhin war er beträchtlich jünger als sie. Aber solange meine Mutter ihm keine Kontovollmacht ausstellte oder ihn heiraten wollte, würde sich der Schaden am Ende auf ihr gebrochenes Herz beschränken. Und da dieses seit dem Tod meines Vaters nie wieder ganz geheilt war, wäre es für sie nur ein altbekannter Schmerz. Das mochte zynisch klingen, aber meine Mutter all die Jahre herumirren zu sehen, wie eine Feder im Wind, war zunächst erschütternd gewesen. Doch irgendwann war es zu meiner Normalität geworden.

Seufzend antwortete ich: »Ich bin in dreißig Minuten da.«

Denn nichtsdestotrotz liebte ich meine Mutter, und ich war bereits zwei Wochen nicht mehr bei ihr zu Besuch gewesen. Meinem kleinen Kater vom gestrigen Wein würde ein deftiges Essen guttun, außerdem hatte ich keine Lust mehr, noch länger in Dagmars betretenes Gesicht zu sehen. Damit bezweckte sie nur, dass ich nachfragte, warum sie ein Problem damit hatte, wenn ich meinen Urlaub wie geplant nahm. Dementsprechend reagierte sie, als sie bemerkte, dass ich nach meiner Tasche griff.

»Wohin gehst du?«

»Ich mache Mittagspause.«

»Und den Urlaub, den willst du wirklich nehmen?«, fragte sie beiläufig. Eine Spur *zu* beiläufig.

»Keine Ahnung«, entgegnete ich genervt. Amelie hatte recht, ich bat schließlich nicht spontan um Urlaub, sondern wollte lediglich meinen bereits genehmigten. Das konnte Dagmar doch egal sein, oder hatte sie etwa Angst davor, hier allein die Stellung halten zu müssen? Manchmal nervte mich die völlige Abwesenheit ihrer Arbeitsmoral ziemlich, obwohl ich gerade selbst Erleichterung verspürte, das Büro verlassen zu können.

»Hola«, begrüßte Toni mich an der Wohnungstür.

»Hallo, Toni.«

»Hola, Apfelsinchen!«, rief meine Mutter, die in einer wehenden Tunika auf mich zugeschwebt kam.

»Hallo, Mama.«

»Komm, setzen wir uns. Toni kommt bestens ohne uns in der Küche zurecht, und wir zwei können mal wieder richtig schön quatschen.« Sie schob mich zum Esszimmertisch und nahm mir meine Tasche aus der Hand. Dann setzte sie sich mir gegenüber und sah mich freudestrahlend an. Ich wusste, dass dies, zumindest teilweise, eine Fassade war und sie tief in ihrem Inneren ein gebrochener Mensch. Zu oft hatte ich diese andere Seite an ihr gesehen, sodass mich ihre Fröhlichkeit nicht blenden konnte. Womöglich war das neben der Erfahrung mit Michael ein Grund dafür, dass die Schmetterlinge in meinem Bauch verlernt hatten zu fliegen.

»Was gibt es Neues bei dir? Hast du jemanden kennengelernt? Bei deinem Aussehen kannst du dich vor Verehrern bestimmt gar nicht retten.«

Manchmal war die Intuition meiner Mutter beängstigend. Ich seufzte. Mütter mussten einen wohl so sehen. Obwohl mein Äußeres wahrscheinlich sogar das Aufregendste an mir war. Von meinem Vater hatte ich das braune Haar und die rehbraunen Augen geerbt. Von meiner Mutter das herzförmige Gesicht und die kurvige Figur. Oftmals dachten die Leute, ich käme aus Spanien oder anderen südländischen Gefilden. Doch spätestens mein Name – Sina Reichert ließ diese Illusion platzen. Und auch mein Charakter war nicht gerade der einer heißblütigen Latina.

»Nein, Mama, da gibt es niemanden.«

Verständnislos sah sie mich an, als könne sie diesen Umstand nicht begreifen. Zugegeben, manchmal fragte ich mich auch, woran es lag, dass niemand kam, um mich aus meinem Dornröschenschlaf zu wecken. Gleich würde meine Mutter wieder fragen, ob ich denn nach all den Jahren immer noch nicht über diesen Michel hinweg sei, woraufhin ich sie stets korrigierte und sagte: Michael. Er hieß Michael. Um das zu vermeiden, lenkte ich ihre Aufmerksamkeit auf ein anderes Thema. »Amelie und Tommek haben sich getrennt.«

»Ach, wie schade, ich verspüre stets so eine starke Verbindung zwischen den beiden.«

»Sie plant, ein paar Wochen nach Sylt zu fahren, um etwas Abstand zu bekommen.«

»Toll, Sylt ist großartig und kunterbunt.«

»Sie möchte, dass ich sie begleite.«

Die Augen meiner Mutter leuchteten auf, und ihr Lächeln wurde noch herzlicher. Aber dann empfing sie wohl meine Schwingungen zu diesem Plan, denn ihre Brauen zogen sich sorgenvoll zusammen.

»Du willst nicht mitfahren«, schlussfolgerte sie.

»Das ist viel zu kurzfristig, ich bräuchte mehr Zeit, um das vorzubereiten, und Willi Wonka …«

Über den Tisch hinweg ergriff sie meine Hand. »Ich glaube, das wäre genau das Richtige für dich, Apfelsinchen. Du bist so gefangen in deinem Alltag, und das Leben – nun, es findet nicht in diesem Getränkemarkt statt, du bist so jung …« Sie redete, als wäre es eine Tragödie, einen festen Job zu haben und keinerlei Ausschweifungen nachzugehen.

»Aber vielleicht bin ich zufrieden mit meinem Leben! Wo kämen wir denn hin, wenn jeder so flatterhaft wäre wie du und Amelie? Ihr braucht Menschen wie mich, wie Papa. Andere Mütter wären stolz darauf, wenn ihre Tochter einen Job als Assistentin der Geschäftsführung hätte.« Ein Kloß hatte sich in meinem Hals gebildet und drückte schmerzvoll gegen meine Rachen. Was war nur los mit mir? Sonst reagierte ich nie derart impulsiv. »Tut mir leid, ich …«

»Ist schon in Ordnung.« Sie drückte meine Hand. »Ich bin unglaublich stolz auf dich. Außerdem bin ich mir durchaus bewusst, dass ich dir nach dem Tod deines Vaters nicht die Mutter war, die du gebraucht hättest. Dieser Umstand hat dich viel zu schnell erwachsen werden lassen und deine Erinnerung an deinen Vater etwas verzerrt. Er war nicht immer so brav und bieder, wie du dich an ihn erinnerst. Wusstest du, dass er den Plan hatte, seinen Job an den Nagel zu hängen und mit uns ein Jahr im Camper durch Europa zu fahren? Die Kündigung lag schon bereit, aber dann … dann kam die Diagnose.« Der Ausdruck in ihren Augen änderte sich, als tauche sie in die vergangene Zeit ab. »Und dein Vater war es, der mich dazu ermutigt hat, meine künstlerischen Ambitionen zu verfolgen und meine Bilder und Skulpturen zum Verkauf anzubieten. Ohne ihn hätte ich mich das nie getraut.« Wie immer, wenn sie von ihm sprach, legte sich eine drückende Stimmung über uns, und ich hatte das Gefühl, es fiel mir schwerer zu atmen. Ich spürte, wie sehr sie ihn vermisste, und es erinnerte mich daran, wie sehr er auch mir fehlte.

»Nein, das wusste ich nicht«, antwortete ich, überrascht von ihren Worten. Ich benötigte einen Moment, um das Gesagte einzuordnen.

Sie seufzte. »Wir reden viel zu selten über ihn.«

»Weil es uns beide immer traurig macht.«

Sie betrachtete mich mit einer nachdenklichen Miene. »Aber auf eine gute Art und Weise. Es sind glückliche Erinnerungen. Wenn uns etwas traurig macht, zeigt es nur, wie groß dessen Bedeutung für uns war. Was für ein großes Geschenk es war, dass dein Vater zu unserem Leben gehörte.«

Sie stand auf und ging zu der Anrichte hinüber, eine Weile kramte sie darin herum, bis sie gefunden hatte, wonach sie suchte. »Hier – das ist ein Foto von dem alten VW-Bulli, mit dem wir die Reise machen wollten. Dein Vater hat ihn ganz allein umgebaut, er plante es schon seit Jahren, wir wollten dich von der Schule beurlauben lassen und dich selbst unterrichten. Das ist zwar in Deutschland nicht erlaubt, aber dein Vater war nahezu versessen darauf, eine Lösung dafür zu finden.« Sie lächelte und reichte mir mit feucht glänzenden Augen das Foto. Es war bereits vergilbt, aber es zeigte meinen Vater vor einem grün-weißen VW-Bus. Behutsam strich ich über sein Gesicht.

»Behalte es«, sagte sie.

»Warum wusste ich nichts von dem Bulli?«

»Dein Vater wollte dich damit überraschen und hat immer spätabends daran gewerkelt. In einer gemieteten Garage. Ein Jahr nach seinem Tod habe ich ihn verkauft, weil er mich an zu viel erinnert hat, was mir fehlt. Heute wünsche ich mir manchmal, ich hätte ihn behalten.«

Das war doch verrückt! Wie hatte es mir entgehen können? Als mein Vater starb, war ich zwölf Jahre alt, noch keine Jugendliche, aber auch kein kleines Kind mehr. Aber an vieles aus jener Zeit erinnerte ich mich nur noch verschwommen, als hätte mein Unterbewusstsein zum Schutz einen Schleier über die Erinnerungen gelegt.

Toni kam mit einer großen Pfanne ins Wohnzimmer und platzierte sie mitten auf dem Tisch. Seine Paella konnte sich wirklich sehen lassen, und mein Magen knurrte ganz automatisch beim Duft des Essens.

Kurz sahen meine Mutter und ich uns in die Augen, und sie strich mir über den Arm. »Von nun an schwelgen wir öfter in guten Erinnerungen, Apfelsinchen.«

Ich nickte und drängte die Tränen zurück, ehe ich mich Toni zuwendete. »Sind da etwa auch Calamari drin?«

»Si, si – natürlich.« Er lud mir meinen Teller randvoll.

Kapitel 4

»SINA, GUT, DASS du kommst«, begrüßte Amelie mich freudestrahlend, als ich am Abend nach Hause kam. Sie saß mit ihrem Laptop an unserem Küchentisch. »Ich bin fertig mit der Planung, es ist alles gebucht«, verkündete sie, und ihre Euphorie wirbelte regelrecht zu mir herüber.

»Wirklich alles?«, hakte ich nach.

»Jip, ich habe eine Bombenunterkunft gefunden. Ein richtig schönes Häuschen, das bezahlbar ist, ein absoluter Glücksgriff. Und das in der Hochsaison! Deswegen habe ich gleich zugeschlagen und auch schon bezahlt, bevor uns jemand zuvorkommt. Und Frau Tammsen aus der Wohnung unter uns würde Willi Wonka nehmen.«

»Das klingt gut, an Frau Tammsen hätte ich gar nicht gedacht, die würde sich sicherlich über die Gesellschaft von Willi freuen.«

»Das Einzige, was noch fehlt, ist deine Antwort.« Erwartungsvoll sah Amelie mich an.

Ich setzte mich auf den freien Stuhl ihr gegenüber und schaute ihr ein paar Sekunden mit ernstem Gesichtsausdruck in die Augen, ehe ich meinen Mundwinkeln erlaubte, sich nach oben zu biegen. »Ich komme mit. Aber nur für zwei Wochen!«

»Waaas? Wie cool – Sina, du glaubst gar nicht, wie ich mich freue!« Sie stürzte auf mich zu und schlang ihre Arme um meinen Hals. »Du wirst es nicht bereuen, das wird die Reise unseres Lebens!«

Den ganzen Nachmittag waren mir die Worte meiner Mutter nicht mehr aus dem Kopf gegangen. Mein Vater hatte eine einjährige Auszeit im Camper mit Mama und mir geplant. Das hätte ich niemals gedacht, in meiner Erinnerung war er stets derjenige gewesen, der meine Mutter von allzu verrückten Taten abgehalten hatte, der täglich von acht bis siebzehn Uhr arbeiten gegangen war. Als Abteilungsleiter in jenem Baustoffhandel, in dem ich später meine Ausbildung gemacht hatte. Die Tatsache, dass auch er außerhalb dieses Lebens verrückte Träume hegte, ermutigte mich, mich auf das Abenteuer Sylt einzulassen. Das Foto von meinem Vater und dem VW-Bulli brannte wie ein Beweis dafür in meiner Tasche. Und es war schließlich nur Sylt, nicht Chile, Taiwan oder Südafrika, um nur einige der letzten Destinationen von Amelie aufzuzählen. Zu was für einer Person hätte ich mich wohl entwickelt, wenn die Krankheit nicht die Pläne meiner Eltern durchkreuzt hätte?

»Samstag geht es los«, verkündete Amelie.

Ich holte tief Luft. In meinem Magen rumorte eine Mischung aus Aufregung und Angst, aber auch Vorfreude mischte sich darunter. Ich freute mich darauf, in einem Strandkorb zu sitzen und auf die Wellen zu schauen. Wann war ich eigentlich das letzte Mal am Meer gewesen? Ich konnte mich nicht erinnern. War es bei der Klassenfahrt nach Holland?

Am Donnerstag im Büro erzählte ich Dagmar von meinen Urlaubsplänen.

»Reicht nicht auch eine Woche?«, maulte sie.

»Warum denn? Ihr wollt doch erst im August auf die Kanaren, oder? Bis dahin bin ich wieder zurück.«

»Ja, schon. Aber die Tochter meiner Cousine heiratet nächste Woche, da wollte ich ins Rheinland fahren.«

»Tut mir leid, dieses Jahr kann ich meinen Urlaub nicht verschieben.«

Kurz überlegte ich, ihr mal gehörig den Kopf zu waschen, entschied dann aber, nachher einfach einen ihrer heißgeliebten Schokopuddings zu essen. Das würde sie weitaus härter treffen.

Da Dagmar nichts mehr erwiderte, ging ich davon aus, dass die Sache damit geklärt war.

Bereits um sechzehn Uhr verließ sie das Büro und murmelte etwas davon, sie würde morgen früher kommen. Die verbleibende Zeit bis zu meinem Feierabend nutzte ich, um in aller Ruhe zwei ihrer Puddings zu essen. Sie waren äußerst lecker, und ich konnte nach dem ersten einfach nicht aufhören. Ein bisschen verstand ich nun Dagmars Vorliebe für diese Kalorienbomben.

Tatsächlich stand Dagmars Tasche bereits an ihrem Schreibtisch, als ich am Freitagmorgen ins Büro kam. Auch Herr Hoyer war schon da, aus seinem Büro drang Stimmengemurmel.

Ich begann, alle Vorgänge auf meinem Schreibtisch abzuarbeiten, damit Dagmar in den nächsten zwei Wochen nicht zu viel Extraarbeit haben würde. Kurz zuckte ich zusammen, als sie nicht wie vermutet aus Richtung der Küche kam, sondern aus dem Büro vom Chef. Eine böse Vorahnung beschlich mich, die sich verstärkte, weil Dagmar es vermied, mir in die Augen zu schauen, als sie »Guten Morgen« nuschelte. Danach begann sie, ebenfalls sehr untypisch für sie, sich voller Eifer dem Stapel Rechnungen auf ihrem Schreibtisch zu widmen und diese zu buchen. Noch ehe ich meine Gedanken zu ihrem Verhalten zu Ende sortieren konnte, dröhnte die Stimme von Herrn Hoyer durch den Flur. »Frau Reichert, in mein Büro!«

»Hat er schlechte Laune?«, fragte ich Dagmar.

»Hm?«, gab sie sich ahnungslos. »Nicht, dass ich wüsste.« Sie sah dabei nicht mal von ihrem Bildschirm auf.

Mit klopfendem Herzen machte ich mich auf den Weg zu meinem Chef.

»Guten Morgen.« Ich setzte mein schönstes Lächeln für ihn auf, was er aber nicht erwiderte. Vielmehr seufzte er laut und schob mir meinen Urlaubsantrag über den Schreibtisch zu.

»Können sie sich nicht besser mit Frau Schuster abstimmen? Es kann ja nicht so schwer sein, nicht für dieselbe Zeit Urlaub einzureichen.«

Ich kräuselte meine Stirn. »Aber ich habe den Urlaub bereits im Januar eingetragen.«

»Das weiß ich, aber manchmal muss man flexibel sein. Frau Schuster hat mir eben einen zwanzigminütigen Vortrag gehalten, wie wichtig diese Hochzeit für sie sei, auf die sie nächste Woche muss. Können Sie nicht später Urlaub nehmen?«

»Wann denn? Den kompletten August hat Dagmar ja ebenfalls Urlaub, und davor haben Sie zehn Tage.«

»Wie wäre es mit zwei Wochen im Herbst? Sonst war es Ihnen doch auch immer egal.«

Die Gedanken wuselten kreuz und quer durch meinen Kopf. Dass er mich mit zwei Wochen im Herbst abspeisen wollte, traf mich wirklich. Schließlich riss ich mir hier seit fast drei Jahren den Arsch für ihn auf. Dabei fühlte ich mich oftmals als das Mädchen für alles, obwohl in meinem Vertrag *Assistentin der Geschäftsführung* stand. So hatte ich mir das damals nicht vorgestellt! Schließlich war ich vom Baustoffhandel weggegangen, um mich in Bezug auf den Job weiterzuentwickeln und nicht der Depp vom Dienst zu werden. Und jetzt sollte ich meine Pläne canceln, nur weil Dagmar lauter jammern konnte? Oder der Chef mit ihrem Mann einmal wöchentlich Skat spielte?

»Ich habe bereits Pläne.«

»Ach, in Ihrem Alter ist man doch wesentlich flexibler, und eine Hochzeit lässt sich nun mal nicht verschieben. Familie geht immer vor, und Sie haben ja noch keine. Buchen Sie sich etwas Schönes im Herbst, Mallorca oder Goldstrand.« Er richtete seinen Blick wieder auf den Bildschirm seines Computers, als Zeichen dafür, dass das Gespräch damit für ihn beendet war. Wie angewurzelt blieb ich stehen und starrte ihn an. Mehrmals öffnete ich den Mund wie ein Fisch auf dem Trockenen, und bekam doch keinen Satz heraus. Die Worte tanzten in meinem Kopf wild durcheinander und ließen sich nicht mehr sinnvoll aneinanderreihen.

»Ist noch was?«, fragte er schließlich und setzte dabei dieses unverbindliche Chef-Lächeln auf, das eher an das Zähnefletschen einer Hyäne erinnerte.

Als ich es endlich schaffte, zwei Sätze zu formulieren, klang meine Stimme fremd in meinen eigenen Ohren.

»So einfach ist das für Sie? Ich bestehe auf diesen Urlaub«, hörte ich mich sagen. Plötzlich hatte ich das Gefühl, dass dies der Moment war, in dem ich für mich einstehen musste, damit mir endlich mal mehr Respekt entgegengebracht wurde.

»Sie bestehen darauf?« Herr Hoyer lachte ungläubig auf, was mich noch mehr verärgerte.

»Nun ...« Mit zusammengekniffenen Augen taxierte er mich. »*Ich* bestehe darauf, dass Sie ihren Urlaub zu einem anderen Zeitpunkt nehmen. Frau Schuster arbeitet schon wesentlich länger für mich. Entweder Sie akzeptieren das, oder Sie sind hier falsch. Dem letzten Stand nach ist dies nämlich *meine* Firma, wo getan wird, was ich verlange.« Er faltete in einer meditativen Geste seine Hände und fügte etwas ruhiger hinzu: »Von Ihnen hätte ich so ein Verhalten nicht erwartet.«

Unwillkürlich keuchte ich auf. Mein Puls beschleunigte sich und befand sich schnell in besorgniserregender Höhe, mein Herzschlag wummerte mir in den Ohren wider.

»Was ist das denn für eine Begründung? Dann könnte ich auch anführen, dass ich wesentlich effektiver arbeite als Dagmar. Außerdem verlange ich lediglich meinen bereits genehmigten Urlaub, den können Sie mir nicht verwehren!«

Entschuldigend zuckte er mit den Schultern und tippte auf seiner Tastatur herum.

»Ich habe Frau Schuster bereits versichert, dass sie zu der Hochzeit fahren kann. Da lässt sich jetzt nichts mehr machen.«

Immer mehr Wut mischte sich unter meine aufgewühlten Gefühle. »Sie können nichts machen? Sie könnten Dagmar sagen, dass sie bereits letztes Jahr vier Wochen Urlaub im Sommer hatte und dieses Jahr wieder, und dass sie sich mit dem Wochenende für die Hochzeit begnügen muss.«

»Tut mir leid«, entgegnete er kühl. »Aber ich glaube nicht, dass Sie in der Position sind, mir zu sagen, was ich tun oder lassen sollte.« Der Tonfall seiner Stimme verschärfte sich.

In der Zeit, die ich hier arbeitete, hatte ich ihm gegenüber niemals die Beherrschung verloren. Generell verlor ich nie meine Beherrschung, ich rastete nicht aus, ich handelte bedacht. Immer. Verzweifelt versuchte ich, mir das vorzubeten, aber mein Innerstes bebte, es schien, als wollten alle Ungerechtigkeiten, die ich hier jemals erlebt hatte, auf einmal an die Oberfläche. Genau wie der Frust, der sich in den letzten Monaten angestaut hatte und den ich so vehement versucht hatte zu ignorieren. Der gleichgültige Gesichtsausdruck von Herrn Hoyer gab mir letztlich den Rest und ließ die rissige Hülle meiner Beherrschung aufplatzen.

»Wissen Sie was? Ich ackere mich hier seit Jahren ab, höre mir Dagmars Gejammer über ihren fetten Hintern an, Ihre Beschwerden über die Hitze in Thailand und über Ihre Schwiegereltern, und während Dagmar das Buffet auf Gran Canaria plündert und Sie so tun, als würden sie sich auf die Zeit in Thailand freuen, bin ich immer, ohne zu maulen, hiergeblieben. Aber jetzt möchte ich einmal etwas für mich, und es schert Sie gar nicht!«

Seine wässrigen Augen blickten mich aus seinem roten Gesicht an, seine Miene spiegelte nichts außer Desinteresse wider. Als ich zwei Schritte auf seinen Schreibtisch zuging, zeigte sein Gesicht zumindest eine kleine Regung, und er rollte einen halben Meter mit seinem Stuhl zurück. Zunächst grabschte ich mir meinen genehmigten Urlaubsantrag und zerknüllte ihn, dann riss ich einen neuen Zettel von einem Block und angelte fahrig einen Stift aus seinem Stiftebecher, der daraufhin umkippte. Die restlichen Kugelschreiber und sein guter Füller, mit dem er Verträge unterzeichnete, rollten wild durcheinander über den Schreibtisch. Einige kullerten über die Kante hinweg und kamen mit einem dumpfen Geräusch auf dem dunkelgrauen Teppich auf. All das nahm ich nur am Rande wahr, und doch spielte es sich zeitlupenartig ab. Ich hatte genug, und in dem Augenblick waren mir alle etwaigen Konsequenzen egal. Mit zittrigen Fingern kritzelte ich los.

Urlaubsantrag
Vom 01. Juli bis zum 31. Juli

Darunter setzte ich krakelig meine Unterschrift.

Warum sollte ich mich überhaupt mit nur zwei Wochen begnügen? Ich hatte am Ende des Jahres immer mehr Resturlaub, als irgendjemand sonst in dieser Firma, teilweise musste er mir sogar ausgezahlt werden. Das würde in diesem Jahr anders sein. Sofern ich dann noch hier war. Ich knallte das Blatt vor ihn auf die Tastatur.

»Sie haben die Wahl, Sie können das so genehmigen oder …« Kurz flackerte Panik in mir auf, aber nicht lange genug, um mich aufzuhalten. »Oder eben nicht.« Ohne seine Reaktion abzuwarten, drehte ich mich nach einem letzten bösen Blick in seine Richtung um und marschierte mit immer noch galoppierendem Herzen zur Tür. Sollten er und Dagmar doch sehen, wie sie ohne mich zurechtkamen!

»Wenn Sie jetzt gehen, brauchen Sie nicht wiederzukommen«, sagte mein Chef gefährlich leise. Kurz zuckte ich bei den Worten zusammen und zögerte für die Dauer eines Atemzuges, ehe ich meinen Fuß über die Schwelle des Büros hinaus in den Flur setzte.

An meinem Schreibtisch stopfte ich fahrig meine persönlichen Sachen, wie das Foto meiner Eltern, in meine Tasche. Dagmar stand bei meinem Anblick die pure Verwirrung ins Gesicht geschrieben. Ohne Rücksicht auf die geöffneten Programme drückte ich den Aus-Knopf meines Computers, bis der Bildschirm schwarz wurde. Ich verließ das Büro ohne weitere Erklärung und hastete aus dem Gebäude ins Freie.

Als ich die Tür nach draußen aufstieß, empfingen mich warme Sonnenstrahlen. Der Wechsel aus dem muffigen Inneren an die frische Sommerluft war wie ein Schlag ins Gesicht. Ich schüttelte mich. Das Rauschen in meinen Ohren ebbte ab, ebenso verlangsamte sich mein Puls. Nach mehreren tiefen Atemzügen wurden meine Gedanken wieder klarer.

Was hatte ich getan? Hatte ich gerade meinen Job verloren? Aufgeben für einen Urlaub? Schluchzend schlug ich die Hände vors Gesicht.

Das Handy in meiner Tasche vibrierte. Meine Mutter. Ich nahm ab, schwieg aber in den Hörer. Ich stand wohl unter Schock.

»Sina? Bist du dran?«

Ein weiterer Schluchzer entfuhr mir. Ich stand immer noch vor der Eingangstür, unfähig weiterzugehen.

»Apfelsinchen, was ist mit dir?« Ihre Stimme klang alarmiert.

»Ich glaube, ich habe gerade meinen Job verloren.« Es auszusprechen war, als hielte man einen Mixer in meinen Magen.

Statt besorgt zu fragen, was passiert war, atmete sie erleichtert aus und antwortete: »Die haben dich auch gar nicht verdient. Ich wusste immer, dass du auf Dauer nicht glücklich wirst mit so einer eintönigen Arbeit. Du bist ein kreativer Geist und ...«

»Mama«, unterbrach ich ihren Redeschwall. »Ich bin nicht wie du.«

»Ich weiß«, sagte sie sanft. »Du bist viel stärker als ich. Willst du mir trotzdem erzählen, was passiert ist?«

Die Worte sprudelten nur so aus mir heraus, als ich ihr, ohne einmal Luft zu holen, berichtete, was gerade geschehen war.

»Verstehe. So, wie ich das sehe, hast du zwei Möglichkeiten: Entweder du gehst zurück, entschuldigst dich und lebst damit, dich nicht wertgeschätzt zu fühlen.«

»Mama ...«, warf ich ein. Ihr Freigeist ließ sich nicht gern etwas vorschreiben, aber so lief das nun mal im Leben einer normalen Angestellten.

»Oder du gehst jetzt mit erhobenem Kopf nach Hause, packst deinen Koffer, fährst morgen mit Amelie nach Sylt und genießt dort den Sommer. Sollte sich diese Lachnummer von deinem Chef nicht darüber im Klaren sein, was er an dir hat, hat er dich auch nicht verdient.«

»Und wovon soll ich meine Miete zahlen? Soll ich von Nordseeluft und Liebe leben?«

Das war nur so dahergesagt, denn müsste ich von Liebe

leben, würde mein Magen dauerhaft knurren und ich innerhalb kürzester Zeit in Size Zero passen.

»Ja, mein Apfelsinchen, eine Zeitlang kann man das schon mal machen.«

Es machte keinen Sinn, mit ihr darüber zu diskutieren, ihre Weltanschauung und meine drifteten einfach zu weit auseinander.

»Ich muss jetzt auflegen.«

»Gönn dir eine Auszeit, ich bin mir sicher, dein Chef bettelt dich danach an zurückzukommen und stellt ein gerahmtes Bild von dir auf seinen Schreibtisch. Oder du arbeitest mal an deinen eigenen Träumen, anstatt für den Traum eines anderen zu schuften.«

Auch wenn mir nicht danach zumute war, musste ich über ihren Kommentar mit dem gerahmten Foto schmunzeln.

»Ich hab dich lieb.«

»Und ich dich erst!« Sie lachte, wünschte mir viel Spaß an der Nordsee und legte auf, ehe ich erwidern konnte, dass ich mich noch gar nicht entschieden hatte.

Kapitel 5

ICH GING NICHT zurück ins Gebäude, um mich zu entschuldigen, sondern zu meinem Auto. Im aufgeheizten Inneren meines kleinen Seat wurde mir dann nochmal richtig mulmig. Erst nachdem ich das Fenster geöffnet hatte und frischer Sauerstoff einströmte, war ich in der Lage, den Motor zu starten.

Zu Hause versuchte ich als Erstes, Amelie zu erreichen, landete aber ständig auf ihrer Mailbox. Ohne mir im Klaren zu sein, was ich tun sollte, fing ich etwas kopflos an, meinen Koffer zu packen. Der von Amelie lag bereits halb gefüllt auf ihrem Bett, rundherum waren weitere Klamotten verstreut. Zu meiner eigenen Verwunderung beruhigte ich mich schnell und brach nicht zusammen. Vielleicht stand ich aber auch immer noch unter Schock. Doch es gelang mir, mich auf die Vorbereitungen für den Urlaub zu konzentrieren.

Nachdem ich alles in meinem Koffer verstaut hatte, verwöhnte ich Willi Wonka ausgiebig mit Joghurt-Drops, schrieb eine detaillierte Anleitung für Frau Tammsen und packte seine Reisetasche.

»Du wirst es schon gut haben bei der Tammsen«, versicherte ich ihm, als er mich mit gefüllten Backentaschen ansah.

Mit Willis Käfig vor der Brust klingelte ich bei unserer Nachbarin eine Etage tiefer.

»Ach, Sina, du bist es. Bringst du das Kaninchen, auf das ich aufpassen soll? Stell es dort in den Flur.« Mit einer unbestimmten Geste deutete sie hinter sich in den dunklen Eingangsbereich.

»Es ist ein Hamster, und er heißt Willi«, verbesserte ich sie. »Sind Sie sicher, dass er Ihnen keine Umstände macht?«

»Natürlich, ich bin auf dem Land aufgewachsen.«

»Okay, aber ich habe Ihnen trotzdem aufgeschrieben, wann er welches Futter bekommt. Und den Käfig bitte einmal in der Woche reinigen. Alles was er braucht, ist in dieser Tasche.«

Frau Tammsen sah mich an, als fehlte mir mehr als nur eine Tasse in meinem Teeservice. Davon ließ ich mich aber nicht beirren.

Erst nachdem sie mir mehrmals versichert hatte, sie würde alles so machen, wie es auf dem Zettel stand, verabschiedete ich mich von Willi und fühlte mich prompt, als würde ich ihn im Stich lassen. Normalerweise war ich schließlich dafür zuständig, ihn zu betreuen, wenn Amelie die Welt bereiste.

»Wir fahren erst morgen, falls Sie noch Fragen haben!«, rief ich Frau Tammsen vom Treppenansatz zu, aber da fiel ihre Tür bereits ins Schloss.

Du fährst nur nach Sylt, versuchte ich, mich zu beruhigen. *Und bist arbeitslos,* flüsterte eine fiese innere Stimme gleich im Anschluss. Diesen Umstand verbannte ich lieber schnell in die hinterste Ecke meines Kopfes, ansonsten hätte ich sofort bei Herrn Hoyer angerufen, um mich zu entschuldigen. Doch ich war mir plötzlich nicht mehr sicher, ob ich das wollte.

Zurück in unserer Wohnung war Amelie immer noch nicht da. Allmählich machte ich mir Sorgen und schrieb ihr eine Nachricht. Eine Stunde später erhielt ich endlich eine Antwort.

Bin bald zu Hause – Tommek wollte noch mal reden, ehe er nach Vietnam fliegt.

Dazu sendete sie ein Emoji, das die Augen nach oben verdrehte.

Beruhigt ging ich früh zu Bett und schlief wider Erwarten rasch ein. Mitten in der Nacht schreckte ich hoch, weil es im Nebenzimmer rumpelte. Amelie war nach Hause gekommen. Eine Weile lauschte ich ihr und überlegte rüberzugehen, um ihr von der Auseinandersetzung mit Herrn Hoyer zu erzählen, und dass ich ihm einfach einen vierwöchigen Urlaubsantrag auf den Tisch geknallt hatte. Aber unser Zug ging am nächsten Tag bereits um neun Uhr, und ich wollte nicht gerädert in den Urlaub starten. Mir blieb morgen genügend Zeit, ihr alles zu erzählen. In meinem Traum war ich bereits an den Stränden der Nordseeinsel gewesen, es hatte sich derart real angefühlt, dass ich mich plötzlich nach diesem Ort sehnte, obwohl ich ihn gar nicht kannte. In diesem Moment, mitten in der Nacht, als meine Freundin im Nachbarzimmer ihren Koffer packte, wich der letzte Zweifel, und ich war mir zu hundert Prozent sicher, dass es die richtige Entscheidung war mitzufahren.

Ich würde mir eine Auszeit gönnen, und meine Mutter hatte recht, es fand sich bestimmt auch ein anderer Chef, von dem ich mich herumschubsen lassen konnte. Ich war mir sicher, Amelie würde vor Freude ausflippen, wenn ich ihr erzählte, dass ich nun vier Wochen mit ihr auf Sylt bleiben konnte. Mit einem Lächeln im Gesicht schlief ich wieder ein.

Ich lag im Bett und lauschte den Vögeln, die draußen in der Morgenluft zwitscherten, um den neuen Tag anzukündigen. Im Nachbarzimmer war es still, und der Wecker hatte noch nicht geklingelt. Diese Zeit besaß etwas Friedliches, und langsam, aber sicher stieg Vorfreude in mir auf. In diesem Sommer würde ich mich mitreißen lassen von Amelies Abenteuerlust. Und wenn es mir auf Sylt gefiel, würde ich tatsächlich die ganzen vier Wochen dortbleiben.

Der Wecker schaffte es kaum, einen Mucks zu machen, da hatte ich ihn bereits ausgeschaltet und schwang meine Beine aus dem Bett. Mein Koffer war gepackt. Es blieb nichts zu tun, außer zu frühstücken, zu duschen und Amelie zu wecken.

In meinen Schlafsachen tapste ich in die Küche. Heute bestand wohl keine Gefahr, einem nackten Fremden zu begegnen. Mit geübten Handgriffen schaltete ich die Kaffeemaschine ein, wartete, bis der Kaffee durchgelaufen war, und setzte mich mit einer Tasse an den Tisch. Unsere Reiseunterlagen hatte Amelie dort bereitgelegt, samt des kleinen Büchleins, in dem ganz vorn die Meer-Momente-Liste steckte. Kaum zu glauben, dass ich nun tatsächlich mitfuhr und ihr dabei zusehen konnte, wie sie sich einen

Millionär angelte, und gemeinsam mit ihr am nördlichsten Punkt Deutschlands picknicken konnte. Erst als der erste Schluck Kaffee mein System flutete, fiel mir der andere handgeschriebene Zettel auf, der aus dem Buch herauslugte und mit den Worten *Liebe Sina* begann. Ich zog ihn ganz heraus.

Liebe Sina,
bitte sei mir nicht böse. Tommek und ich hatten gestern Nacht ein langes und intensives Gespräch, es tut ihm schrecklich leid, und ich war ja in letzter Zeit auch etwas dünnhäutig und emotionaler als üblich. Trotz aller Differenzen bin ich die Liebe seines Lebens. Und er meine.

An dieser Stelle fühlte ich mich, als säße ich in der Achterbahn und würde gerade die erste Steigung zum höchsten Punkt hinauffahren.

Er hat mich gebeten, mit auf die Rucksacktour nach Vietnam zu kommen, um unserer Beziehung dort eine neue Chance zu geben. Bitte, bitte sei nicht böse auf mich! Denn der Trip deines Lebens geht nach Sylt, und wer weiß, womöglich wartet dort auch die Liebe deines Lebens. Alles ist gebucht und auch schon bezahlt, du musst dich nur in den Zug setzen und losfahren. Es wird großartig, das weiß ich.
Tausend Küsse
deine Amelie

Nun vollführte mein Magen eine Drehung, als sauste ich in vollem Tempo durch einen doppelten Looping. Für einen Moment wusste ich nicht, wo oben und wo unten war.

Eine Träne nach der anderen rann über meine Wange, noch ehe mein Gehirn zu hundert Prozent verarbeitet hatte, was diese Zeilen bedeuteten. Ich hatte meinen Chef angepflaumt und meinen Job geschmissen. Wofür? Richtig, für gar nichts! Denn ich würde nicht allein fahren. Das war Amelies Idee, nicht meine. Ich hätte sie lediglich begleitet, ihr bei dem Erleben der verrückten Punkte auf unserer Liste zugesehen. Hatte ich mich gerade noch waghalsig gefühlt, plumpste ich nun hart auf den Boden der Realität.

Geistesabwesend trank ich meinen Kaffee aus, dabei starrte ich ins Leere, und kein klarer Gedanke wollte sich in meinem Kopf formulieren.

Erst als ich aufstand, um die Tasse in die Spüle zu stellen, klärte sich das Durcheinander in meinem Gehirn. Ich musste die ganze Situation rational betrachten. Und eines hatte sich seit gestern nicht geändert – mir blieben zwei Möglichkeiten: Entweder kroch ich bei meinem Chef zu Kreuze, oder ich stürzte mich ins Abenteuer. Auch wenn der sicherheitsliebende Teil von mir das Gefühl hatte, er steuerte geradewegs auf eine Klippe zu, war da noch ein weiterer, neuer Teil, der stur auf seinem Standpunkt beharrte. Der es satthatte, nicht wertgeschätzt zu werden, obwohl er tagtäglich bei der Arbeit sein Bestes gab. Dieser Teil war bereit zu springen.

Ich schlug das Notizbuch auf und las die Liste, die Amelie und ich zusammen erstellt hatten, und während ich sie Punkt für Punkt durchging, verspürte ich ein Fünkchen Abenteuerlust in mir auflodern.

Amelies Meer-Momente

- *einen Bernstein finden*
- *einen Millionär im Sansibar kennenlernen*
- *ein Picknick am nördlichsten Punkt Deutschlands machen*
- *einen Mann kennenlernen, dessen Lieblingstier ein Hamster ist*
- *surfen*
- *mit einem Millionär im Klub Pony die Nacht durchtanzen*
- *Robben beobachten*
- *mit einem Promi einen Cocktail bei Sonnenuntergang trinken*
- *einen Kirschkern bis nach Dänemark spucken*
- *nackt im Meer baden*

»Ja«, sagte ich entschlossen. »Du schaffst das, Sina.« Ich würde fahren und versuchen, die Dinge zu erleben, die uns vor ein paar Tagen so sehr zum Lachen gebracht hatten. Die Stellenanzeigen konnte ich auch von dort aus durchforsten. Oder vielleicht meldete sich Herr Hoyer ja noch bei mir. Ich hatte mir diese Auszeit verdient. Außerdem konnte ich jeden Tag nach Hause fahren. Sylt und mein Alltagstrott lagen nur fünf Stunden Zugfahrt voneinander entfernt. Und – ich hatte schon nachgeschaut – es ging mindestens ein Zug pro Stunde von der Insel.

Kapitel 6

MIT MEINEM KOFFER verließ ich um kurz nach acht die Wohnung, um geradewegs über den Käfig von Willi Wonka zu stolpern, der auf der Fußmatte stand.

»Was zum Teufel ...«, entwich es mir.

Ich stellte mein Gepäck und den Käfig in unseren Wohnungsflur und eilte eine Etage tiefer, wo ich bei Frau Tammsen Sturm klingelte. Es dauerte lange, ehe sie mir öffnete.

»Warum haben Sie Willi vor unsere Tür gestellt?«, fragte ich aufgebracht.

»Das Viech hat die ganze Nacht Lärm gemacht.«

»Aber es ist ein Hamster, die sind nachtaktiv«, erwiderte ich, kurz davor zu verzweifeln. Hatte ich noch vor zwei Tagen geglaubt, das Schicksal wollte, dass ich nach Sylt fuhr, drängte sich mir nun der Eindruck auf, es habe seine Freude daran, mir besonders große Felsbrocken in den Weg zu werfen.

»Ist mir egal, ich kann bei dem Krach nicht schlafen, und mein Schlaf ist mir heilig«, blaffte Frau Tammsen und knallte mir die Tür direkt vor der Nase zu. In meiner Verzweiflung klingelte ich erneut, aber sie dachte nicht daran, noch mal aufzumachen.

»Glauben Sie bloß nicht, dass ich noch mal Ihre Blumen gieße, wenn Sie Ihre Schwester besuchen!«, rief ich durch die geschlossene Tür, ehe ich die Treppe wieder nach oben ging.

Und nun? Zu meiner Mutter konnte ich Willi nicht bringen, weil Toni Asthma hatte und jegliche Tierhaare einen Erstickungsanfall bei ihm auslösten. Und innerhalb von einer halben Stunde einen Platz in einer Tierpension zu finden und ihn dort abzugeben – das schien mir aussichtslos. Ich wusste schon, warum ich nie so Dinge tat wie unüberlegt auf Reisen zu gehen. »Ah!« Mit den Händen rieb ich mir übers Gesicht. »Denk nach, Sina«, murmelte ich.

Es gab nur eine Möglichkeit: Der Hamster musste mit. Das war verrückt, aber ich würde es schon hinbekommen. In der Wohnung suchte ich den kleinen Transportkäfig, in dem wir ihn aus der Zoohandlung hierhergebracht hatten. Ich fand ihn in der hintersten Ecke der Abstellkammer. Vorsichtig verfrachtete ich den gähnenden Hamster in das mit Watte ausgelegte Teil und hoffte, er möge den Stress unversehrt überstehen. Die kleinen Nager waren nicht unbedingt für ihre Langlebigkeit bekannt. Während ich sein Futter in meinen Koffer stopfte, keimten Zweifel in mir auf, die mir hartnäckig ins Ohr flüsterten, ich solle das ganze Vorhaben lieber abblasen.

Doch alles in mir sträubte sich dagegen, sich jetzt schon mit der Misere meiner Arbeitssituation auseinanderzusetzen. Ich hatte diese Entscheidung getroffen, nun wollte ich es auch durchziehen. Außerdem fürchtete ich, in Panik zu verfallen, wenn ich allein in der Wohnung säße und über mein Elend nachdachte. Deswegen machte ich mich mit Hamster und Koffer auf den Weg zum Bahnhof.

Gerade noch rechtzeitig sprang ich in den Zug. Auf meinen Sitzplatz schnaufte ich erstmal durch, Willis Transportkäfig stellte ich auf den Sitz neben mir. Leider hatte ich während der Fahrt viel Zeit, mir darüber bewusst zu werden, wie verrückt die letzten vierundzwanzig Stunden gewesen waren. Mein komplettes Leben stand kopf. Das war alles völlig untypisch für mich.

Um mich abzulenken, zog ich den Roman mit dem sommerlichen Cover, den ich mir vor ein paar Tagen gekauft hatte, aus der Tasche. Das Foto meines Vaters lag als Lesezeichen zwischen den Seiten.

Während ich mich bemühte, in die Romanwelt abzutauchen, verging die Fahrt wie im Flug. Als ich das Buch beiseitelegte, weil mein Nacken langsam schmerzte, befanden wir uns bereits auf dem Hindenburgdamm, der das Festland mit der Nordseeinsel verband. Elf Kilometer war er lang und 1927 eröffnet worden. Seit 1932 rollte ein Autozug darüber. Das hatte ich an dem Abend gelesen, als wir gemeinsam die Liste schrieben. Ich überlegte, Amelie eine Nachricht zu senden, aber ich war immer noch zu wütend. Stattdessen schaute ich aus dem Fenster, genoss den Anblick der Nordsee und die Landschaft der Insel, als wir Sylts östliches Ufer erreichten. Teilweise konnte man über die Weiten der Wiesen hinaus die See sehen. Nachdem wir die Orte Morsum und Keitum passiert hatten, wurde der nächste Halt und die Endstation Westerland angekündigt. Seit einigen Haltestellen sprach eine Stimme vom Band die Ortsnamen zusätzlich auf Friesisch aus, was durchaus amüsant klang.

Ab Hamburg hatte sich der Zug stetig gefüllt, nun drängten alle Passagiere gleichzeitig durch die engen Gänge zu den Türen. Es fühlte sich ein wenig an wie an einem Samstag im Restaurant bei Ikea. Ich hielt den kleinen Transportkäfig beschützend vor meinen Bauch und zerrte den Koffer mit der anderen Hand hinter mir her. Nicht ohne dabei immer wieder an den Sitzen hängen zu bleiben.

Die unterschiedlichsten Menschen waren hier versammelt: Rentner, Jugendliche, Familien, Geschäftsleute. Während der Zug langsam in den Bahnhof rollte, schaute ich mir die Gesichter genauer an und überlegte, was sie wohl auf die Insel trieb. Ein Trupp Anzugträger mit Laptoptaschen unter den Armen stand ein paar Meter von mir entfernt, die Männer unterhielten sich angeregt. Die Stoffe ihrer Kleidung wirkten teuer. Selbst ihre Haarschnitte zeugten von Perfektion. Meine Augen streiften einen dunklen Haarschopf, der mit dem Rücken zu mir gewandt stand. Etwas ließ meinen Blick auf ihm verharren, er kam mir seltsam vertraut vor. Der Blonde neben ihm sprach ihn an, und er drehte seinen Kopf zur Seite. Beim Anblick seines Profils rutschte mir beinahe vor lauter Schreck der Käfig mit Willi aus der Hand. Mein Herz schlug rasend schnell, als liefe es um sein Leben, sodass ich das Bedürfnis hatte, mich hinzusetzen. Ich sank auf eine der Armlehnen. Das konnte nicht sein. Das bildete ich mir ein. Vorsichtig wagte ich einen zweiten Blick, was meinen Kreislauf erneut fast zusammenbrechen ließ. Es war keine Einbildung. Dort, keine fünf Meter entfernt, stand Michael Eberdinger, meine erste große Liebe. Der Zerstörer meines Herzens. Aus dem Jugendlichen von damals war ein Mann geworden, aber sein Antlitz löste auch nach all den Jahren dieselben körperlichen Reaktionen bei mir aus. Herzrasen, Hitzewellen und Schwindelgefühle. Glücklicherweise war er zu sehr in sein

Gespräch vertieft, um mich zu bemerken. Hatte er mich überhaupt jemals bemerkt? Als ich Mitte der elften Klasse war, war er an unsere Schule gewechselt, in den Jahrgang über mir, und ziemlich schnell mit Annamaria zusammengekommen. Kurz vor den Sommerferien trennten sich die beiden, weil Annamaria angeblich etwas mit einem der Lehrer laufen hatte. Wir Elftklässler verfolgten den Tratsch aus dem Jahrgang über uns nahezu ehrfurchtsvoll, und fast jedes Mädchen meiner Stufe schwärmte insgeheim für einen der Jungs aus der Zwölften. Und dann passierte etwas, das ich mir in meinen kühnsten Träumen nicht hätte ausmalen können. In den Sommerferien hatten Michael und ich beide eine Dauerkarte für das Schwimmbad, und während die meisten unserer Schulkameraden mit Freunden oder ihren Eltern in den Urlaub fuhren, verbrachten wir einen Großteil unserer Zeit im Freibad. Er hatte mich gleich am ersten Ferientag angesprochen, und ich konnte mich noch ganz genau daran erinnern, wie glücklich es mich gemacht hatte, dass er überhaupt wusste, wer ich war. Dazu war er ausgesprochen nett gewesen und nicht so rüpelhaft wie die Jungs aus meinem Jahrgang. Ich fand ihn unglaublich reif und erwachsen. Wir aßen Eis, lagen zusammen auf der Wiese, lasen gemeinsam ein Buch. Und während wir im Wasser rumalberten und um die Wette schwammen, verliebte ich mich in ihn. Er sah schon damals verboten gut aus, und ich hatte ihn genauso angehimmelt wie viele meiner Klassenkameradinnen. Aber ich war eine Spätzünderin, was Jungs betraf. Nach dem Tod meines Vaters hatte ich die ersten Jahre meiner Teenagerzeit genug damit zu tun gehabt, mich um mich selbst und meine Mutter zu kümmern, da war mir nicht nach Flirten und Partys zumute gewesen.

Aber in jenem Sommer hatte sich das geändert. *Er* hatte es geändert. Endlich überwogen die fröhlichen Momente. Eines Tages küsste er mich im Wasser unter den Sprungtürmen. Von da an fuhren wir jeden Abend gemeinsam auf unseren Rädern nach Hause, er brachte mich stets bis vor die Haustür. Ein paarmal schlich er sich abends in mein Zimmer und übernachtete sogar bei mir. Er hielt mich im Arm und flüsterte: »Träum was Schönes, ich pass auf, dass dir nichts passiert.« Ich konnte mein Glück kaum fassen und glaubte ihm. In der letzten Ferienwoche hatte meine Mutter eine Ausstellung in Frankfurt, und ich musste sie begleiten. In der Nacht davor schlief Michael bei mir, und ich mit ihm. Es war mein erstes Mal, aber er sorgte dafür, dass es schön für mich war. Ich dachte, dass er mich ebenso liebte wie ich ihn, und ich brannte förmlich auf das neue Schuljahr, nahm mir fest vor, zu jeder Party zu gehen und mich gemeinsam mit ihm ins Leben zu stürzen. Dass ich mich hoffnungslos in etwas verrannt hatte, merkte ich, als ich, bis unter die Nasenspitze voll mit liebesduseligen Schmetterlingen, am ersten Tag nach den Ferien zur Schule ging. Ich hatte bei den Fahrradständern auf ihn gewartet. Als er kam, sprang ich erfreut auf und begrüßte ihn mit einem gehauchten »Hi«, in der Erwartung, er würde gleich seinen Arm um mich schlingen, mich küssen und mit mir gemeinsam die Schule betreten. Doch als sein Blick auf mir landete, fühlte es sich an, als würde ich in eine Eiskammer gestoßen. Plötzlich war er nicht mehr der liebenswürdige Junge aus dem Schwimmbad, dem ich meine Geheimnisse anvertraut hatte. Mit einem angedeuteten Lächeln hatte er lediglich ein kühles »Hallo« für mich übrig, ehe er an mir vorbeiging, zu Annamaria, der großen, schlanken, aber vollbusigen Annamaria Stadler aus seinem Jahrgang. Er hatte den Arm um ihre Hüfte gelegt und war statt mit mir mit ihr in die Schule geschlendert.

An den Rest dieses ersten Schultages der zwölften Klasse konnte ich mich nicht mehr erinnern. Es hatte nicht mehr als eine Woche gebraucht, dass er mich und unsere gemeinsame Zeit vergaß. Oder hatte ihm die Nacht mit mir nicht gefallen? Noch Jahre später hatte ich aufgrund dieser Abfuhr mit den Komplexen zu kämpfen. Und meiner Reaktion auf seinen Anblick in diesem blöden Zug nach zu urteilen, hatte ich es bis heute nicht überwunden.

»Der Ausstieg befindet sich in Fahrtrichtung rechts, wir bitten alle Fahrgäste auszusteigen. Der Zug endet hier.«

Die Ansage, die aus den Lautsprechern tönte, riss mich aus der Schulzeit zurück in die Gegenwart. Es kam Bewegung in die Menschen um mich herum, und als ich aufschaute, war Michael nicht mehr zu sehen. Gott sei Dank.

Ich trat hinaus auf den Bahnsteig, und der strahlend blaue Himmel leuchtete über dem Bahnhofsgebäude. Nur vereinzelte Quellwolken segelten vorbei. Die frische Brise wehte den Schock über Michaels Anblick fort. In Hannover war es in den letzten Tagen teilweise über dreißig Grad warm gewesen, daher trug ich eine olivfarbene kurze Hose und ein gestreiftes T-Shirt. Ich beschloss, im Bahnhofsgebäude einen Pullover anzuziehen.

Sorgsam stellte ich Willi in der kleinen Halle auf eine Bank und zog einen grauen Sweater aus meinem Koffer. Gerade als ich mit beiden Armen in den Ärmeln des Pullovers steckte und kurz davor war, ihn über meinen Kopf zu ziehen, ertönte mein Name hinter mir.

»Sina? Sina Reichert?«

Mein Herz setzte gleich fünf Schläge lang aus, um danach viel zu eilig weiterzurattern.

Nein, nein, nein, so viel Pech konnte ein Mensch in dieser kurzen Zeit nicht haben!

Instinktiv verweilte ich länger als nötig mit dem Kopf im Pullover und verfolgte die Taktik Vogel Strauß. Sehe ich ihn nicht, sieht er mich nicht.

»Sina, Mensch, das glaube ich nicht!« Die Stimme erklang nun von ganz nah. Seufzend lugte ich aus dem Halsausschnitt hervor und tat überrascht.

»Michael! Was für eine Überraschung.«

Er stand direkt vor mir, mit demselben Lächeln im Gesicht, das mich bereits damals im Schwimmbad ganz schwindelig hatte werden lassen. Ich straffte die Schultern und bedachte ihn mit einem, wie ich hoffte, kühlen Lächeln.

»Was machst du hier auf der Insel?«, fragte er und wirkte ernsthaft erfreut, mich zu sehen. »Wie viele Jahre ist das her, neun oder zehn? Du lieber Himmel, wir sind alt geworden.« Seine Mundwinkel hoben sich verschmitzt, und er sah dabei überhaupt nicht alt aus, sondern eher gereift, wie ein guter Whiskey. *Sina, reiß dich endlich zusammen!*

In mir rangen verschiedene Gefühle miteinander: Wut, weil er scheinbar vergessen hatte, wie sehr er mich verletzt und mich zudem in seinem letzten Schuljahr wie Luft behandelt hatte. Aber mein kindliches, naives Teenie-Ich war entzückt über seine Wiedersehensfreude. Dennoch blieb ich distanziert.

»Ich verbringe ein paar Wochen hier«, sagte ich und schaute demonstrativ auf meine Uhr. Blöderweise senkte sich sein Blick dabei ebenfalls auf mein Handgelenk und landete dadurch unweigerlich auf dem Käfig von Willi Wonka.

»Mit deinem Meerschweinchen?«, fragte er schmunzelnd. Dieses Lächeln, das sollte verboten werden, auch wenn es schien, als mache er sich gerade über mich lustig.

Ich räusperte mich. »Hamster«, korrigierte ich ihn. Dann ergriff ich Willi und meinen Koffer. »Ich muss jetzt leider los, mein Freund wartet auf mich. War schön, dich mal wieder zu sehen.«

»Ja, finde ich auch!«, rief er mir hinterher und schenkte mir nochmal ein Lächeln, das mich nur umso schneller flüchten ließ. Erst als ich den nahegelegenen ZOB erreichte, hielt ich an und holte gefühlt das erste Mal seit dem Anblick von Michael Luft. Ich steckte gewiss nur in einem wirren Traum fest. Denn wie hatte mein ruhiges, geregeltes Leben nur in solch ein Chaos stürzen können? Seit dem Streit mit meinem Chef hatte ich das Gefühl zu fallen. Aber tiefer würde es kaum noch gehen.

Dass der eigentliche Aufprall erst noch kommen sollte, ahnte ich zu diesem Zeitpunkt nicht.

Kapitel 7

DA AMELIE DIE Anschrift der Unterkunft auf einen Zettel notiert und ich mir die Karte der Insel im Vorfeld angesehen hatte, fand ich problemlos die richtige Buslinie und sank erleichtert auf einen der Sitze. Die Schlüsselübergabe würde durch den Vermieter persönlich erfolgen. Zumindest hatte Amelie das unter die Adresse gekritzelt, anscheinend hatte sie wirklich an alles gedacht. Sie hatte sogar vorab eine E-Mail mit unserem Zug und der Ankunftszeit gesendet. Hoffentlich machte der Hausbesitzer keine Probleme wegen Willi Wonka, aber wer hatte schon was gegen einen Hamster einzuwenden? Außer Frau Tammsen. Nach der Schlüsselübergabe würde ich sofort zu einem Heimtierbedarf fahren, um einen größeren Käfig zu kaufen. Bei meiner Abreise wollte ich ihm dem hiesigen Tierheim spenden, das hatte ich mir im Zug hierher überlegt.

Während der kurzen Fahrt mit dem Bus schaute ich aus dem Fenster. Waren wir im Ortskern von Westerland noch an vielen in die Jahre gekommenen Bettenburgen vorbeigefahren, zeigten sich nun immer mehr Reetdachhäuschen. Die meisten waren aus roten Backsteinen und besaßen weiße Sprossenfenster. Ich konnte sogar die Dünen mit dem Dünengras zwischen den Häusern hervorblitzen sehen, und gleich dahinter musste das Meer liegen. Ein Teil der Anspannung fiel von mir ab, und meine Schultern lockerten sich etwas. Ich hoffte, die Unterkunft besaß eine Badewanne. In dem Fall würde ich es mir heute Abend mit einem Glas Rotwein und einem Buch in der Wanne gemütlich machen. Vielleicht sogar mit einem Hörbuch – einfach die Augen schließen, während ich der Geschichte lauschte. Das klang geradezu himmlisch.

Von der Bushaltestelle war es lediglich ein fünfminütiger Fußmarsch. Eines musste ich Amelie lassen, sie hatte die Reise in der kurzen Zeit ausgesprochen gut vorbereitet und sogar eine Wegbeschreibung von der Haltestelle zum Ferienhaus ausgedruckt und zu den Unterlagen gelegt. Jetzt hatte ich gleich das Schlimmste überstanden und konnte in Ruhe das Chaos in meinem Kopf ordnen. Das Bild von Michael drängte sich unablässig in den Vordergrund meiner Gedanken. Dabei hatte dort bereits vor der Begegnung mit ihm ein heilloses Durcheinander geherrscht.

Ich bog in die Straße ein, die in der Beschreibung stand, und fand die angegebene Hausnummer an einem schnuckeligen, kleinen Reetdachhaus, das in Sichtweite der Dünen lag. Innerlich juchzte ich vor Freude auf. Rote Backsteine, ein goldglänzendes Strohdach und weiße Holzfenster mit einem Giebel im Dach ließen in mir Urlaubsfeeling aufkommen. Ein alter, rostiger Jeep mit offenem Verdeck stand in der Einfahrt. Perfekt, der Vermieter war bereits da, und der Schlüsselübergabe stand nichts im Wege. Ich klingelte und wartete vor der weißen Holztür. Ein paar Augenblicke später wurde sie schwungvoll aufgezogen – und ich vergaß für einen Moment zu atmen.

Vor mir stand der Typ aus meinen Träumen.

Zumindest besaß er dieselben blauen Augen und blonde, leicht gelockte Haare. Er war groß und breitschultrig, sein Körper füllte fast den ganzen Rahmen der Haustür aus, und ich fühlte mich sogleich etwas eingeschüchtert. Das »Hallo«, das mir bereits auf der Zunge gelegen hatte, blieb auf dem Weg nach draußen stecken, stattdessen starrte ich ihn mit geöffnetem Mund an.

»Du musst Amelie sein«, sagte er ohne viel Regung in seinem Gesicht, das halb unter einem Drei-Tage-Bart verborgen lag. Er streckte mir seine gebräunte Hand entgegen. Wie in Trance ergriff ich sie, und meine Finger verschwanden völlig in seinen. Ich war immer noch nicht fähig zu sprechen, zu sehr irritierten mich seine blauen Augen. »Ich dachte, ihr kommt zu zweit?«, fragte er und musterte mich eingehend.

Wenn ich noch lange brauchte, um zu antworten, würde er sicherlich denken, ich sei stumm. Aber erst als er seinen Blick von mir löste, um suchend hinter mich zu schauen, funktionierte mein Sprachzentrum wieder, zumindest teilweise. Ich räusperte mich. »Ich ... ich bin Sina Reichert«, kiekste ich. Nachdem die ersten Worte raus waren, purzelte ein Schwall weiterer hinterher. »Amelie hat sich kurzfristig dazu entschlossen, sich mit ihrem Freund zu versöhnen und nach Vietnam zu fliegen.« Ich brabbelte, ohne Luft zu holen, was dazu führte, dass ich erneut etwas kurzatmig wurde. Erst sagte ich keinen Ton und dann kam ich ihm gleich mit meinem persönlichen Drama. Ihm war es sicherlich egal, was Amelie trieb, Hauptsache seine Gäste zahlten und verwüsteten nicht das Häuschen.

Sein strahlender Blick war zu mir zurückgewandert. Er zuckte leicht mit den Schultern.

»Ich bin Ben.« Dann deutete er auf Willi. »Du reist mit Hamster?« Sein linker Mundwinkel zuckte. »Finde ich gut.«

Erleichtert atmete ich auf und schaffte es sogar, ihn anzulächeln. »Das ist eine lange Geschichte. Darf ich vorstellen: Willi Wonka.«

»Moin, Willi. Komm rein, Sina.«

Ben griff nach meinem Koffer und ging voraus in den Hausflur, ich folgte ihm und schaute mich neugierig um. Es wirkte gar nicht wie ein Ferienhaus. Es wirkte – bewohnt. Erneut flutete mich ein ungutes Gefühl, das drohte, in Panik auszuufern, als Ben vor einem Zimmer stehen blieb.

»Das ist dein Zimmer. Badezimmer ist da drüben. Ich wollte gerade Kaffee machen, möchtest du auch einen?«

»W-w-wieso Zimmer?«, piepste ich. »Wer hat denn den Rest der Unterkunft gemietet?« Nervös trommelte ich mit meinen Fingern auf Willis Transportkäfig. Ben schaute mich derweil verständnislos an. Dann schien er zu begreifen.

»Du dachtest, du hast das ganze Haus gemietet? Für *den* Preis?« Er hob vielsagend die Augenbrauen. »Es steht aber ganz deutlich in der Beschreibung auf der Website, dass ich lediglich ein Zimmer vermiete.« Er zwinkerte, was mich ärgerte, schließlich war ich nicht zu blöd, eine Beschreibung zu lesen, nur hatte ich die niemals zu Gesicht bekommen. Jetzt wurde mir klar, warum.

»Amelie hat die Buchung übernommen.«

Schweigen. In dem ich die aufwallende Panik niederzukämpfen versuchte.

Ich würde auf gar keinen Fall allein mit einem Fremden eine Wohnung teilen, eine Küche, ein Badezimmer … Wer weiß, was das für ein Typ war! Vielleicht ein Psychopath, der mich nachts beim Schlafen beobachtete, oder er feierte jeden Abend laute Partys mit seinen Kumpels. Oder er lief ebenfalls nackt durch die Wohnung.

Automatisch machte ich einen Schritt rückwärts, was Ben nicht entging. »Ist das ein Problem für dich?«, brummte er und klang genervt.

Ich blieb ihm die Antwort schuldig. Die Ereignisse der letzten Tage und nun dies hier – es war einfach alles zu viel. Ich hatte zwar noch nie einen erlitten, aber ich war mir sicher, dass mich genau in diesem Augenblick mein erster Nervenzusammenbruch ereilte. Bens zunehmend besorgter Gesichtsausdruck bestätigte das.

»Pass auf« – er seufzte – »du bringst jetzt erstmal deinen Koffer und deinen felligen Freund in das Zimmer, und ich mache uns in der Zeit einen Kaffee. Dann kannst du das Ganze sacken lassen und dich danach entscheiden, ob du bleiben möchtest oder nicht.«

Mechanisch nickte ich. Ben flüchtete regelrecht in die Küche, und ich war versucht, es ihm gleichzutun und in die entgegengesetzte Richtung zur Haustür hinauszurennen, entschied mich aber dagegen. Willi brauchte Ruhe, und auch ich benötigte eine Pause.

Das von Amelie gemietete Zimmer war nicht übermäßig groß, aber gemütlich. Es stand ein Doppelbett an einer Wand, eine kleine Couch an der gegenüberliegenden Seite. Das Fenster war bodentief und führte in den Garten. Nachdem ich fünf Minuten auf dem Bett gesessen und vergebens versucht hatte, Amelie zu erreichen, um sie zur Rede zu stellen, machte ich mich auf die Suche nach dem Bad und spritzte mir kaltes Wasser ins Gesicht.

»Was hast du dir nur dabei gedacht?«, murmelte ich meinem Spiegelbild entgegen. »Wie konntest du nur denken, das sei eine gute Idee?« Ein blasses Abbild meines Selbst starrte mich stumm aus dem Spiegel heraus an und verweigerte jeglichen Kommentar dazu.

»Alles in Ordnung bei dir?«, drang Bens zweifelnde Stimme durch die Tür. Ich schloss die Augen. Na großartig, jetzt dachte er sicherlich, ich sei total plemplem, weil ich im Bad Selbstgespräche führte. Aber was interessierte mich das? Ich würde nämlich schnellstmöglich wieder nach Hause fahren – oder?

»Ja, ich bin sofort fertig«, krächzte ich.

Ohne zu wissen, ob ich bleiben oder dieses ganze Theater von der »Reise meines Lebens« sofort abbrechen sollte, ging ich in die Küche, wo Ben bereits mit einem Kaffeebecher am Tisch saß. Er schenkte mir ebenfalls ein.

»Schwarz?«, fragte er.

»Mit etwas Milch, wenn es geht.«

Ich schaute ihn mir genauer an. Er sah nicht aus wie ein Stalker oder ein Serienmörder, vielmehr strahlte er Selbstbewusstsein aus und erinnerte mich ein wenig an Amelie. Jemand, der das Leben leichtnahm, der wusste, wie attraktiv er war, der sich seiner selbst so sicher war, dass er nicht einmal einen korrekten Haarschnitt benötigte. Ein verwegener Männertyp, auf den bestimmt viele standen. Ich nicht. Solche Männer gaben einem Mädchen schnell das Gefühl, etwas Besonderes zu sein, aber sie waren nur verliebt in das Leben und nicht in eine bestimmte Frau. Sein T-Shirt war am Kragen ein wenig löchrig, aber es wirkte nicht wie aus der Altkleidersammlung, sondern passte zum Gesamtlook. Mein Blick schweifte weiter durch den

Raum, bis er auf einem gerahmten Foto an der Wand hängen blieb. Darauf war ein kleines Mädchen abgelichtet und eine blonde Frau, die das Kind durch die Luft wirbelte, sodass sie nur von hinten zu sehen war, aber das Mädchen juchzte vor Freude. Das Foto beruhigte mich ein wenig. War das seine Familie?

»Hör zu, ich kann verstehen, dass du nicht scharf darauf bist, mit einem Kerl, den du nicht kennst, zusammenzuwohnen, aber ich verspreche dir, ich beiße nicht.« Er grinste.

Stillschweigend musterte ich ihn mit unbeweglicher Miene, aber hinter meiner Stirn rotierten die Gedanken. Was sollte ich tun? Es war schwer genug gewesen, mich für diesen Urlaub zu entscheiden, und nun sollte ich bei einem Fremden wohnen? Der vielleicht davon ausging, er könnte nachts mit unter meine Decke kriechen? Ein Schauder erfasste mich, und ich schüttelte mich innerlich. Aber wenn das seine Frau und sein Kind waren, dann täuschte sein Surferboy-Look vielleicht.

»Ist das deine Familie?«, fragte ich ihn mit einem Kopfnicken in Richtung des Fotos. Verwirrt blinzelte er, ehe er meinem Blick folgte und langsam nickend sagte: »Ja, das ist meine Familie.«

Ich hatte ja schon davon gehört, dass die Leute im obersten Norden Deutschlands etwas wortkarg waren, aber mehr als einen Satz zu den beiden auf dem Foto hätte ich schon erwartet.

»Und wo sind sie? Am Strand?« Ich versuchte, meine Worte locker klingen zu lassen.

Er zögerte, und für einige Augenblicke verdunkelte sich seine Miene. »Sie sind zurzeit bei einer Mutter-Kind-Kur.«

Er fuhr sich mit den Fingern durchs Haar, was es noch mehr abstehen ließ.

»Oh«, machte ich wenig eloquent, weil ich nicht wusste, wie ich darauf reagieren sollte.

»Die beiden, ich meine wir haben eine schwere Zeit durchgemacht.«

»Das tut mir leid.« Das tat es wirklich. Zwar war ich neugierig, was er damit meinte, aber ich bohrte nicht weiter nach. Schließlich kannten wir uns noch keine Stunde. Zudem machte Ben nicht den Eindruck, als wollte er mit mir darüber reden.

Trotz der Schwermut, die plötzlich in der Luft lag, oder gerade deswegen, entschied ich, vorerst zu bleiben. Es musste ja nicht für volle vier Wochen sein, nicht einmal für zwei. Aber ich war erschöpft und sehnte mich nach etwas Erholung, außerdem wollte ich an den Strand und nicht wieder fünf Stunden in einem stickigen, überfüllten Zug sitzen. Aber damit ich morgen früh gleich die Insel erkunden konnte, gab es noch eine Sache zu erledigen.

»Ich bleibe«, verkündete ich beiläufig.

Ben nickte. »Gut, freut mich.«

»Kannst du mir sagen, wo ich um diese Uhrzeit noch einen Hamsterkäfig herbekomme?«

Wieder zuckte sein linker Mundwinkel nach oben, und kurz erschienen kleine Lachfältchen um seine Augen.

Ich überlegte, ihm zu erklären, wie es dazu gekommen war, dass ich Willi dabeihatte, verwarf den Gedanken aber wieder. Nur weil ich blieb, hieß das nicht, dass ich ihm irgendeine Erklärung schuldete und wir uns anfreunden mussten. Er schrieb mir eine Adresse auf einen Zettel.

»Die haben samstags bis 18:00 Uhr geöffnet.«

»Danke.« Ich nahm das Blatt Papier und stand auf.

»In deinem Zimmer liegt eine Mappe mit Informationen zur Insel und zum Haus sowie die Schlüssel. Im Kühlschrank ist ein leeres Fach, im Vorratsschrank auch. Wenn du dir irgendwas von meinen Sachen nimmst, fülle es bitte wieder auf.«

»Okay.« Ich wusste nicht, was ich sonst noch sagen sollte. »Äh, ich schätze, wir sehen uns.«

»Das schätze ich auch«, entgegnete er, und seine dunkle Stimme rumpelte geradezu durch die Küche. Das T-Shirt spannte um seine Brust, als er die Hände auf den Tisch stützte und sich erhob. Was fanden Frauen nur an solchen Typen? Das Bild von Michael mit seinem kurzgeschnittenen Haar und dem dunkelblauen Anzug tauchte in meinem Kopf auf. Sofort kribbelte meine Haut.

Ich fuhr mit dem Bus zurück nach Westerland und fand das Geschäft für Heimtierbedarf sofort. Beim nahegelegenen Bäcker besorgte ich mir noch rasch ein belegtes Brötchen fürs Abendbrot, bevor ich eine neue Behausung für Willi aussuchte. Leider war die Auswahl bei den Käfigen begrenzt, und die vorhandenen Modelle waren winzig. Dieser ganze Stress würde Willi Wonka sicherlich drei Monate seines Lebens kosten, und das war im Leben eines Hamsters eine beachtliche Zeitspanne.

Schwer beladen machte ich mich auf den Rückweg und war bereits kurz vor dem Haus, als erneut ein mulmiges Gefühl in mir aufstieg. Was hatte Amelie sich nur dabei gedacht? Sie wusste ganz genau, dass ich nicht der Typ war, um bei einem Fremden zu wohnen. Schnaufend stellte ich meine Einkäufe auf den Steinwall, der das Grundstück von der Straße trennte, und setzte mich daneben. Kurzerhand zog ich mein Handy aus der Tasche und wählte die Nummer meiner abtrünnigen Mitbewohnerin.

»Hey, Sinchen!«, rief sie fröhlich ins Telefon.

»Hey, Sinchen? Wie wäre es mit: Es tut mir leid, dass ich dich habe sitzen lassen und dir verschwiegen habe, dass du auf Sylt allein bei einem fremden Kerl wohnen musst?«, entlud ich meinen Frust in den Hörer.

»Es tut mir auch leid, ehrlich, aber ich bin mir sicher, dir werden die Auszeit und die Gesellschaft guttun. Der Vermieter des Zimmers sah auf seinem Profilbild echt scharf aus.«

»Pff«, machte ich. »Der entspricht vielleicht deiner Vorstellung von scharf, aber nicht meiner. Der sieht aus wie ein Bad Boy mit Surfer-Frisur, und er trägt löchrige T-Shirts. Vielleicht gibt es Motten in dem Haus, die sich dann auch durch meine Sachen fressen werden. Außerdem frag ich mich, wie der sich dieses Haus überhaupt leisten kann.«

Amelie lachte. »Manchmal glaube ich, du bist eine Achtzigjährige im Körper einer heißen Braut.«

Auf diese Bemerkung hin entfuhr mir ein undefinierbares Grunzen. »Ich finde nicht, dass es unnormal ist, sich Sorgen zu machen, wenn man gezwungen wird, mit einem fremden Mann zusammenzuwohnen. Ich hoffe nur, mein Zimmer hat einen Schlüssel. Hätte er nicht ein süßes Foto von seiner Tochter und seiner Frau in der Küche hängen, wäre ich sofort wieder abgereist.«

Erneut drang das helle Lachen meiner Freundin durch den Hörer.

»Ich bin wirklich sauer auf dich«, stellte ich nochmals in aller Deutlichkeit klar, als die Hintergrundgeräusche am anderen Ende der Leitung lauter wurden.

»Halte dich einfach an die Liste, dann wirst du mir am Ende der zwei Wochen dankbar sein!«, rief sie noch in den Hörer, dann wurde die Verbindung unterbrochen.

»Eigentlich habe ich sogar vier Wochen Zeit«, murmelte ich, als die Leitung bereits tot war.

»Das Zimmer hat einen Schlüssel, keine Sorge«, verkündete eine Stimme hinter mir, in der ein amüsierter Unterton mitschwang.

Erschrocken fuhr ich herum.

Da stand Ben und schien seine norddeutsche Kühlheit kurzzeitig abgelegt zu haben, denn er grinste breit, und ein Grübchen zeigte sich auf seiner linken Wange.

»Ist nun mal nicht jedermanns Sache, mit einem fremden Hippie unter einem Dach zu hausen.« Ich reckte mein Kinn nach vorn, obwohl es mir ein wenig unangenehm war, was ich zu Amelie über ihn gesagt hatte. Ich klang wirklich wie eine achtzigjährige Jungfer.

»Was denn nun? Hippie oder Bad Boy?« Jetzt entblößte er strahlend weiße Zähne und lachte dröhnend auf, während ich spürte, wie sich meine Wangen röteten. Am besten ignorierte ich ihn und ging ihm, soweit es mir möglich war, aus dem Weg.

»Ich habe über hundert Bewertungen bei Airbnb, vielleicht lassen die dich ja heute Nacht besser schlafen.« Er lachte noch immer, als er zu seinem Auto schlenderte, aus dessen Kofferraum – wie sollte es anders sein – ein Surfbrett hervorlugte.

Nun verdrehte ich die Augen und beschloss, ihm auf jeden Fall aus dem Weg zu gehen. Sicherlich verbrachte er eine Menge Zeit am Strand, und der war auf der Insel lang genug, dass ich ihm dort nicht zwingend begegnen musste. Im Haus würde ich mich vorwiegend in meinem Zimmer aufhalten.

Ich fühlte mich von Amelie im Stich gelassen und konnte nichts gegen die Tränen tun, die plötzlich in mir aufstiegen. Während ich die Haustür aufschloss, nahm ich mir dennoch vor, mindestens zwei Wochen durchzuhalten.

Kapitel 8

WILLI WONKA SCHIEN mit seinem neuen Käfig einverstanden zu sein, aber ich beschloss, ihn hin und wieder im Zimmer frei laufen zu lassen, damit er in dem kleinen Ding keinen Koller bekam. Zunächst war er allerdings damit beschäftigt, seine neue Behausung einzurichten, indem er die Streu eifrig in einer Ecke auftürmte.

Heute Morgen war ich zeitig aufgestanden, um zu duschen, in der Annahme, Ben würde an einem Sonntag nicht vor dem Mittag aus dem Bett kommen. Dementsprechend überrascht war ich, dass er von draußen durch die Haustür trat, als ich auf dem Weg vom Bad zurück in mein Zimmer war.

»Morgen«, grüßte er knapp und ließ seinen Blick für meinen Geschmack etwas zu offensichtlich über meine nackten Beine gleiten, die in kurzen Shorts steckten. Typisch, und das obwohl er eine Frau und ein Kind hatte.

»Morgen«, murmelte ich und machte mich danach eilig fertig, um mir ein Café zu suchen, in dem ich frühstücken konnte. Anschließend wollte ich damit beginnen, die Insel zu erkunden.

»Im Schuppen stehen Fahrräder, du kannst dir gern eins

nehmen, nur wenn du es irgendwo abstellst, denk bitte daran, es abzuschließen!«, rief Ben mir aus der Küche zu.

Ich hielt inne. »Okay!« Das war ein nettes Angebot. Zu Fuß kam man ja nur schrecklich langsam voran, und ich hatte bereits mit dem Gedanken gespielt, mir für die Zeit auf Sylt ein Fahrrad zu mieten.

Ben streckte seinen Kopf aus der Küche und blies in einen Kaffeebecher. Ein köstlicher Duft stieg mir in die Nase.

»Kaffee?«, fragte er, und ich war versucht, ja zu sagen. Aber ich wollte nicht den Eindruck vermitteln, ich hätte Interesse daran, Zeit mit ihm zu verbringen oder gar eine Hippiekommune zu gründen. *Oje, jetzt klang ich selbst in meinen Gedanken wie eine Achtzigjährige mit Stock im Allerwertesten.* Entschieden schüttelte ich den Kopf, um die höhnische innere Stimme zu vertreiben und den Kaffee abzulehnen. »Nein, danke.« Obwohl mein Hirn nach Koffein lechzte, zwang ich meinen Körper dazu, sich von dem verlockenden Duft zu entfernen.

Draußen empfing mich strahlender Sonnenschein, und der Wind wehte mäßig. Im Schuppen nahe dem Haus lehnten verschiedene Surfbretter an der Wand, und ein Neoprenanzug baumelte an einem Haken, der in einem der Deckenbalken befestigt war. Neben einem Gefrierschrank und einer halb vollen Kiste Bier standen vier Fahrräder, und ich entschied mich für ein rotes Damenrad. Es war eines dieser Hollandräder mit Weißrandreifen und einem Bastkörbchen am Lenker. Damit steuerte ich kurz darauf durch die kleinen Straßen des Inseldorfes. Die Häuser waren eine Mischung aus Reetdachkaten und ganz normalen Einfamilienhäusern mit Ziegeldächern. Nur vereinzelt lagen größere Bauten dazwischen, die sich als Pensionen entpuppten, aber nicht vergleichbar waren mit den Bettenburgen in Westerland.

An der Strandpromenade von Wenningstedt konnte man schon von Weitem die rote Werbung des berühmten Fischrestaurants Gosch erkennen, dessen Gebäude oben an der Dünenkante thronte. Ich fuhr aber zunächst weg vom Strand in eine Seitenstraße, in der sich einige Cafés und Restaurants befanden. Nur eine Querstraße entfernt entdeckte ich ein kleines Lokal mit liebevoll angelegter Terrasse. »Strandstübchen« stand auf einem Schild über dem Eingang. Kleine Holztische, kombiniert mit Bistrostühlen und Strandkörben, in denen man die Sonne genießen oder Schutz vor der stetigen Brise suchen konnte, luden zum Verweilen ein. Windlichter mit dicken Kerzen und Kissen mit maritimen Dekor darauf rundeten das Ambiente ab. Spontan beschloss ich, dort zu frühstücken. Ich ergatterte einen freien Tisch auf der Terrasse und studierte die Speisekarte, die für jede Tageszeit etwas bot. Von verschiedenen Frühstücksvariationen über Pasta, Folienkartoffeln und Labskaus bis hin zu Eis und Torte. Ein grauhaariger Mann trat an meinen Tisch, der trotz der frühen Stunde geschafft aussah.

»Moin, was darf ich der jungen Dame bringen?«

»Auf jeden Fall einen großen Kaffee.«

Er notierte es auf seinem Block.

Ich warf einen erneuten Blick auf das Frühstücksangebot, konnte mich aber zwischen all den Leckereien nicht entscheiden. Süß, deftig oder beides?

»Bist du im Urlaub hier?«

Etwas irritiert von der direkten Frage nickte ich.

»Dann empfehle ich den Tag mit einem Glas Sekt und einem Krabbencocktail zu starten, dazu ein Butterbrötchen.« Er beugte sich etwas vor, als wolle er mir ein Geheimnis verraten. »Dem besten Krabbencocktail der Insel.« Er zwinkerte, und ich musste lächeln.

»Sehr gern«, erwiderte ich. »Das klingt perfekt für meinen ersten Tag.«

»Oh, dein erster Tag auf Sylt? Von wie vielen?«

»Solange es mir hier gefällt«, antwortete ich scherzhaft. Denn in Wahrheit wusste ich ja selbst noch nicht, wie lange ich bleiben würde. Zwei Wochen, vier Wochen? Oder nur ein paar Tage?

Er lachte. »Dann werde ich sicher noch öfter in den Genuss deiner Gesellschaft kommen.«

»Vielleicht«, entgegnete ich.

»Meinem Krabbencocktail konnte noch keine Frau widerstehen.«

Schmunzelnd legte ich die Karte beiseite. Er konnte vom Alter her fast mein Großvater sein, aber seine Art war charmant, und ich war mir sicher, er sagte das zu jedem weiblichen Gast.

Zehn Minuten später servierte er mir mein Essen, und ich musste zugeben, dass er vermutlich recht hatte mit seiner Behauptung über den Krabbencocktail. Der Sekt auf den fast leeren Magen entfaltete ziemlich schnell seine Wirkung. Aber ich war schließlich im Urlaub, und außerdem hatte es den angenehmen Nebeneffekt, dass meine Sorgen etwas in den Hintergrund traten und ein weiterer Teil meiner Anspannung von mir abfiel. Während ich das Frühstück genoss und versucht war, die Reste der köstlichen Mayonnaise mit dem Finger aus der Schale zu holen, hastete der nette ältere Herr von einem Tisch zum nächsten. Eine Weile saß ich noch dort und genoss die Sonne, ehe ich samt großzügigem Trinkgeld zahlte und mich zum Strand aufmachte. Ich musste jetzt einfach ans Meer, dessen Wellen mir schon seit meiner Ankunft im Ohr klangen. Rasch legte ich die kurze Strecke zurück und stellte mein Rad unten an den Dünen ab. Dann folgte ich einem Holzsteg, der über den Sand führte und gesäumt war von Dünengras, das seicht hin- und herwogte, als tanzte es zur Melodie des Windes. Dazwischen hatten sich Wildrosen breitgemacht. Einige blühten prachtvoll, und ich sog ihren Duft ein. An anderen bildeten sich schon erste Hagebuttenfrüchte.

In der Ferne lag das Meer glitzernd vor mir. Am Rande des Steges blieb ich stehen und genoss den Anblick. Zu meinen Füßen erstreckte sich der Strand, dessen Sand in der Sonne fast weiß erschien. Darauf verteilt standen die typisch nordfriesischen Strandkörbe mit ihrem weißen Korbgeflecht und den weiß-blau gestreiften Polstern, wie ich sie auf unzähligen Fotos im Internet gesehen hatte. Aber keines der Fotos hatte die wahre Schönheit dieses Ortes wiedergeben können. Neben dem Meer, das unter der Sonne funkelte wie die geschliffenen Facetten eines Diamanten, waren da noch diese wunderbaren Geräusche: das Rauschen der Wellen, wenn sie sich mit weißen Kronen auf den Strand schoben, die Rufe der Möwen, die am Himmel kreisten und vereinzelnd auf dem Strand landeten oder sich ins Wasser stürzten. Der Duft von Seetang und Salzwasser, der sich in der Nase zu dieser einzigartigen Seeluft verband und einen salzigen Geschmack auf der Zunge hinterließ. Allein dieser Moment war die Reise nach Sylt wert.

Am Strand wehte der Wind stärker, dennoch war es angenehm warm. Die leuchtende Sandpracht war so weitläufig, dass man trotz der vielen Touristen nicht das Gefühl hatte, es sei überlaufen. Ich zog meine Turnschuhe aus und steckte die Füße in den warmen Sand. Eine Weile lief ich Richtung Süden, setzte mich dann in den Sand und beobachtete die Kitesurfer draußen auf dem Wasser, deren Segel straff gespannt am Himmel standen. Warum trieb es die Menschen ans andere Ende der Welt, an die Strände von Thailand oder Australien, wo Orte wie dieser gleich um die Ecke zu finden waren? Und warum war ich selbst so selten am Meer? Überall waren in den letzten Jahren Dekoartikel mit Sprüchen über das Meer zu sehen gewesen und T-Shirts und Decken mit Ankermustern, bei deren Anblick ich mich immer gewundert hatte, warum die Leute so versessen darauf waren. Zwanzig Minuten hier am Strand reichten aus, damit ich es verstand. Das Rauschen und das Bewegungsspiel des Wassers hatten etwas Beruhigendes und zugleich Euphorisierendes an sich. Ich merkte gar nicht, wie die Stunden verstrichen, und erhob mich erst, als mir meine Haut an den Armen selbst in dem hellen Sonnenlicht verdächtig rot vorkam. Der Wind täuschte über die intensiven Sonnenstrahlen hinweg.

Mit dem Rad erkundete ich den Ortskern und fuhr erneut die Seitenstraße entlang, in der das Strandstübchen lag. Der nette ältere Herr kümmerte sich noch immer um Gäste, und als er seinen Kopf hob und mich lächelnd grüßte, freute ich mich, dass er mich wiedererkannte. Anschließend bog ich einmal links und einmal rechts ab, dann befand ich mich auf einer Art Hauptstraße. Ein paar hundert Meter weiter gab es einen Supermarkt, ein Feinkostgeschäft und eine Drogerie. Erstaunt stellte ich fest, dass die Geschäfte auch am Sonntag geöffnet waren. Kurz entschlossen schlenderte ich durch die Regale und kaufte neben frischer Milch und einigen Lebensmitteln eine große Flasche Sonnencreme. Ich verstaute alles in dem kleinen Bastkörbchen am Rad und radelte zurück zum Reetdachhaus.

Bens Auto stand nicht in der Einfahrt, und ich packte in Ruhe meine Einkäufe in das freie Fach im Kühlschrank. Ich linste in einige Schubladen und verschaffte mir einen Überblick über die vorhandene Ausstattung, die ich etwas mager für eine dreiköpfige Familie fand.

Danach ging ich durch die Terrassentür in meinem Zimmer nach draußen und erkundete den Garten. Die Rasenfläche grenzte fast an die sandigen Dünen, aber das Grundstück lag zu tief, als dass man das Meer hätte sehen können. Hinter dem Haus befand sich eine kleine Terrasse mit Gartenstühlen und einem Tisch, in einer Ecke stand ein Liegestuhl mit blau-weißem Stoffbezug, der jetzt am späten Nachmittag im Schatten lag. Genau richtig für meine bereits gerötete Haut. Ich lehnte mich darin zurück und wählte die Nummer meiner Mutter.

»Apfelsinchen!«, rief sie erfreut in den Hörer.

»Hallo, Mama, ich wollte dir nur sagen, dass ich gut angekommen bin.«

»Das freut mich. Habt ihr Spaß, du und Amelie?«

Geräuschvoll atmete ich aus. »Ich bin allein gefahren, Amelie hat sich kurzfristig mit Tommek versöhnt und ist mit ihm nach Vietnam geflogen.«

»Oh«, entfuhr es meiner Mutter. »Ist das für dich denn in Ordnung?«

Die Enttäuschung, die ich empfand, hatte deutlich in meinen Worten mitgeklungen. Auch wenn ich mich bemühte, Amelies Verhalten zu verstehen, fühlte ich mich von ihr allein gelassen. Bei etwas, zu dem sie mich zuvor überredet hatte, und was ich im Grunde gar nicht gewollt hatte. Auf der anderen Seite war der heutige Tag sehr schön gewesen …

Ich schnaubte leise auf. »In Ordnung ist es nicht, und ich bin ziemlich sauer auf sie. Nun, es ist eben Amelie und …« Ich beendete den Satz nicht. »Aber weißt du was? Es ist schön hier, und vielleicht hattest du recht und der Job bei Hoyer war auf Dauer nicht das Richtige für mich.«

»Ich freue mich, wenn du eine gute Zeit hast. Genieße jetzt erstmal die Wochen auf Sylt, manche Dinge finden sich von ganz allein – wenn man es zulässt.«

Kapitel 9

DIE ERSTEN DREI Tage der folgenden Woche verliefen alle ähnlich. Ich frühstückte im Strandstübchen, wo fast immer der ältere Herr die Gäste bediente. Mittlerweile wusste ich, dass er Paul hieß. Nachmittags lag ich am Strand, las oder schaute einfach nur aufs Meer. Ein Teil von mir hätte nichts dagegen gehabt, die gesamte Zeit auf Sylt auf diese Weise zu verbringen, aber die Meer-Momente-Liste lockte mich ebenfalls. Morgen würde ich damit beginnen, das sagte ich mir zumindest jeden Abend, aber bisher war es bei dem Vorsatz geblieben.

Das Zusammenwohnen mit meinem Vermieter gestaltete sich unkompliziert. In der Früh, wenn ich aufstand, war er meistens schon aus dem Haus. Wenn ich vom Strand zurückkehrte, saß er in seinen Laptop vertieft auf der Terrasse oder in der Küche. Mehr als ein paar lockere Worte Smalltalk hatten wir seit dem Tag meiner Ankunft nicht ausgetauscht, was mir im Grunde ganz recht war.

Deswegen wunderte es mich, dass er am Donnerstag seinen Computer zuklappte, als ich auf die Terrasse trat. Seine blauen Augen folgten mir, während ich mich mit meinem Buch in den Liegestuhl setzte. In der Mittagssonne war ich lieber im schattigen Garten als am Strand. Ich wollte mich nicht noch einmal verbrennen wie am ersten Tag.

»Wie gefällt es dir auf der Insel?«, erkundigte er sich.

»Besser als erwartet.«

Er lachte auf. »Warum bist du hergekommen, wenn du angenommen hast, es würde dir hier nicht gefallen?«

»Meiner Freundin zuliebe. Sie hatte sich von ihrem Freund getrennt und wollte sich hier auf Sylt einen Millionär angeln.« Oder zwei, plus einen Surflehrer, fügte ich in Gedanken hinzu.

Ben sah mich ungläubig an, und ich musste lachen.

»Klingt verrückt, ich weiß, aber so ist sie.«

»Sagtest du nicht, sie sei mit ihrem Freund nach Vietnam gereist?«

»Das stimmt, kurz vor unserer Abreise haben sie sich versöhnt, und Amelie hat ihre Pläne geändert.«

Schmunzelnd schüttelte er den Kopf. »Dann freue ich mich, dass es dir hier bei uns trotzdem gefällt.«

Einen Moment lang war ich versucht ihm zu erzählen, was Amelie mit ihren Sylt-Plänen alles durcheinandergewirbelt hatte – dass ich deswegen mit meinem Chef aneinandergeraten war und höchstwahrscheinlich ohne Job dastand, wenn ich zurückkehrte. Außer mit meiner Mutter hatte ich bisher mit niemandem darüber gesprochen. Mittlerweile war ich mir allerdings auch nicht mehr sicher, ob die Sache mit dem Urlaub nicht nur ein Auslöser gewesen war. Der berüchtigte Tropfen, der das volle Fass zum Überlaufen brachte. Denn statt traurig und verzweifelt darüber zu sein, fühlte es sich mit ein paar Tagen Abstand zunehmend befreiend an.

»Und du? Vermisst du deine Familie?«, fragte ich ihn.

Wenn er sich nach meinem Befinden erkundigte, empfand ich es nur angebracht, ihn ebenfalls zu fragen.

Doch sein Gesichtsausdruck verdüsterte sich prompt, und er klappte seinen Laptop wieder auf.

»Ja, natürlich«, murmelte er.

Okay, das schien das falsche Thema gewesen zu sein. Womöglich hatte er sich von seiner Frau getrennt und sie war deshalb zur Kur? War das die schwere Zeit, von der er gesprochen hatte?

Am Nachmittag des nächsten Tages schlenderte ich am Saum der Wellen entlang, meine Augen auf den Sand gerichtet, fest entschlossen, einen Bernstein zu finden und damit den ersten Punkt der Meer-Momente-Liste abzuhaken. Meine Schuhe hielt ich in der Hand und ließ das kühle Salzwasser um meine nackten Füße spülen. Tatsächlich dauerte es nicht lange, bis ich funkelnde Steinchen entdeckte, die exakt die goldbraune Färbung von Bernstein hatten. Fast hätte ich einen Jubelschrei ausgestoßen, und ich steckte mir die Schätze in die Hosentasche. Ich nahm das als Zeichen dafür, dass meine Pechsträhne nun endlich ein Ende hatte. Wenn es so weiterlief, hätte ich in zwei Wochen alle Punkte auf der Liste erfüllt, und niemand konnte dann je wieder behaupten, ich sei nicht abenteuerlustig.

Als ich über den Strand zurück zu dem Holzsteg schlenderte, schwang sich ein Mann in einem eleganten Sprung von einem der Rettungstürme. Bei genauerem Hinsehen erkannte ich, dass es sich um Ben handelte. Flüchtig hob ich die Hand zum Gruß und war überrascht, als er auf mich zukam. Soviel dazu, ihm am Strand nicht zu begegnen.

»Hey«, begrüßte er mich.

»Arbeitest du als Rettungsschwimmer?« Ich deutete mit dem Kopf zum hölzernen Häuschen, von dem er gekommen war.

»Früher jeden Sommer, aber jetzt springe ich nur noch hin und wieder ein.«

Ben war definitiv ein wandelndes Klischee: Surfer, Rettungsschwimmer …

Zumindest hatte er seine mürrische Laune vom Vortag abgelegt.

Schweigend liefen wir ein paar Meter nebeneinander über den Sand, doch kurz vor dem Steg verspürte ich plötzlich einen stechenden Schmerz in meiner rechten Fußsohle.

»Autsch!«, rief ich und begann, auf dem anderen Bein zu hüpfen.

Bens Hände umfassten meine Oberarme und halfen mir, das Gleichgewicht zu halten. Er dirigierte mich zu den Holzstufen.

»Setz dich, du bist bestimmt in eine Muschel oder Scherbe getreten.«

»Scherbe?«, echote ich leicht panisch und ließ mich wenig elegant auf eine der Stufen plumpsen.

»Keine Sorge, der Fuß wird schon dranbleiben«, gab er in seiner trockenen norddeutschen Art zurück und konnte sich ein schiefes Grinsen nicht verkneifen.

Im nächsten Moment ging er in die Hocke, ergriff meinen Fuß und legte ihn auf seinem Knie ab.

»Nur eine kleine Muschel«, murmelte er und hielt den Übeltäter wie eine Trophäe in die Luft.

Der Schmerz hatte bereits nachgelassen, und ich machte Anstalten, meinen Fuß aus dem Griff seiner großen, rauen Hand zu ziehen.

»Nicht so schnell, ich hole eben den Erste-Hilfe-Kasten vom Rettungsturm und desinfiziere die Stelle, damit der Fuß auch wirklich dranbleibt.« Er zwinkerte, ehe er zurück zu dem Turm joggte. Sicherlich hatte er durch seine Tochter viel Übung im Verarzten von Muschelschnitten und aufgeschlagenen Knien. Mein Vater hatte früher immer auf die Stelle gepustet, bis es nicht mehr wehtat. Völlig unerwartet überkam mich eine Welle Sehnsucht nach ihm wie schon lange nicht mehr, die mir drohte, die Kehle zuzuschnüren.

»So, das wird jetzt brennen, aber besser, als einen Fuß zu verlieren«, scherzte Ben, während er sich mit dem Erste-Hilfe-Koffer vor mir in den Sand kniete. Dabei blieb sein Blick an meinem Gesicht hängen, und ich bemühte mich, ein Lächeln aufzusetzen, was mir nicht ganz gelang. »Alles in Ordnung, ist dir schwindelig?«

»Nein, ich …« Plötzlich kam ich mir schrecklich albern vor.

»Nun sag schon, wir haben auch härteres Zeug im Rettungsturm.« Vielsagend wackelte er mit den Augenbrauen, und ich musste lachen, dankbar über die Aufheiterung.

»Ich musste nur kurz daran denken, wie mein Vater immer auf meine Verletzungen gepustet hat, als ich noch klein war«, gestand ich und vermied es, Ben dabei in die Augen zu sehen.

»Wenn du willst, puste ich auch drauf«, bot er an und zeigte mir wieder sein schiefes Grinsen, bei dem sich auf einer Wange ein tiefes Grübchen bildete.

»Nicht nötig«, wehrte ich schnell ab. »Aber deine Tochter kann sich glücklich schätzen, so einen gut ausgebildeten Ersthelfer zum Vater zu haben.« Das sollte ein Kompliment sein, aber das Lächeln verschwand bei dieser Bemerkung aus seinen Zügen. Was war nur los zwischen ihm und seiner Familie?

Ich verfolgte seine routinierten Handgriffe, mit denen er den kleinen Schnitt versorgte. Seine Finger fühlten sich warm an, die Berührung war fest und doch sanft. Ein leichtes Kribbeln überzog die Haut an meinem Knöchel. Wenn schon das Verarzten einer Wunde einen wohligen Schauer bei mir auslöste, war das ein deutliches Zeichen dafür, dass mein letztes Date zu lange her war. Ich musste an Michael denken, wie so oft in den letzten Tagen. Immer wieder hatte ich Ausschau nach ihm gehalten, wenn ich mit dem Rad durch die Straßen gefahren war, obwohl die Wahrscheinlichkeit, ihm erneut über den Weg zu laufen, wohl eher gering schien.

Während Ben die Erste-Hilfe-Ausrüstung zurückbrachte, zog ich mir meine Söckchen und Turnschuhe an.

Als ich fertig war und aufschaute, joggte er bereits wieder auf mich zu. Seine blonden Locken waren viel zu lang, bald würde er sich einen Zopf binden können. Sein Schatten fiel auf mich, als er direkt vor mir zum Stehen kam und mir seine Hand reichte. Ohne darüber nachzudenken, griff ich zu, um mir hochhelfen zu lassen. Der feste Griff, die Haut, die sich auf der einen Seite rau anfühlte und doch auch warm und weich, entfachte gänzlich unerwartet ein Knistern. Die Härchen an meinen Armen stellten sich auf, als vollführten sie eine La-Ola-Welle. Verwirrt über die Reaktion meines Körpers suchte ich seinen Blick, der mir sagte, dass er es ebenso spürte. Sofort erhitzten sich meine Wangen, und ich befreite meine Hand aus seiner.

»Wenn du willst, zeige ich dir ein wenig die Insel.« Seine Stimme klang etwas dunkler als eben.

»Du willst mir die Insel zeigen?«, wiederholte ich verwirrt. Ohne die Berührung verpufften die Funken in der Luft so schnell, wie sie gekommen waren. War das seine Anmache für Touristinnen? »Was würde deine Frau dazu sagen?«, gab ich etwas bissiger als beabsichtigt zurück.

»Meine Frau?«, erwiderte er, als müsse er sich erst daran erinnern, wer das war. »Die würde mich für einen höflichen Gastgeber halten, denke ich«, erwiderte er mit einem Schulterzucken, als sei das keine große Sache.

»Vielleicht ein anderes Mal, ich muss noch in den Supermarkt.« Damit wandte ich mich zum Gehen. Getrennt waren er und seine Frau offenbar nicht, sonst hätte er es ja einfach sagen können.

»Ich will auch noch einkaufen, wir können mit dem Auto fahren, dann schonst du deinen Fuß.«

Innerlich stöhnte ich auf. Warum war er plötzlich so fürsorglich? Versprach er sich etwa einen Sommerflirt mit mir, während seine Frau auf der Kur weilte? Da war er aber an der falschen Adresse.

»Es geht schon, danke.« Damit lief ich los, besser gesagt, ich humpelte los. Der Schnitt zwickte bei jedem Schritt. Auf halbem Weg zu den Fahrradständern griff er stützend unter meinen Arm, und ich versuchte vehement, die Wärme zu ignorieren, die mir dadurch über die Haut kroch.

»Jetzt sei nicht so stur, du kannst mir auch aufschreiben, was ich dir mitbringen soll, ich bin sowieso mit dem Rad hier und muss erst nach Hause, um das Auto zu holen.« Er grinste. Scheinbar fand er das Ganze amüsant und hatte Frau und Kind bereits wieder aus seinen Gedanken verbannt.

Die restlichen Meter schwiegen wir. Mir waren die Situation und die Nähe zu ihm etwas unbehaglich, und ich atmete erleichtert auf, als wir die Räder erreichten. Ben hingegen schien völlig mit der Situation im Einklang. Pfeifend schnappte er sich sein eigenes Fahrrad, das unweit von meinem stand, und radelte los, schaute sich aber nach mir um und verlangsamte das Tempo, bis ich aufschloss. »Geht's?«, rief er.

Ich nickte. Das Pedal berührte zum Glück nicht die Stelle, an der sich der Schnitt befand.

Ben wählte einen anderen Weg, als ich auf dem Hinweg gefahren war, und er führte uns durch eine Straße mit Reetdachhäusern, eines schöner als das andere. Einige der Dächer hatten die Farbe von goldenem Stroh, andere waren nachgedunkelt und von einem verwitterten Braun oder Grün.

»Ich finde die Reetdachhäuser auf der Insel wunderschön«, sagte ich, ohne groß darüber nachzudenken.

Ben sah zu einem der Häuser, und wenn ich mich nicht täuschte, glänzten seine Augen sehnsuchtsvoll. »Jedes Reetdach hat seinen eigenen Charakter, mit jedem Bündel formt man das Dach. Man muss schon vorher die richtigen Bündel raussuchen und sie dann behutsam aneinanderklopfen.«

Gerade als ich fragen wollte, woher er das wusste, kamen wir an einer Baustelle vorbei, vor der ein schwarzer Audi hielt. Ein Mann im Anzug stieg aus, und ich fiel fast vom Fahrrad, als ich erkannte, dass es sich dabei um Michael handelte. Um ein Haar kollidierte ich mit Ben.

»Alles klar?«, fragte er.

»Ja, ja«, antworte ich unwirsch und trat mit gesenktem Kopf kräftig in die Pedale, in der Hoffnung, ungesehen davonzukommen. Zwar hatte ich gehofft, Michael erneut über den Weg zu laufen, aber jetzt gerade fühlte ich mich absolut nicht darauf vorbreitet – in meiner Vorstellung war ich ihm allein begegnet und nicht mit Ben im Schlepptau. Aber meine Pechsträhne wollte einfach nicht abreißen.

»Sina?« Michael hatte mich entdeckt.

Ich tat so, als sähe ich mich suchend um.

»Ach! Hallo«, erwiderte ich dann gespielt überrascht und bremste widerwillig ab, bis mein Rad zum Stehen kam. Sofort beschleunigte sich mein Puls, und ich fing an, nervös auf meiner Unterlippe zu kauen. »Was für ein Zufall, dass wir uns schon wieder über den Weg laufen.«

Michael strahlte mich an. »Das finde ich auch! Du hattest es am Bahnhof so eilig, ich hätte mich gefreut, wenn wir noch einen Kaffee zusammen getrunken hätten. Auf die alten Zeiten.«

Auf die alten Zeiten? War ihm tatsächlich entfallen, dass er mich für Annamaria abserviert und das komplette Schuljahr über ignoriert hatte? Vielleicht tat es ihm leid, und er bereute seine Entscheidung von damals. *Sina, wo denkst du schon wieder hin!*

Ben räusperte sich neben mir. Den hatte ich ganz vergessen. Er hatte ebenfalls angehalten.

»Michael, das ist Ben.«

»Michael Eberdinger, Legal Council für die Degener Holding«, stellte er sich Ben vor.

»Ben Behrends.«

Michael schaute von Ben zu mir und wartete allem Anschein nach auf eine Erläuterung zu unserer Beziehung. Doch ich schwieg, sollte er ruhig glauben, dass ich unseren

Sommer damals längst vergessen hatte und nun auf eine ganz andere Art von Mann stand. Ich blickte kurz zu Ben. Einen äh … raueren, ungeschliffenen Typ Mann. Aber es lag Michael wohl fern, sich mit einer Vermutung zufriedenzugeben, und er hakte nach. »Dein Freund?«, fragte er betont lässig.

Irgendetwas in mir, vielleicht der restliche Stolz meines Teenie-Ichs, weigerte sich, ihm ehrlich zu erklären, wer Ben war. Wie traurig würde es klingen, wenn ich zugab, allein in den Urlaub gefahren zu sein. Das würde mich kaum begehrenswert erscheinen lassen. Außerdem hatte ich am Bahnhof behauptet, ich müsse los, weil mein Freund mich erwartete.

»Ja genau«, hörte ich mich also sagen und wagte danach kaum zu atmen, geschweige denn, Ben anzusehen. Der sicherlich gleich aufklären würde, dass er keineswegs mein Freund war. Doch Ben tat etwas gänzlich anderes, er legte seinen Arm um meine Taille und zog mich an sich, was nur begrenzt funktionierte, da wir beide neben unseren Rädern standen. Irgendwie schaffte ich es, Ben das Lächeln einer verliebten Frau zuzuwerfen. Hoffte ich zumindest, ich war in Sachen Schmetterlinge im Bauch ja ein wenig eingerostet. Obwohl sie beim Anblick von Michael ziemlich schnell wieder zum Leben erwachten. Michael musterte Ben von oben bis unten, und der hatte unterdessen ein schiefes Grinsen aufgelegt.

»Es war Liebe auf den ersten Blick, und es fühlt sich für mich an, als wäre es erst vor ein paar Tagen gewesen. Nicht wahr, Apfelsinchen?«

Mir entfuhr ein kleiner Laut, irgendetwas zwischen Husten und Grunzen. Zu dem, was er sagte, irritierte mich zusätzlich, dass er mich Apfelsinchen nannte. Außer meinen Eltern war bisher noch niemand auf die Idee gekommen, mich so zu nennen.

Möglichst unauffällig brachte ich etwas Abstand zwischen uns. Zwar war ich ihm ausgesprochen dankbar, dass er diese kleine Scharade mitspielte, aber ich konnte nicht klar denken, wenn er mir so auf die Pelle rückte. Noch dazu die Blicke von Michael. Moment – war das etwa Enttäuschung in seinem Gesicht? Die erwachten Schmetterlinge stießen sich aufgeregt mit den Ellenbogen an und sorgten für einen Tumult in meinem Magen.

»Ja, so fühlt es sich an«, murmelte ich und hoffte, Michael schrieb meinen roten Kopf der Sonne zu. Unbeholfen tätschelte ich Bens Arm, um meine Worte zu untermauern, dann drehte ich mich wieder zu Michael. »Schön, dich gesehen zu haben. Ist ja alles schon Ewigkeiten her. Wann bist du nochmal an unsere Schule gewechselt?« Ich lachte, obwohl mein Herz immer noch schmerzte, wenn ich an damals dachte. O Mann, war ich armselig. Zu allem Überfluss sah er heute genauso unglaublich gut aus wie zu unserer Schulzeit, in meinem Körper kribbelte es zunehmend, und diese Gefühle rührten definitiv nicht von der Anwesenheit meines vermeintlichen Freundes Ben her.

»In der Zwölften, du warst in der Elften, wir haben die Sommerferien quasi jeden Tag im Schwimmbad zusammen verbracht, weißt du das nicht mehr?« Michael schaute mich mit seinen dunkelbraunen Augen an, die mich schon damals zum Schmelzen gebracht hatten.

»Ach ja, stimmt«, erwiderte ich leichthin, obwohl ich mich sehr wohl an jeden einzelnen Tag davon erinnerte. »Und was machst du auf der Insel?«

»Ich realisiere hier ein Bauvorhaben, gemeinsam mit einem Freund. Du hast ihn vielleicht am Bahnhof gesehen, wir sind zusammen mit einem Gutachter hergekommen. Leider schlagen wir uns zum wiederholten Male mit Mängeln seitens der Baufirmen rum.«

»Wolltest du nicht Jura studieren?«

»Habe ich, ich berate die Degener Holding als Legal Council.«

Ach ja, das erwähnte er ja bereits, als er sich Ben vorgestellt hat.

In meiner Fantasie hatte er immer vor Gericht für Recht und Ordnung gekämpft, sich für die Armen und Schwachen eingesetzt.

»Dieses Projekt ist nur ein zusätzliches Business, eine reine Investition, die guten Profit versprach.« Er fuhr sich mit der Hand durch sein Haar, das danach immer noch glatt anlag, anders als Bens struppige Locken. Ich verspürte das Bedürfnis, meine Finger nach der seidigen Fülle auszustrecken, ihm zuzuhören, wie er komplizierte Rechtsfragen beantwortete. Ich wollte seine Stütze sein, die Frau, die abends, wenn er heimkam, ein offenes Ohr für ihn hatte, die er mit diesen Augen voller Bewunderung ansah, wenn sie ihn anlächelte … Was für absurde Gedanken! *Reiß dich zusammen, Sina*, rügte ich mich wieder einmal selbst.

»Das klingt nach einer Menge Stress«, brachte ich hervor, ohne ihm richtig zugehört zu haben.

»Ja«, er seufzte. »Um alles muss man sich selbst kümmern, auf Handwerker ist heutzutage kein Verlass mehr, alles nur Abkassierer und Pfuscher.«

Neben mir stieß Ben einen kaum hörbaren, verächtlich klingenden Laut aus. »Wir müssen jetzt weiter«, sagte er schroff, und ich warf ihm einen bösen Blick zu. Doch der stumme Fausthieb meiner Augen verfehlte leider seine Wirkung. Ben stieg auf sein Rad, und mir blieb nichts anderes übrig, als es ihm gleichzutun, damit die Situation nicht zu einer Farce mutierte. Ich lächelte Michael entschuldigend an und gestattete mir einen letzten sehnsüchtigen Blick. Im Fahren rief ich: »Bis dann, Michael! Wir können ja mal bei Facebook schreiben.« Dann zwang ich mich, nach vorn zu schauen und hinter Ben herzuradeln.

»Was sollte das?«, herrschte ich ihn an, nachdem ich zu ihm aufgeschlossen hatte. »Ich habe mich schließlich noch mit ihm unterhalten.«

»Ich kann solche Leute nicht ausstehen! Die können nicht mal eine Glühbirne auswechseln, aber behaupten, alle Handwerker wären Pfuscher.« Er klang richtiggehend verärgert. »Außerdem war es ziemlich unhöflich, einen anderen Mann dermaßen anzuschmachten, während dein Freund neben dir steht.« Seine Stimme nahm nun einen leichteren Tonfall an, und als er sich zu mir umdrehte, grinste er.

»D... d... das ... das ist mir so rausgerutscht«, stammelte ich und spürte, wie wieder Hitze in mir aufstieg. »Aber danke, dass du mitgespielt hast.«

Ben zuckte mit den Schultern. »Kein Ding.«

Ich war wirklich froh, dass er keine weiteren Fragen zu Michael stellte. Schweigend radelten wir den restlichen Weg zu Bens Reetdachkate.

Kapitel 10

BEN FUHR ZUM Einkaufen. Ich schaute zunächst nach Willi und aß eine Kleinigkeit, ehe ich mich auf die Terrasse setzte, wo ich meine gesammelten Bernsteine inspizieren und mich dadurch von den Gedanken an Michael ablenken wollte. Ich hatte auf Facebook bereits seinen Namen eingegeben, aber mir wurde kein Treffer dazu angezeigt. Hätte ich ihn um seine Nummer bitten sollen? Aber wozu? Damit er mir wieder die kalte Schulter zeigen konnte? Nein, es war besser, dass er mich so in Erinnerung behielt, an der Seite eines … na ja, von Ben halt. Der war zwar nicht vom gleichen Kaliber wie Michael, aber alles war besser als das jämmerliche Bild, das ich ihm damals geboten haben musste. Oder das der allein reisenden Frau mit Hamster.

Ich kramte in meiner Tasche nach den funkelnden orangebraunen Steinen, aber alles, was ich hervorholte, war eher grau. Sie sahen nicht mehr wie kostbare in Jahrmillionen gereifte Bernsteine aus, sondern wie trostlose Bröckchen.

»Wie kann das sein?«, grübelte ich und polierte einen mit dem Stoff meines T-Shirts, was die matte Oberfläche aber auch nicht wieder zum Glänzen brachte.

»Schöne Steine«, bemerkte Ben hinter mir, und ich

zuckte zusammen. Ohne mich umzudrehen, erahnte ich das Grinsen in seinem Gesicht. Ein duftender Kaffee wurde vor mir auf den Tisch gestellt, woraufhin ich den Kopf hob und ein »Danke«, murmelte.

»Deine Einkäufe habe ich in den Kühlschrank geräumt.« Er setzte sich auf den Stuhl mir gegenüber.

»Das ist wirklich sehr freundlich von dir, wäre aber nicht nötig gewesen.«

»Kein Ding, es schadet ja nicht, wenn du deinen Fuß heute etwas schonst, nicht dass sich die Wunde doch noch entzündet.«

»Okay, Herr Rettungsschwimmer.«

Wir lächelten uns kurz an, ehe sich sein Blick auf die Steine senkte.

Ich seufzte. »Ich dachte, es sei Bernstein. Am Strand haben sie regelrecht orange geleuchtet und in der Sonne gefunkelt, hier sehen sie stumpf und farblos aus. Als würden sie nur im Meer ihren Zauber entfalten.«

»Steine sehen nass immer schöner aus als im trockenen Zustand.« Er nahm einen und klopfte damit gegen seine vorderen Zähne. Verständnislos sah ich ihm dabei zu.

»So kann man erkennen, ob es welcher ist. Bernstein klingt eher wie Plastik, ganz hell. Aber im Sommer ist es generell schwieriger, welchen zu finden. Am ehesten findet man ihn im Herbst oder Frühjahr nach Stürmen, zwischen dem angespülten Seetang.«

»Und im Sommer findet man gar keine?«, fragte ich halb entsetzt, halb enttäuscht. Das war einer der Punkte auf der Liste, auf die ich mich am meisten gefreut hatte.

»Nichts ist unmöglich.« Ben zwinkerte. »Aber für ein ungeschultes Auge wie deines wird es sicherlich schwer.«

»Ich lerne schnell, ich werde schon einen Spürsinn dafür entwickeln. Bis zum Ende meines Aufenthalts habe ich sicher einen gefunden.«

Bens Lächeln wurde breiter. Da war so ein Ausdruck in seinen Augen – und es lag ganz kurz dieselbe Spannung in der Luft wie am Strand. Zeit, ihn an seine Frau und seine süße kleine Tochter zu erinnern.

»Vermietest du das Zimmer nur in der Zeit, in der deine Familie zur Kur ist?« Ich hatte kein Kinderzimmer gesehen, allerdings war ich bisher auch nicht in der ersten Etage gewesen.

Bens Blick huschte kurz zur Seite. Ja, ja, das schlechte Gewissen. Bei Männern galt leider viel zu oft der Spruch »Aus den Augen, aus dem Sinn«.

»Nein, davor auch schon«, entgegnete er und erhob sich schwungvoll. Sein Blick war jetzt gen Himmel gerichtet. Der Wind hatte aufgefrischt, die Wolken zogen rasch über unsere Köpfe hinweg. »Den Wind muss ich ausnutzen«, sagte er mehr zu sich selbst und verschwand durch die Terrassentür. Kurze Zeit später fiel die Haustür ins Schloss.

Einen Großteil des Samstags verbrachte ich lesend im Garten, um meinen Fuß zu schonen, obwohl kaum noch etwas zu sehen war. Zwischenzeitlich bemühte ich die Suchmaschine um Stellenangebote im Internet. Die Situation, keinen Job mehr zu haben, machte mich doch unterschwellig nervös, und ich konnte dem Rat meiner Mutter nicht folgen, die mir nahegelegt hatte, erstmal die Zeit auf Sylt zu genießen und dann zu schauen, wie es beruflich für mich weiterging. Schließlich dauerte alles seine Zeit – Bewerbungen verschicken, die Auswahlverfahren der Firmen –, und ich hatte nicht vor, meine gesamten Ersparnisse für diese sogenannte Auszeit zu verbrauchen. Das Problem war nur, dass ich nicht wusste, nach welcher Art Job ich suchte. Eine Anstellung in der Verwaltung wäre optimal angesichts meiner Ausbildung, nur leider weckte keine der Stellenbeschreibungen mein Interesse. Ich zog in Erwägung, bei meinem alten Chef im Baustoffhandel anzufragen, ob es eine vakante Stelle gab. Aber war ich dort nicht weggegangen, weil ich das Gefühl hatte, auf der Stelle zu treten? Frustriert beendete ich die Suche vorerst und entschied, den Tag mit einem Strandspaziergang abzuschließen.

Willi hatte ich bereits am Mittag aus seinem Käfig gelassen, denn sein Schlafrhythmus war seit der Zugfahrt etwas durcheinandergeraten. Neugierig war er über die alten Holzdielen getapst und hatte die neue Umgebung beschnuppert. Als ich jetzt ins Zimmer schaute, saß er zwar wieder in seinem Käfig, hatte aber die Pfötchen in die offene Käfigklappe gestellt und reckte schnuppernd seine Nase in die Höhe. Ich beschloss, den Käfig noch eine Weile offen zu lassen.

»Aber nichts anknabbern, hörst du?« Vorsichtshalber steckte ich ihm ein paar Leckereien aus Alpengräsern zu, mit denen er sich seine Backentaschen füllte.

Draußen schien die Sonne, die aber allmählich tiefer sank. Amelie und meine Mutter hatten recht gehabt, die Insel war wunderschön. Gleichgültig, wo man sich befand, die Seeluft wehte einem um die Nase, und überall konnte man das Kreischen der Möwen hören. Aber am schönsten fand ich das Rauschen der Wellen.

Mit dem Fahrrad fuhr ich ins trubelige Westerland. Der Weg dorthin führte mich an einigen Stellen direkt an den Dünen entlang, auch hier verströmten die Blüten der Wildrosen einen herrlichen Duft, gemischt mit der salzigen Brise, die über den Strandhafer zu mir herüberwehte. Ein paar Kinder rupften die ersten Hagebutten ab und versuchten, sich das darin enthaltende Juckpulver gegenseitig in den Nacken zu schmieren, bis ihre Mutter sie zur Ordnung rief. Ein paarmal hielt ich an, um eines der Reetdachhäuser zu bestaunen, die den Weg säumten. Einige musste ich einfach ein paar Minuten ansehen. Der Anblick lud zum Träumen ein. Ich stellte mir vor, ich würde in solch einem Häuschen wohnen und könnte jeden Tag an den Strand, ans Meer gehen.

Nahe dem Schwimmbad fand ich einen Fahrradständer, an dem ich mein rotes Rad abstellte. Die Einkaufsstraße von Westerland bot zahlreiche Geschäfte von bekannten Modeketten bis zu hochwertigen Labeln, aber mir war nicht nach einem Einkaufsbummel. Daher passierte ich den Kontrollpunkt für die Kurtaxe und schlenderte oben an der Promenade entlang, die noch besser besucht war als die Einkaufsstraße. Die Leute saßen in Strandkörben, mit einem Cappuccino, Wein oder Champagner in der Hand. Von typisch deutschen Touristen mit hochgezogenen Tennissocken in Sandalen bis zu feinen Herrschaften mit Louis-Vuitton-Tüchern und Gucci-Sonnenbrillen war alles vertreten. Mir gefiel die bunte Mischung, und mich überkam das sonderbare Gefühl, dass hier jeder sein konnte, wie er wollte. Niemand nahm groß Notiz vom anderen.

Spontan schlenderte ich in den Kiosk, an dem ein Lottoschild angebracht war, und füllte einen Schein aus. Wer nicht spielte, konnte nicht gewinnen, hatte mein Vater immer gesagt. Komisch, dass mir diese Erinnerung gerade jetzt kam. Seine Angewohnheit, jeden Samstag Lotto zu spielen, hatte ich ganz vergessen.

Danach zog es mich ans Wasser, und ich stieg die Holzstufen zum Strand hinab. Meine Schuhe behielt ich vorsorglich an, damit kein Schmutz in den verheilenden Schnitt kam, obwohl ich den warmen Sand unter den Füßen vermisste. Die Sonne sank immer tiefer und färbte den Himmel in leuchtende Farben von Rosa bis Orange, deren Intensität fast schon unnatürlich war. Das Schauspiel am Himmel spiegelte sich im Meer wider und ergoss sich wie eine Straße auf der Wasseroberfläche. Möwen kreisten nahe dem Ufer und stritten sich kreischend um einen Fisch. Austernfischer hüpften über den Strand, wo ihre Füße eine Spur von Abdrücken auf dem glattgespülten Sand hinterließen. Ich schoss ein Foto, sendete es an Amelie und schrieb dazu:

Du hattest recht, es ist wunderschön hier. (Aber ich bin immer noch sauer auf dich.)

Erst als die Sonne sich am Horizont immer weiter mit dem Meer verband, machte ich mich auf den Rückweg. Die Luft wurde kühler, und mein Magen rumorte. Gerade als ich bei den Holzstufen angekommen war, kam eine Antwort von Amelie.

Siehst du, Sinchen. Und jetzt genieß die Zeit, du hast es dir verdient. Und tue einhundert Dinge, die du sonst niemals tun würdest ;-)

Lachend steckte ich mein Handy wieder ein. Wahrscheinlich würde ich keine hundert Dinge tun, die außerhalb meiner Komfortzone lagen, aber ich würde den Aufenthalt genießen, und ich nahm mir fest vor, in der Zeit auf der Insel nicht weiter die Stellenanzeigen zu durchsuchen.

Ich aß einen Crêpe mit zerlaufenem Schokoriegel von einem der Stände zu Abend. Die warme Schokolade schmolz auf dem Teig und ergab im Mund eine herrlich süße Mischung. Im Anschluss radelte ich zurück zu meinem Zuhause auf Zeit. Gut gelaunt grüßte ich Ben, der sich in der Küche Spiegeleier briet, und verzog mich in mein Zimmer, wo es angenehm kühl war, weil …

»Ah!«, schrie ich auf. Die Terrassentür – sie stand weit offen, und der Käfig … Willi Wonka! Der Käfig war leer. Panik überkam mich. Wenn er rausgelaufen war … Er würde sterben, verhungern!

Ich sprang in zwei Sätzen durchs Zimmer und schloss schnell das bodentiefe Fenster. In der nächsten Sekunde griff ich nach den Leckerchen.

»Willi!«, rief ich und raschelte hektisch mit der Tüte, sodass sich deren Inhalt auf dem Fußboden verteilte.

»Alles klar bei dir?« Ben war im Türrahmen erschienen.

Aufgebracht fuhr ich zu ihm herum. »Hast du etwa das Fenster geöffnet?« Eine Antwort wartete ich gar nicht ab. Wer sollte es sonst gewesen sein? »Was hast du überhaupt in meinem Zimmer verloren? Willi, mein Hamster … ich kann ihn nicht finden!« Kam der erste Teil meiner Worte noch voller Wut aus mir heraus, brach meine Stimme am Ende fast, und ich räusperte mich, um nicht vor Ben in Tränen auszubrechen.

»Shit«, fluchte Ben, und ich war froh, dass er keinen

Kommentar losließ wie »ist doch nur ein Hamster«, dann hätte ich ihm womöglich eine gescheuert.

»Ich habe nicht gesehen, dass der Käfig offen war, ich habe dir nur frische Bettwäsche und Handtücher ins Zimmer gelegt und dachte, ich lasse etwas kühle Luft rein, solange die Mücken noch nicht aus ihren Löchern gekrochen sind.«

Ohne System fing er an, die Kissen von dem kleinen Sofa anzuheben.

»Geh einfach«, presste ich hervor, denn meine Emotionen drohten überzuschwappen. Ich war wütend und fühlte mich zugleich machtlos. Die Situation überforderte mich – ich hasste es, die Kontrolle über etwas zu verlieren.

Ben zögerte. »Sicher? Ich kann dir bei der Suche helfen.« Zumindest schaute er schuldbewusst, denn verdammt, es *war* seine Schuld! Wenn ich Willi nicht fand, hatte er ihn auf dem Gewissen.

»Sicher, geh bitte«, zischte ich und leuchtete mit meiner Handytaschenlampe unters Bett. Ben stand noch ein paar Sekunden unentschlossen im Zimmer, ehe ich hörte, wie sich seine Schritte entfernten und er die Tür ins Schloss zog.

Ich durchkämmte den gesamten Raum, leuchtete in jede Ritze. Willi hatte eine Vorliebe für dunkle Ecken, das kannte ich von früheren Erkundungstouren. Aber das kleine Fellknäuel blieb verschwunden. In der Yoga-Position Herabschauender Hund sah ich mit zusammengekniffenen Augen ein letztes Mal unter den Schrank, ehe ich mich aufrichtete, die Hände in die Hüften stemmte und frustriert schnaufte. Mein Blick ging zur Terrassentür, und ich sprang mit einem Aufschrei zurück. Auf der anderen Seite der Scheibe stand Ben in der beginnenden Dämmerung und starrte mich an. Wie gruselig war das denn bitte? Ich bedachte ihn mit einem bösen Blick.

»Hast du ihn gefunden?«, fragte er durch die Scheibe. Ohne ihm zu antworten, ging ich zwei Schritte vor und griff nach dem Tau des Rollos.

»Ich habe hier draußen nach ihm gesucht, aber ...«, redete er weiter.

Ein beherzter Ruck, und sein Antlitz verschwand hinter dem Verdunklungsrollo.

»Es tut mir leid!«, rief er nochmal, doch ich ignorierte ihn.

Unruhig tigerte ich im Zimmer auf und ab, spähte abermals in jede Ritze. Ich überlegte, Amelie von Willis Verschwinden zu schreiben oder meine Mutter anzurufen, verwarf den Gedanken aber wieder. Es hätte doch nichts geändert. Und auf lange Erklärungen, warum der Hamster überhaupt hier bei mir war, hatte ich auch keine Lust. Dafür gestattete ich mir, hemmungslos in mein Kissen zu heulen. Aber erst, nachdem ich erneut sorgfältig geprüft hatte, dass das Bett hamsterfrei war. Ich hatte den kleinen Kerl so gern, wo war er nur? Bestimmt voller Angst und Hunger. Erschöpft von der Weinerei schlief ich irgendwann ein. Wieder begegnete mir im Traum ein blonder Mann mit Locken. Dieses Mal küssten wir uns, und mein Unterleib wurde von wohligen Schauern geflutet, bis die Szene sich änderte: Ich schüttelte ihn und schrie ihn an, wieso er das Fenster offen gelassen hatte.

Schweißgebadet wachte ich am Morgen auf. Mein Trägertop klebte an meinem Rücken. Wenn ich Glück hatte, gelang es mir, vor Ben zu duschen. Auf dem Weg ins Badezimmer entschied ich, gleich in das Strandstübchen zu gehen, um dort zu frühstücken. Ich war zwei Tage nicht dort gewesen, und hier würde mich der Anblick von Willis leerem Käfig nur die ganze Zeit an ihn erinnern. Auf Bens Gesellschaft konnte ich ebenfalls gut verzichten. Wie hatte er nur einfach die Tür öffnen können? Mit einem herzhaften Gähnen drückte ich die Türklinke zum Badezimmer runter – und erschrak furchtbar beim Anblick von Ben. Von einem *nackten* Ben. Hastig hielt ich meine Hand vor die Augen und drehte mich weg, um zu flüchten. Leider sah ich mit der Hand vor den Augen nicht, wo ich hinlief, und knallte mit voller Wucht gegen den Türrahmen. Ich schrie auf, und sofort setzte ein wummernder Kopfschmerz ein. Hitze stieg mir ins Gesicht, und mir wurde schwindelig. Sicherheitshalber lehnte ich mich mit dem Rücken gegen den Türrahmen und wartete mit geschlossenen Augen, dass die tanzenden Sterne verschwanden.

»Sina, alles klar? Hast du dir sehr wehgetan?«

Aus halb geöffneten Lidern schielte ich zu Ben. Er band sich ein Handtuch um die Hüfte und kam zu mir. Mit der Hand strich er mir eine Haarsträhne aus dem Gesicht, um die Stelle auf der Stirn zu betrachten. Mir war immer noch schwummrig, aber ich schaffte es, seine Hand wegzuschlagen, ich brauchte Abstand.

»Das wird eine Beule geben«, mutmaßte er.

»Warum schließt du nicht ab?«, keuchte ich.

Er zuckte mit den Schultern, und ich sah genau, dass er sich ein Grinsen verkniff. »Gewohnheit, schätze ich. Bisher hat sich noch niemand daran gestört.«

»Ich aber schon. Ich habe keine Lust, andauernd noch vor der ersten Tasse Kaffee irgendwelche nackten Männer zu sehen«, blaffte ich ungehalten.

Seine Stirn runzelte sich. »Wieso andauernd?«

»Ach, vergiss es!« Ich drängte mich an ihm vorbei ins Bad und wedelte mit den Händen, damit er verschwand. Als er nicht reagierte, schob ich ihn kurzerhand raus. Dazu musste ich meine Hände auf seine feuchte Brust legen, was zur Folge hatte, dass Bilder von meinem nächtlichen Traum in meinem Kopf aufblitzten. Bens Oberkörper war definitiv wohlgeformt, und auch wenn ich Tätowierungen nicht unbedingt mochte, musste ich einräumen, dass die Verzierungen auf seiner Brust ihm standen. Ihm, dem Mann, der eine Frau und eine Tochter hatte. Was war nur los mit mir? Erneut stieg mir die Hitze in die Wangen, diesmal aus anderen Gründen. Schnell ließ ich von ihm ab und verriegelte sorgfältig die Tür.

»Du solltest die Stelle kühlen«, sagte er noch, bevor ich seine nackten Füße davonpatschen hörte.

Ich ging zum Waschbecken, wo ich einen Becher mit Wasser volllaufen ließ, den ich in einem Zug austrank. Danach nahm ich einen Waschlappen, tränkte ihn in kaltem Wasser und hielt ihn mir an die Stirn. Hatte mich am Tag meiner Ankunft noch mein blasses Antlitz aus diesem Spiegel angesehen, schaute mich nun eine gebräunte Version an. Mit Beule. Vorsichtig tastete ich danach. »Autsch!« Das tat weh.

Kapitel 11

EINE HALBE STUNDE später saß ich auf der Terrasse des Strandstübchens. Paul bediente wieder und trat an meinen Tisch. »Moin, was darf ich dir heute bringen?«

»Moin«, erwiderte ich den für die Insel typischen Gruß.

Er lächelte. »Wie wäre es mal wieder mit dem Krabbencocktail und einem Sekt?«

»Heute starte ich lieber ohne Alkohol und Mayonnaise in den Tag und nehme das kleine Frühstück mit der Käseauswahl und der Hagebuttenmarmelade, dazu einen Kaffee, bitte.«

Er notierte sich meine Bestellung auf seinem Block.

»Ach, nein, lieber eine ganze Kanne Kaffee.«

»Kommt sofort.«

Heute herrschte reger Betrieb im Lokal, was wahrscheinlich daran lag, dass Sonntag war und die Insel am Wochenende belebter als unter der Woche. Kaum zu glauben, dass ich bereits eine Woche hier war.

Ich genoss es, in der Ecke zu sitzen, die ich zu meinem Stammplatz auserkoren hatte – an der Hausmauer in einem Strandkorb mit kleinem Bistrotisch daneben. Morgens schien einem hier die Sonne ins Gesicht, und nachmittags bot der Platz Schatten vor der Hitze. Zudem konnte man die Terrasse und die kleine Straße davor überblicken und den ständigen Strom der Leute verfolgen.

»Einmal den besten Sylter Käse«, sagte Paul, als er mein Frühstück brachte, und stellte auch einen Korb mit zwei duftenden Brötchen und das Kännchen Kaffee auf meinen Tisch.

Gierig schenkte ich mir einen Kaffee ein, sog den verführerischen Duft tief in die Nase, wärmte meine von der Morgenfrische kalten Hände an der Tasse und freute mich schon auf den ersten Schluck.

»Einen guten Appetit. Wenn ich dir noch was bringen darf, ruf mich einfach.«

Ich biss in das weiche Brötchen, das sie hier Kieler nannten, und die samtige Textur der Marmelade verwöhnte meinen Gaumen, der Geschmack war süß und säuerlich zugleich. Während ich kaute, dachte ich an Willi.

Wo er jetzt wohl war? Konnte ein Hamster draußen überleben? Warm genug war es, aber würde er etwas zu fressen finden? Was, wenn er auf eine Katze stieß? Ein beklemmendes Gefühl machte sich in meiner Brust breit. Um mich abzulenken, nahm ich das Büchlein von Amelie zur Hand und schlug die Liste mit den Meer-Momenten auf.

»Eine durchtanzte Nacht im Pony, ein Date im Sansibar«. Pah, wie sollte ich das schaffen, wenn ich bereits dabei versagte, einen Bernstein zu finden, obwohl ich mich darauf am meisten gefreut hatte? Wollte ich überhaupt ins Sansibar und ins Pony? Das waren Amelies Pläne gewesen. Kurz war ich versucht, die Seite aus dem Notizbuch zu reißen und sie zu zerknüllen. Amelie hatte es sich für ihre Sylt-Reise angeschafft. *Ihr* Abenteuer, nicht meines, es fühlte sich an wie ein Paar zu großer Schuhe. Aber war ich nicht hier, um mir selbst und allen zu beweisen, dass mehr in mir steckte? Gehörte es folglich nicht dazu, sich an Dinge zu wagen, die einem Angst machten oder auf die man von allein nie gekommen wäre? Ich klappte das Büchlein zu und strich über seinen hübschen Einband.

»Ist bei dir alles in Ordnung?«, erkundigte Paul sich. Er lächelte, und tiefe Fältchen breiteten sich wie ein Fächer um seine Augen aus.

»Es war wie immer köstlich, vielen Dank.«

»Darf ich dir noch etwas bringen?«

»Nein, danke.«

Als er sich gerade zum Gehen wendete, hielt ich ihn auf. »Eine Frage hätte ich.«

Er drehte sich um und schaute mich freundlich an. »Immer raus damit.«

»Kennst du hier in der Gegend eine Unterkunft, vorzugsweise eine Ferienwohnung, die kurzfristig frei und bezahlbar ist?« Zwar hatte sich das Zusammenleben mit Ben in der ersten Woche angenehmer gestaltet als vermutet, aber die Sache mit Willi machte mir wirklich zu schaffen. Und die Tatsache, dass er anscheinend nichts gegen einen Flirt und nackte Aufeinandertreffen im Badezimmer einzuwenden hatte, obwohl es eine Frau und eine kleine Tochter gab, kam noch obendrauf. Ich sehnte mich danach, vier Wände nur für mich allein zu haben. Denn genau wie die Punkte auf der Liste war auch diese Unterkunft Amelies Wahl gewesen und nicht meine.

»Bist du etwa hier gestrandet und obdachlos?«, entgegnete Paul scherzhaft.

»Nein, ganz so schlimm ist es nicht. Aber meine Freundin hat die Reise organisiert und statt einer Wohnung hat sie lediglich ein Zimmer in einem Haus gebucht. Jetzt wohne ich mit einem fremden Mann zusammen, der nicht nur meinen Hamster hat weglaufen lassen, sondern der es zudem nicht für nötig hält, die Badezimmertür zu verriegeln«, platzte es aus mir heraus. Danach errötete ich leicht, so viel hatte ich gar nicht erzählen wollen. Paul sah mich kurz irritiert an, dann wurden seine Züge weicher. Er hatte so eine großväterliche Art an sich, und er war, neben Ben, die einzige Person, die ich hier kannte. Obwohl *kennen* in diesem Fall fast schon zu viel gesagt war.

»Das klingt alles ziemlich verwirrend«, sagte er sanft, »was genau ist passiert?« Er zog sich einen Stuhl näher. »Darf ich?«

»Gern, aber nicht, dass du Ärger bekommst, wenn ich dich von der Arbeit abhalte.« Ich wollte dem armen Mann nicht groß und breit mit meinen Problemen belästigen.

»Ich kenne den Chef ziemlich gut, er ist schwer in Ordnung.« Er setzte sich, und ein spitzbübisches Lächeln stahl sich auf sein Gesicht, während er die zweite Kellnerin zu sich winkte, die am anderen Ende der Terrasse gerade einen Tisch abkassiert hatte.

Sie eilte zu uns herüber.

»Übernimmst du eine Weile für mich?«

»Klar, Chef.«

Chef? »Das Strandstübchen gehört dir?«

»So ist es. Na ja, eigentlich ist es das Lokal meiner verstorbenen Frau, das hier war immer ihr Traum.« Er schaute sich um. »Als sie erkrankte, bin ich irgendwie hier reingerutscht.«

»Das tut mir sehr leid.«

»Mir auch, aber das ist schon lange her. Sieben Jahre werden es im August.« Ein Schatten huschte über sein Gesicht, und für einen Moment wirkte es, als versinke er in fernen Erinnerungen. So, wie es meiner Mutter manchmal erging.

»Aber genug von mir, erzähl mir, was es mit dem Hamster auf sich hat. An der Beule auf deiner Stirn trägt dein Gastgeber hoffentlich keine Schuld?«

Die Fältchen um seine Augen verschwanden für einen Moment hinter dem ernsten Ausdruck auf seinem Gesicht.

»Nein, nein, da bin ich mit dem Türrahmen zusammengestoßen, als ich seinem nackten Anblick entgehen wollte.« Ich tastete nach der kleinen Beule, die bereits wieder dabei war abzuschwellen.

Paul schmunzelte. Wieder legte sich die Haut um seine Augen in Fältchen, und der fröhliche Ausdruck kehrte zurück.

Ich fing an zu erzählen, besann mich aber auf eine Kurzfassung, angefangen bei Amelies verrückter Idee, und endete mit der Begegnung heute Morgen im Badezimmer. Pauls ruhige Art machte es einem leicht, sich zu öffnen, und es tat gut, ihm mein Herz auszuschütten. Er hörte aufmerksam zu und unterbrach mich nur ein, zwei Mal, um etwas nachzufragen. Am Ende meiner Erzählung war mein Kaffee kalt, aber mein Herz um einiges leichter.

»Und es behaupten alle von dir, du seist nicht abenteuerlustig? Ich finde, mit einem Hamster ganz allein für vier Wochen nach Sylt zu kommen und dafür seinen Job hinzuschmeißen, hört sich ausgesprochen abenteuerlich an.«

»Vermutlich war ich schon länger nicht mehr glücklich in dem Getränkehandel, sonst hätte ich es nicht so weit kommen lassen.« Davon war ich mittlerweile überzeugt, außerdem hatte ich das Bedürfnis, die Entscheidung zu begründen, ich wollte nicht, dass Paul dachte, ich schmiss einfach so, aus einer Laune heraus, meine Anstellung hin.

Ratlos hob ich die Schultern. »Meine Mutter sagt, ich solle die Zeit auf Sylt genießen, in meinem Alter könne man ein paar Wochen lang auch mal von Nordseeluft und Liebe leben.«

»Deine Mutter scheint eine weise Frau zu sein. Ihr jungen Leute vergesst bei all euren ehrgeizigen Plänen manchmal, die kleinen Momente zu genießen. Und nun zu deinem Wohnungsproblem – in der Hauptsaison eine anständige, bezahlbare Unterkunft zu finden, ist schwierig. Ich würde dir ja meine Couch anbieten, aber dann wohnst du wieder mit einem fremden Mann zusammen und hättest nicht mal dein eigenes Zimmer.« Sein Lächeln war ansteckend, und trotz seines hohen Alters bildeten sich Grübchen auf seinen Wangen, die mich ein wenig an das von Ben erinnerten und die Paul spitzbübisch aussehen ließen.

Ganz kurz zog ich in Erwägung zu fragen, ob das ein ernst gemeintes Angebot war, aber er hatte ja recht. Von der Untermieterin zur Couchsurferin war keine Verbesserung. Zudem war mein Zimmer bei Ben bereits bezahlt, und ich wollte dort sein, falls Willi wieder auftauchte.

Seufzend beschloss ich, meine unglückliche Wohnsituation erstmal zu verdrängen und mich bestmöglich abzulenken, um nicht mehr ständig an Willi Wonka denken zu müssen.

»Sag mal, Paul, wo kann man hier eigentlich am besten Robben sehen?«

Er rieb sich mit der faltigen Hand über die grauen Bartstoppeln.

»Du kannst dich natürlich mit den anderen Touristen auf einen der Kutter quetschen, die fahren täglich von List und Hörnum ab.«

»Oder?«

»Oder du fährst zum Hörnumer Hafenbecken, da taucht täglich eine Robbe auf. Die Leute haben ihr sogar einen Namen gegeben. Willi.«

»Willi? So heißt mein Hamster auch.« Ich lachte.

»Na, das ist bestimmt ein Zeichen, und sie streckt ihre Nase heute extra nur für dich aus dem Wasser.«

»Sie?«

»Es hat sich herausgestellt, dass Willi ein Weibchen ist.« Nun lachte er auch.

»Und die Robbe ist jeden Tag dort?«, fragte ich hoffnungsvoll.

»So erzählt man es sich, ich komme hier ja nicht oft weg.«

»Wenn ich sie sehe, werde ich ein Foto von ihr machen und es dir zeigen«, versicherte ich ihm. »Vielen Dank, dass du mir zugehört hast. Aber jetzt sollte ich wirklich langsam mal aufbrechen und nicht den ganzen Tag auf deiner Terrasse herumhocken und Trübsal blasen. Kann ich zahlen?«

»Das geht heute aufs Haus.« Er klopfte zweimal lächelnd mit den Fingerknöcheln auf den Tisch, ehe er aufstand.

»Nein, das kann ich nicht annehmen! Schlimm genug, dass du dir mein Gejammer anhören musstest«, protestierte ich.

Abwehrend hob er beide Hände. »Es ist mir eine Freude, mich mit einer solch jungen, schönen Frau wie dir zu unterhalten.«

»Na gut.« Ich errötete leicht. »Das ist wirklich lieb von dir. Wie kann ich mich revanchieren?«

»Kauf der Robbe ein Fischbrötchen von mir und richte ihr einen schönen Gruß aus.«

»Wird gemacht«, entgegnete ich grinsend.

Paul ging zum nächsten Tisch, an dem sich gerade ein junges Pärchen niedergelassen hatte.

Bei meinem Fahrrad zog ich eine kleine Faltkarte von Sylt aus der Tasche, die ich im Gästezimmer bei Ben gefunden hatte. Die Strecke nach Westerland kannte ich bereits und freute mich, dass ich auch südlich davon weiter auf einem Radweg entlang der Dünen fahren konnte. Die Entfernung bis nach Hörnum wirkte groß, und ich überschlug mit Hilfe des Kartenmaßstabes die Kilometer. Knapp vierzig würden es hin und zurück sein. Puh, das war für eine ungeübte Radfahrerin wie mich eine nicht zu verachtende Strecke. Die Fahrt würde mich durch das schmalste Stück der Insel führen, wo nur etwa 550 Meter zwischen der westlichen und der östlichen Seite lagen. So hatte es in einem Artikel im Internet gestanden. In einem anderen wurde der Ellenbogen oben in List als schmalste Stelle genannt. Ich beschloss, bei Gelegenheit jemanden zu fragen, was denn nun stimmte. Nachdem ich die Karte wieder halbwegs korrekt zusammengefaltet hatte – warum verhielten die sich eigentlich wie diese Zauberwürfel? Hatte man einmal ihre Ordnung durcheinandergebracht, gab es kein Zurück mehr – und in meiner Tasche verstaut hatte, fuhr ich los. Zunächst nach Westerland. In den Seitenstraßen des Ortskerns bog ich zweimal falsch ab, ehe ich die Dünenstraße erwischte, die in den Stranddistelweg überging.

Allein diese Straßennamen klangen in meinen Ohren nach Urlaub, und mit jedem Meter, den ich auf dem von Dünen und einem Kiefernwäldchen gesäumten Weg zurücklegte, schoben sich auch die Sorgen um Willi, meine berufliche Zukunft und die Wut auf Ben in den Hintergrund. Einige Zeit verlief der Weg direkt an der Dünenkante entlang, deren Formen fast an die Wellen erinnerten, die dahinter an den Strand spülten. Blassgrüne Gräser wogten im Wind. Herrlich. Warum machte Seeluft das mit einem? Sobald man Dünen, Strand und das Meer sah und roch, fühlte man sich leichter. Freier. Langsam löste ich erst eine Hand vom Lenker, dann die zweite. Kurz geriet ich ins Wanken und umschloss schnell wieder die Griffe. Dann startete ich einen zweiten Versuch. Das Rad rollte ruhig weiter, nach ein paar Metern richtete ich meinen Oberkörper auf. Mein Herz klopfte wild hinter meinen Rippen. Der Weg vor mir war menschleer. Vorsichtig streckte ich die Arme zur Seite. Wie die Möwen, die sich mit ausgebreiteten Flügeln von der Meeresbrise tragen ließen. Ein Lächeln breitete sich auf meinem Gesicht aus.

Aus einer Abzweigung tauchten zwei junge Männer auf, und ich legte meine Hände rasch wieder auf den Lenker. Aber das Lächeln blieb auf meinen Lippen.

Kapitel 12

NACH CIRCA DER Hälfte der Strecke führte der Weg an einer Waldkante entlang Richtung Hauptstraße. Die hier deutlich breiteren Dünen, die sich weitläufig zu meiner Rechten erstreckten, ließen den Verkehr auf der Hauptstraße in den Hintergrund treten. In einigen hundert Metern Abstand lagen vereinzelt Cafés oder Restaurants inmitten der Dünen, jeweils dort, wo auch ein Weg zum Strand führte. Links der Straße waren Wiesen, Weiden oder Heidelandschaften zu sehen. Spontan hielt ich an und machte ein Selfie. Danach radelte ich weiter, entschlossen, am Ende des Tages endlich einen der Punkte auf der Liste abhaken zu können. In Rantum bestaunte ich die entzückenden, teilweise prachtvollen Bauten mit ihren Strohdächern, die wegen ihrer exklusiven Lage sicherlich ein Vermögen gekostet hatten. Einige höher gelegene in dem Örtchen hatten quasi eine Rundumsicht aufs Wasser. Langsam dämmerte mir, warum Sylt, trotz seines Rufes als Tummelplatz der Reichen und Schönen, so viele Touristen aus allen Gesellschaftsschichten anzog. Trotz der vielen Leute mit ihren Prada-Taschen und Chihuahuas unter dem Arm, die hierherkamen, um sich zu zeigen, war diese Insel wunderschön.

Mit ihren romantischen, friesischen Bauten, die an frühere Zeiten erinnerten, umgeben von Sonne, Strand, Wind und Meer. Fast war es greifbar, wie die Fischer früher abends in die Häfen zurückgekehrt waren, wo ihre Frauen mit dem Essen und einem angezündeten Kamin in der Reetdachkate auf sie warteten, hoffend, dass es ein guter Fangtag gewesen war. Die Insel wurde zunehmend schmaler, und dann war es so weit – rechts lagen unmittelbar die Dünen, und links konnte man das Wasser sehen. Das musste er sein, der schmalste Punkt, denn vor mir verbreiterte sich der Streifen zwischen Straße und Wasser wieder, und deutlich mehr hügelige Heidelandschaft lag dazwischen. Ein weiteres Mal hielt ich an und genoss für einen Moment den Anblick, bevor ich meinen Weg fortsetzte.

In der Ferne sah ich eine schwarze Flagge wehen, auf der zwei überkreuzte Säbel abgebildet waren. Das berühmte Strandlokal Sansibar. Wer kannte es nicht, dieses Logo, das sich auch weit weg von Sylt auf Autos oder Taschen befand. Allerlei protzige Schlitten reihten sich auf dem Parkplatz aneinander, deren überwiegend dunkle Lacke in der Sonne glänzten. Ich überlegte, einen Stopp einzulegen, beschloss aber, es auf den Rückweg zu verschieben. Jetzt wollte ich erstmal Hörnum erreichen und die Robbe sehen.

Als endlich das Ortsschild vor mir auftauchte, machte sich mein nur an Kurzstrecken gewöhnter Allerwertester bereits schmerzhaft bei jedem Tritt bemerkbar. Zum Glück war der Hafen in dem kleinen Dorf mit seinen wenigen Straßen schnell gefunden. Ich parkte das Rad und spazierte am Hafenbecken entlang, aber von der Robbe war nichts zu sehen. Nach einer Stunde knurrte mein Magen immer lauter, das Frühstück war eine Weile her, zudem hatten die frische Luft und zwanzig Kilometer Fahrradfahren ein riesiges Loch in meinem Bauch entstehen lassen. Am Strand gab es einen kleinen Imbiss, der einladend aussah. Ich entschied mich für eine Bratwurst auf die Hand, damit ich mich damit ans Wasser setzen konnte.

»Bitte schön!« Die Dame reichte sie mir über die Theke.

»Danke. Wissen Sie, ob die Robbe heute schon gesehen wurde?«

»Nein, die hat sich länger nicht mehr blicken lassen.«

»Ach.« Enttäuschung machte sich in mir breit.

»Sie sind nicht die Einzige, die vergeblich nach ihr sucht, jeden Tag kommen Touristen und fragen nach ihr.«

Ich bedankte mich mit einem schwachen Lächeln für die Auskunft. Doch noch war der Tag nicht vorbei, und irgendwann musste meine Pechsträhne ja mal ein Ende finden.

Eine Weile genoss ich die Sonne und den warmen Strandsand unter meinen Füßen. Da der kleine Schnitt an der Fußsohle kaum mehr zu sehen war, konnte ich nicht widerstehen, mich von meinem Schuhwerk zu befreien. Dieses Gefühl, barfuß über den Sand zu laufen, war eines der Dinge, die ich vermissen würde, wenn ich zurück in Hannover wäre. Ich knipste ein paar Fotos vom Hörnumer Leuchtturm und entdeckte einen selbstgebastelten Wegweiser aus Holz, auf dem handgeschrieben verschiedene Orte und die Entfernung dorthin notiert waren. Die Bretter zeigten in die jeweilige Himmelsrichtung. »Fuerteventura 3407 km« stand auf einem, auf einem anderen »Mauritius 9556 km«. Ich machte ein Foto und wollte die Entfernung von Sylt nach Vietnam checken, aber die Karten-App auf meinem Handy verweigerte mir diese Info. *Keine Route verfügbar* wurde angezeigt, schade. Ich gab Hannover ein.

407 Kilometer. Das erschien im Verhältnis gar nicht weit, und doch fühlte es sich in diesem Augenblick unglaublich entfernt an.

Erneut drehte ich eine Runde um das gesamte Hafenbecken.

Aber nichts, keine Robbe reckte ihre Nase aus der Nordsee, obwohl ich an der Spitze des Hafens bestimmt zwanzig Minuten auf die seichten Wellen hinausschaute, bis ich das Gefühl hatte, der Boden unter meinen Füßen bewegte sich. Ich studierte die Informationstafel für die Abfahrten der Ausflugsschiffe. Der letzte Dampfer, der zu den Seehundbänken fuhr, war vor zwei Stunden abgefahren. Das konnte doch nicht wahr sein! Was hatte ich getan, um so viel Pech zu verdienen? Schlecht gelaunt schloss ich mein Rad auf und fuhr los. Mein schmerzender Po trieb mir fast die Tränen in die Augen – oder lag es daran, dass wieder etwas nicht geklappt hatte? Warum wollte es mir nicht gelingen, wenigstens ein paar dieser dämlichen Punkte zu erfüllen? Warum mir das Ganze so wichtig war, wusste ich selbst nicht genau. Ich wollte vermutlich allen beweisen, dass ich sehr wohl in der Lage war, Abenteuer zu erleben und wagemutig zu sein, dass ich es bisher einfach nur nicht gewollt hatte. Sie sollten sehen, dass ich eben nicht so langweilig und berechenbar war, wie sie dachten. Ich biss die Zähne zusammen und kam, beflügelt durch den Frust, gut voran. Aber dann verschwand die Sonne hinter dunklen Wolken, und es wurde kühler. Heute Morgen war es warm gewesen, deswegen hatte ich keine Jacke dabei. Zu meinen brennenden Oberschenkeln und dem schmerzenden Po gesellte sich nun noch, dass ich zu frieren begann. Das wäre alles nicht so schlimm gewesen, wenn der Wind nicht immer mehr aufgefrischt hätte und jeden Tritt in die Pedale zu einer Kraftanstrengung machte. Als ich den ersten Tropfen Regen auf meinen nackten Armen spürte und es in der Ferne grollte, hätte ich am liebsten laut aufgeschrien.

Am Sansibar war ich bereits vorbeigefahren, fast bereute ich es, von dort hätte ich mir zur Not ein Taxi rufen können. Doch ich wollte nur noch nach Hause, meinen geschundenen Po auf ein weiches Kissen betten und nachschauen, ob Willi wieder aufgetaucht war.

Endlich erreichte ich Westerland, dessen Straßen sich geleert hatten, nur vereinzelte Passanten waren noch unterwegs, einige rannten durch den Regen, andere kämpften mit dem Wind um ihre Regenschirme. Als ich in Wenningstedt ankam, konnte ich die Tränen nicht mehr zurückhalten. Sie rührten von einer Mischung aus Erleichterung und völliger Erschöpfung. Ich atmete erleichtert auf, als ich das kleine Reetdachhaus sah, und war froh, dass Bens Wagen nicht vor dem Haus stand.

Als Erstes schaute ich nach, ob Willi sich in seinem Käfig befand, aber der war nach wie vor verlassen. Ich schlotterte am ganzen Körper, die Kälte war bis auf meine Knochen vorgedrungen. Also entledigte ich mich der nassen Klamotten und stellte mich so lange unter die Dusche, bis der heiße Wasserdampf das gesamte Bad erfüllte. Danach nahm ich eines der Kissen von dem kleinen Sofa in meinem Zimmer, trug es in die Küche und bereitete mir eine Schale Müsli zu. Meine Beine standen kurz davor, ihren Dienst zu verweigern, und ich stieß, trotz der Polsterung durch das Sofakissen, einen leisen Schmerzenslaut aus, als ich mich hinsetzte.

Gerade als ich den zweiten Löffel zum Mund führte, hörte

ich den Schlüssel im Schloss der Haustür. Das durfte doch nicht wahr sein. Wäre mein Leben eine Sitcom gewesen, wäre in diesem Moment das Zuschauerlachen aus der Konserve ertönt. Mir hingegen war nicht zum Lachen zumute, und ich hatte wirklich keine Lust auf Bens Gesellschaft.

»Hey«, begrüßte er mich und warf seinen Schlüssel in die Schale, die auf der Arbeitsplatte stand und allerlei Krimskrams enthielt. Er lehnte sich gegen die Küchenzeile und musterte mich.

»Hallo«, sagte ich matt und löffelte eilig meine Schüssel leer.

Für einen Augenblick sah es aus, als wollte er sich zum Gehen wenden, dann musterte er mich ein paar endlose Sekunden lang. »Hast du geweint?«, fragte er und beugte sich dichter zu mir.

»Nein!« Nur noch drei Löffel trennten mich davon, Bens Gesellschaft zu entkommen.

»Das braucht dir nicht unangenehm zu sein. Ist es wegen des Hamsters? Es tut mir wirklich leid. Wenn ich irgendwas tun kann ...«

Mit zu viel Schwung erhob ich mich, dabei geriet mein Stuhl bedrohlich ins Wanken.

»Ich sagte, ich habe nicht geweint, und ja, du kannst etwas tun.«

Fragend und auch etwas verdutzt sah er mich an.

In Rekordzeit räumte ich die Schale in den Geschirrspüler.

»Mich in Ruhe lassen. Mehr möchte ich gar nicht.«

Etwas ungläubig lachte er auf, sicherlich hielt er mich für zickig. Zwar konnte er nichts für meine Unfähigkeit, so ein paar lächerliche Punkte abzuhaken, aber er hatte immerhin Willi auf dem Gewissen.

»Gute Nacht.« Ich schob mich in der schmalen Küche an ihm vorbei und hielt die Luft an, als mir sein Duft nach Sonnenmilch und Meer in die Nase stieg. Vielleicht war ich auch sauer auf ihn, weil es mich ärgerte, dass mein Körper auf ihn reagierte, obwohl ich das nicht wollte.

In meinem Zimmer kuschelte ich mich ins Bett, nahm mir nochmal das kleine Notizbuch vor und schaute mir die Punkte an. Ich ließ gerade meine verspannten Schultern kreisen, als es an der Tür klopfte.

»So funktioniert ›in Ruhe lassen‹ nicht!«, rief ich.

»Ich habe was, das dich interessieren dürfte.«

»Kann das nicht bis morgen warten?«, gab ich genervt zurück.

»Ich bin mir ziemlich sicher, dass du es sofort wissen willst.«

»Na schön, komm rein«, antwortete ich seufzend und richtete mich etwas auf. Die Bettdecke zog ich hoch bis zum Kinn.

Ben schob die Tür auf, eine Hand hielt er hinter seinem Rücken verborgen. Skeptisch beäugte ich ihn mit zusammengekniffenen Augen und stopfte die Decke noch fester um mich.

»Ich habe eine gute und eine schlechte Nachricht, welche willst du zuerst wissen?«

»Die schlechte.«

Er zog einen Kapuzenpullover hinter seinem Rücken hervor, der ein ausgefallenes Lochmuster aufwies. Fragend zog ich die Augenbrauen hoch.

»Mein Lieblingssweater ist ruiniert.«

Gleichgültig zuckte ich mit den Schultern. »Ich sagte, die *schlechte* Nachricht zuerst.«

Er schaute ernst drein, aber wenn ich mich nicht täuschte, lag ein amüsiertes Funkeln in seinen Augen.

»Vielleicht kann die gute Nachricht doch bis morgen warten.« Plötzlich machte er Anstalten, sich zum Gehen zu wenden.

»Halt!«, rief ich aus Reflex. »Tut mir leid, ich hatte heute einen bescheidenen Tag, jetzt rück schon raus mit der guten Nachricht, ich könnte sie gebrauchen.«

»Na schön.« Er blieb stehen und drehte den zerfetzten Pullover in seiner Hand. »Wenn wir nicht neuerdings Monstermotten auf der Insel haben, würde ich behaupten, das ist das Werk deines kleinen, felligen Freundes.«

»Was?« Ich sprang in einem Satz aus dem Bett und riss ihm den Pulli aus der Hand, um ihn genauer zu inspizieren. Ja, das konnte hinkommen, Willi hatte schon einen von Amelies Röcken auf dem Gewissen, der hatte ähnlich ausgesehen. Erleichterung durchflutete mich – er war also noch im Haus, nicht draußen, wo er verhungern, überfahren oder gefressen werden konnte. »Wo hat der gelegen?«

»Im Wohnzimmer.«

Ich schnappte mir die Tüte mit den Leckerchen und eilte ins Wohnzimmer, wo ich mit der Verpackung knisterte. »Willi, wo steckst du?« Mit der Lampe vom Handy leuchtete ich unters Sofa und hinter die Schränke. Ben war mir gefolgt und spähte ebenfalls in jede Nische. Unter dem Sofa fanden wir weitere Flusen von Bens Pulli, zu einem Nest geformt, aber Willi war ausgeflogen. Nach einer Viertelstunde setzte ich mich im Schneidersitz mitten ins Wohnzimmer, wobei mir ein »Autsch«, entwich.

Ben ließ sich aufs Sofa nieder, dessen Polster meinem Hintern sicherlich auch lieber gewesen wäre.

»Wie kann so eine dicke Kugel sich dermaßen unsichtbar machen?«

»Er ist nicht dick«, verteidigte ich den Hamster, und wir mussten beide lachen. Bens Locken standen wirr vom Kopf ab, und er sah mich mit einem Lächeln an, das sicherlich schon das ein oder andere Mädchenherz zum Schmelzen gebracht hatte. Unweigerlich tauchte Michaels Gesicht in meinen Gedanken auf.

»Da nun feststeht, dass es dem kleinen Kerl gut geht und ich nicht für sein vorzeitiges Ableben verantwortlich bin, hoffe ich, dass du deinen Groll auf mich ruhen lassen kannst.« Er erhob sich. »Komm, wir setzen uns in die Küche, und du erzählst mir, was dir heute sonst noch den Tag vermiest hat.«

Etwas ungelenk stand ich auf, keine Sekunde länger hielt ich es auf dem harten Boden aus.

»Meinetwegen.« Ich war sowieso viel zu aufgekratzt, um sofort wieder ins Bett zu gehen. »Ich hole nur eben Willis Käfig.«

Zurück im Wohnzimmer, platzierte ich ihn dort, wo Bens Pullover gelegen hatte, und legte eine Spur zur Käfigtür mit Leckereien aus.

Ben beobachte mich mit vor der Brust verschränkten Armen.

»Und kein Fenster öffnen«, sagte ich zu ihm.

»Aye, Aye, Chefin. Aber an den meisten Fenstern sind Fliegengitter, die sind hoffentlich davon ausgenommen, ich brauche frische Luft im Haus.«

»Ja, Hauptsache, er kann nicht raus.«

Warum rutschte Bens Blick eigentlich immer wieder von meinem Gesicht weiter nach unten? Ich sah an mir hinab. Oje! In der Aufregung hatte ich gar nicht darüber nachgedacht, in was für einem Aufzug ich hier vor ihm herumturnte. Ich trug lediglich meine knappen Shorts und ein dünnes Top, ohne einen BH darunter. Sofort errötete ich, das spürte ich genau, und das unterdrückte Grinsen in Bens Gesicht machte es nicht besser.

Eilig lief ich in mein Zimmer und schlüpfte in einen Bademantel, den ich fest zuknotete. Nachdem ich die Tüte mit den Leckerchen bei Willis Sachen verstaut hatte, ging ich zu Ben in die Küche.

Glücklicherweise lag das Kissen noch auf dem Stuhl. Langsam ließ ich mich darauf nieder, musste aber kurz die Augen schließen und tief durchatmen, um nicht laut loszujammern.

»Bier oder meinen Cocktail Spezial?«, fragte Ben.

»Hast du keinen Wein?«

Er schüttelte den Kopf. »Du wirst meinen Cocktail lieben.«

Ich war zu erschöpft, um zu protestieren.

Dennoch verfolgte ich genau, was er alles in den Shaker schüttete. Als er nach einem Valensina-Saft griff, drehte er sich zu mir um. »Ganz wichtige Zutat.«

Er konnte ja ein richtiger Clown sein. Ich lachte kurz auf, was ich sogleich bereute, weil mein Hinterteil dabei noch mehr schmerzte. Am Ende steckte er noch ein Schirmchen und ein Stück Ananas in die Gläser, dann setzte er sich zu mir.

»Prost!«

»Cheers«, entgegnete ich.

Ich nahm einen Schluck. Hmmm, war das lecker. Süß, samtig weich und doch erfrischend.

Eine Weile redeten wir über dies und jenes, und ich war erstaunt, wie leicht es war, sich mit Ben zu unterhalten. Oder es lag an der Mixtur seines Cocktails. Ich lächelte vor mich hin. Hätte mir jemand vor zwei Wochen erzählt, dass ich im Streit mit meinem Chef meinen Job hinschmeißen würde, um vier Wochen lang bei einem Fremden auf Sylt zu wohnen – ich hätte ihn für verrückt erklärt.

»Verrätst du mir, welche Laus dir heute über die Leber gelaufen ist und warum du gehst wie eine alte Oma, der das Sitzen Probleme zu machen scheint?«

Während ich noch überlegte, ob ich ihm wirklich von meiner Fahrradtour und dem wunden Hintern erzählen sollte, fuhr er unbeirrt fort: »Wenn du Probleme mit Hämorriden hast – mein Opa schwört da auf …«

Was? Ich verschluckte mich und hustete los.

»Muss dir nicht unangenehm sein, ist doch menschlich.« Er grinste von einem Ohr zum anderen.

»Keine Hämorriden«, brachte ich keuchend hervor.

»Sondern?« Sein Brustkorb hob und senkte sich, während er versuchte, sein Lachen im Zaum zu halten.

»Zu viele Kilometer auf einem harten Fahrradsattel.«

»Wo bist du denn gewesen?«

Seufzend stand ich auf und lief in mein Zimmer.

»Was ist denn jetzt schon wieder? War der Cocktail so schlecht?«, rief er mir hinterher.

Ich nahm das Notizbuch von meinem Bett und kehrte in die Küche zurück, wo ich es vor ihn auf den Tisch legte.

Verwundert sah er mich an. »Du willst, dass ich dein

Tagebuch lese? Das ist jetzt aber eine enorme Kehrtwende in unserer Wohngemeinschaft.«

»Genau, ich lass dich mein Tagebuch lesen«, gab ich augenverdrehend zurück, dann schlug ich die Seite mit der Liste auf und schob sie ihm rüber. Er begann zu lesen.

»Du weißt ja, dass meine Freundin Amelie diesen Trip geplant und auch die Unterkunft bei dir gebucht hat. Amelie bummelt gern durch die Welt und legt sich im Vorfeld dafür solche Listen an, mit Dingen, die sie am jeweiligen Ort erleben möchte. Meistens schreiben wir die Listen gemeinsam bei uns in der Küche. Einen Bernstein finden oder das mit dem Picknick stammt von mir.«

Er blickte von mir zur Liste und wieder zurück.

»Und was hat das mit deinem Hinterteil oder deiner schlechten Laune zu tun?«

Ich schenkte ihm einen bösen Blick, erzählte aber dennoch weiter. »Heute bin ich nach Hörnum gefahren, um die Robbe am Hafen zu sehen. Leider hat sich herausgestellt, dass ich die vierzig Kilometer umsonst gefahren bin, weil sich das Tier da schon länger nicht mehr hat sehen lassen. Auf dem Rückweg hat es geregnet, ein Gewitter zog auf, und mein Hintern ist wund von der langen Tour auf dem Fahrrad.«

Ben lachte laut auf, und das dröhnende, fröhliche Geräusch ließ mich meine Lippen ebenfalls zu einem Lächeln verziehen. »Ach Sina, ich glaube, wir brauchen noch einen Drink.«

Ich erhob keine Einwände, der erste hatte mich entspannt, und womöglich konnte ich bezüglich der Liste doch den ein oder anderen Tipp von Ben bekommen.

»Aber wenn du das nächste Mal mit dem Rad in ein

Gewitter gerätst, rufst du mich an, das ist schließlich nicht ganz ungefährlich.«

»Ist ja nichts passiert«, verteidigte ich mich, obwohl er recht hatte, aber seine Nummer stand irgendwo in den Reiseunterlagen, und die hatte ich schließlich nicht dabeigehabt. Nach einem letzten eindringlichen Blick widmete er sich dem Befüllen des Shakers. Als er bemerkte, dass ich ihn beim Cocktailmixen beobachtete, warf er den Shaker hoch und fing ihn hinter seinem Rücken wieder auf.

»Poser«, sagte ich lächelnd.

»Gelernt ist gelernt.«

In dem Moment rutschte ihm der Shaker fast aus der Hand. »Ist aber schon lange her, ich schätze, ich bin etwas eingerostet.«

Gab es ein Sonnyboy-Klischee, das er nicht bediente? Während ich das dachte, verfing ich mich kurz in den Tiefen seiner blauen Augen, und ich fühlte mich an den Strand zurückkatapultiert, wo er meinen Fuß verarztet hatte. Irritiert wendete ich mich ab.

»Das war sicher, bevor du Frau und Kind hattest.«

Sein Lächeln wirkte angestrengt, als er sich wieder zu mir an den Küchentisch setzte. Meinen Kommentar ließ er unbeantwortet.

»Warum machst du nicht einfach, worauf du Lust hast? Am Strand liegen, den Wellen lauschen und ein gutes Buch lesen zum Beispiel.«

»Weil alle sagen, ich solle mal loslassen, raus in die Welt gehen und Abenteuer erleben. Aber sie glauben nicht, dass ich es ernsthaft mache. Selbst meine Mutter schien überrascht, dass ich es überhaupt ohne Amelie bis nach Sylt geschafft habe. Aber ich bin hier, obwohl Amelie mich hat sitzen lassen, meine Arbeitskollegen davon ausgehen, ich würde eh nie in den Urlaub fahren, und Frau Tammsen kurzfristig die Hamsterbetreuung verweigert hat. Irgendwie habe ich das Bedürfnis, allen zu zeigen, dass ich sehr wohl in der Lage bin, mal was zu erleben.« Und mir selbst auch, fügte ich in Gedanken hinzu. »Deswegen wollte ich an Amelies Stelle diese Punkte auf der Liste erleben und …« Ich zögerte. »Außerdem hilft es mir vielleicht dabei rauszufinden, was ich eigentlich möchte. Denn mein Beruf im Büro füllt mich nicht mehr richtig aus.« Ich brachte es nicht fertig, ihm zu sagen, dass ich quasi arbeitslos war. Als ich meine Erzählung beendet hatte, atmete ich durch. Auf der einen Seite war es mir unangenehm, aber auf der anderen Seite würde ich Ben nach meiner Zeit auf Sylt ja nie wiedersehen.

»Daher auch der Frust über deine vermeintlichen Bernsteine.«

Ich nickte. Einige Augenblicke lang musterte er mich schweigend.

Gerade als es drohte, unbehaglich zu werden, sagte er: »Weißt du, was meiner Meinung nach das Problem ist?«

»Dass die blöde Robbe umgezogen ist?« Der Alkohol ließ meine Hemmschwelle sinken, und ich grinste über meinen eigenen Witz.

Ben betrachtete mich mit amüsiert funkelnden Augen und schüttelte leicht seinen Kopf. »Über dieser Liste steht: ›Amelies Meer-Momente‹.«

Verständnislos sah ich ihn an. Das konnte ich schließlich auch lesen. Ich zog das Büchlein zu mir, strich Amelie durch und schrieb Sina darüber.

»So besser?«

Er schmunzelte. »Nein, das meine ich nicht. Es bleibt immer noch ihre Liste, oder? Die meisten dieser Dinge klingen nicht nach dir, Sina. Warum machst du nicht deine eigene Liste? Warum versuchst du dich an diesen Dingen, die eigentlich Amelie erleben wollte?«

Weil auf meiner Liste nur langweilige Sachen stehen würden, dachte ich. Aber das wollte ich ihm nicht sagen, ich hatte ihm schon genug offenbart.

»Es ist mir eben wichtig«, beharrte ich stattdessen.

Seufzend blickte er wieder auf die Notizen. »Na schön, hier, diesen Punkt kannst du abhaken: ›Einen Mann kennenlernen, dessen Lieblingstier ein Hamster ist‹.«

Verwirrt blickte ich ihn an und blinzelte.

»Na, du hast mich kennengelernt, ich liebe Hamster.«

»Sehr witzig.«

»Ich meine das ernst.«

»Und ich meine diese Liste ernst.« Ich zog das Buch zu mir und klappte es zu. Gähnend erhob ich mich. »Vielen Dank für die Cocktails, die waren wirklich lecker.«

»Gern«, entgegnete er.

»Gute Nacht, Ben.«

»Gute Nacht.«

Kapitel 13

IN MEINEM ZIMMER war meine Müdigkeit plötzlich verschwunden, und ich wälzte mich im Bett von einer Seite auf die andere. Bens Worte hallten in mir nach. Unweigerlich begann ich zu überlegen, wie meine eigene Liste aussehen würde, aber außer den Punkten, die ich sowieso zur Liste beigesteuert hatte, fiel mir nichts ein. Das war ein ewiges Problem. Was wünschte ich mir eigentlich im Leben? Ich hatte immer den sichersten Weg gewählt, ohne nach links und rechts zu schauen. Aber was würde mich glücklich machen? In den letzten Jahren hatte ich mir nicht erlaubt, groß zu träumen, denn dann konnten auch keine Träume zerplatzen. Im Grunde verhielt ich mich im Leben wie im Job: Ich verharrte darin, weil ich Angst hatte, die Hände nach etwas auszustrecken, an dem ich scheitern oder das mir das Herz brechen könnte. Es konnte doch nicht sein, dass ich mein Leben nur damit verbrachte, Dinge zu machen, die mir nicht besonders gefielen, nur weil ich Angst hatte. Aber wo sollte ich anfangen zu erforschen, was ich *wirklich* wollte? Vielleicht sollte ich im Kleinen beginnen, dort wo ich mich befand, mich auf das konzentrieren, was ich heute erlebt hatte. Hoffnungsvoll knipste ich das

Nachtlicht an, nahm mir das Buch und fing eine neue Seite an.

In die erste Zeile schrieb ich *Meine Meer-Momente.*

Ich notierte einfach alles, was mir in den Sinn kam, ohne zu hinterfragen, wie bedeutend es war.

- *am südlichsten Strand von Sylt eine Bratwurst gegessen*

Mein Po erinnerte mich an eine weitere Leistung vom heutigen Tag.

- *vierzig Kilometer Rad gefahren, dabei den schmalsten Punkt der Insel passiert*
- *freihändig mit den Armen im Wind gefahren*

Beim Schreiben fielen mir noch mehr Momente der letzten Tage ein.

- *den besten Krabbencocktail der Insel gegessen*
- *mit Hamster in den Urlaub gefahren*
- *Strandspaziergang bei Sonnenuntergang, beobachtet, wie die Sonne im Meer versunken ist*

Nach kurzem Überlegen setzte ich hinzu:

- *einen Cocktail mit dem Typen aus meinen Träumen getrunken*

Ben durfte das niemals zu Gesicht bekommen, der würde es nur falsch verstehen. Zufrieden klappte ich das kleine Büchlein zu. Das war doch schon mal ein guter Anfang.

Am nächsten Morgen schaute ich als Erstes nach, ob Willi in seinen Käfig zurückgefunden hatte. Die Spur von Leckereien war zwar verschwunden, aber von dem kleinen Kerl fehlte weiter jede Spur. Dieser Schlawiner, aber zumindest schien es ihm gut zu gehen.

In der Küche bereitete ich mir gerade mein Frühstück zu, als Ben im Türrahmen auftauchte.

»Der Hamster ist immer noch nicht da?«

»Nein, ich hoffe, er knabbert keines der Elektrokabel an.«

»Das hoffe ich auch.« Er schwieg für einen Moment, schien zu zögern, fuhr sich mit der Hand durchs Haar. Erwartungsvoll sah ich ihn an und hätte ihn fast aufgefordert auszuspucken, was er zu sagen habe, als er erneut ansetzte: »Sina, ich habe über deine Liste nachgedacht. Was hältst du davon, wenn ich dir ein wenig helfe?«

Misstrauisch beäugte ich ihn. »Warum solltest du?«

»Es ist keine große Sache, ich würde es quasi mit meiner Arbeit verbinden. Vielleicht musst du ja erstmal einen Erfolg haben, um etwas Schwung in die Sache zu bringen.«

»Mit deiner Arbeit? Was genau ist denn eigentlich dein Job? Ich sehe dich immer nur am Laptop sitzen.«

»Webdesign, und ich muss heute zu einem Kunden, dem ich einen Entwurf zeigen möchte. Zusätzlich zur Online-Vorschau bespreche ich den immer gern kurz persönlich. Einige Leute blättern lieber durch echte Papierseiten, als sich durch ein Menü am Bildschirm zu klicken.«

Im Grunde sprach nichts dagegen, mit ihm mitzufahren, dennoch zögerte ich.

»Und wie steht das in Zusammenhang mit meiner Liste?«

»Das verrate ich nicht.«

»Ich weiß nicht ... ich mag Überraschungen nicht sonderlich.«

Nun war es an Ben, die Augen zu verdrehen. »Geht es dir bei der ganzen Sache nicht genau darum, dass du Dinge tust, die du normalerweise nicht tun würdest?«

Ich seufzte. Wo er recht hatte, hatte er recht.

Eine knappe Stunde später saß ich auf dem Beifahrersitz von Bens Jeep und bereute, so schnell eingelenkt zu haben. Die Kontrolle abzugeben machte mich wie üblich nervös. Da ich nicht wusste, was auf mich zukommen würde, hatte ich mich für kurze Jeans und ein T-Shirt entschieden, dazu flache Turnschuhe. Sicherheitshalber trug ich darunter meinen Bikini, denn ich vermutete, Bens Überraschung bestand in Surfstunden. Sicherlich hatte er seinen Kumpels von der Surfschule einen neuen Internetauftritt gezaubert. Und es befand sich ein Board im Kofferraum – was es allerdings immer tat. Die Aussicht, auf einem wackeligen Brett zu balancieren, beunruhigte mich, aber das traf auf die meisten Punkte der Liste zu, und nein sagen konnte ich am Ende immer noch.

Bens Jeep war ein älteres Modell, so eines mit niedrigen, fensterlosen Türen und offenem Dach. Im Grunde bestand der Wagen oberhalb der Türen nur aus der Frontscheibe und Überrollbügeln, weshalb der Fahrtwind unsere Haare mächtig durcheinanderwirbelte. Ich fragte mich, ob Ben überhaupt etwas sehen konnte, wenn ihm seine Locken ständig vor die Augen wehten. Ich musterte ihn – er trug eine Jeans, deren Hosenbeine umgeschlagen waren, und ein schwarzes T-Shirt, dieses Mal ohne löchrigen Saum. Dennoch empfand ich sein Outfit als zu leger für ein Gespräch mit einem Kunden, vor allem, weil er Flip-Flops an den Füßen trug.

»Willst du mir nicht sagen, wo wir hinfahren?« Entgegen meiner Erwartung war er nämlich nicht auf direktem Weg zur nächsten Surfschule gefahren, sondern zur Hauptstraße Richtung Norden.

Er lachte auf. »Nein, das musst du aushalten, dann kannst du später auf deine Liste schreiben, du hättest dich blind ins Vergnügen gestürzt.«

»Wollen wir mal hoffen, dass es tatsächlich ein Vergnügen wird«, murmelte ich und nestelte nervös am Saum meiner Hose herum. Wenn ich Glück hatte, gestaltete er den Internetauftritt einer Reederei neu, und wir fuhren mit dem Schiff zu den Seehundbänken. Aber mein Glück machte sich ja schon länger rar.

Ben schaute zu mir herüber. »Ich sehe förmlich, wie es in deinem Kopf rattert.«

»Ich kann eben nicht so leicht aus meiner Haut und fühle mich sicherer, wenn ich weiß, was auf mich zukommt. Aber ich habe gestern immerhin schon mal eine eigene Liste angefangen.«

Interessiert schaute er zu dem Büchlein, das aus meiner Tasche herauslugte. Hastig schob ich es tiefer hinein – nicht auszudenken, wenn er die Liste sehen wollte und das mit dem »Mann aus meinen Träumen« lesen würde.

Doch er fragte nicht genauer nach, sondern sagte lediglich: »Gut, dann genieße einfach den Augenblick und lass es auf dich zukommen.«

Während ich über seine Worte nachdachte, sah ich aus dem Fenster. »Wow, wie wunderschön!«, entfuhr es mir. Zu unserer Linken lag eine riesige Düne, die alle anderen überragte und die sich mit ihrem leuchtenden Sand vom Rest der Umgebung absetzte.

»Sylt ist die einzige Nordseeinsel, auf der noch Wanderdünen zu finden sind«, erklärte Ben.

»Ich weiß, drei Stück gibt es, die stetig gen Osten wandern. Um sie zu erhalten, wird darauf Strandhafer gepflanzt.«

Der Anblick war imposant, rundherum lag hügelige Heidelandschaft, gespickt mit grünem Strandhafer, aber der Rücken der Düne war unbewachsen. Als wäre der wandernde Sand zu unbändig, als dass sich etwas an ihm halten konnte.

»Da hat jemand seine Hausaufgaben gemacht.« Bens Stimme klang amüsiert.

»Wie gesagt, ich habe die Liste mit Amelie zusammen angelegt, dabei haben wir gegoogelt und einiges über Sylt gelesen. Außerdem habe ich Spaß daran, Fakten nachzulesen, deswegen bleiben sie mir meist im Gedächtnis.«

»Ich werde es bei Gelegenheit testen.« Er zwinkerte. Das klang fast so, als plante er weitere Unternehmungen mit mir. Ich wusste noch nicht, ob mir das gefiel. Doch ehe ich lange darüber nachgrübeln konnte, lenkte Ben den Wagen in einen Kreisverkehr am Lister Hafen.

Siegessicher lächelte ich. »Das war eine meiner Vermutungen: Du machst die Website der Reederei, und wir fahren mit dem Schiff zu den Sandbänken.«

»Da liegst du leider falsch, hier startet die Fähre nach Dänemark, und die Reederei gehört nicht zu meinen Kunden.« Er fuhr bis zum Ticketschalter, an dem er die Fahrscheine für uns löste.

»Nach Dänemark?«, fragte ich und tastete erstmal hektisch nach meiner Geldbörse, in der sich mein Personalausweis befand. Ben reihte seinen Jeep in die Autoschlange vor der Fähre ein. »Aber es steht nicht direkt etwas in der Liste, wofür man nach Dänemark fahren müsste. Es steht ja nicht dort: ›Einen Kirschkern in Dänemark ausspucken‹.«

Lächelnd schüttelte er den Kopf. »Dieser Punkt befindet sich tatsächlich nicht auf der Liste, aber meine Schwester hat mir den Tipp gegeben.«

»Deine Schwester?« Hatte er etwa mit ihr über mich geredet? Ich wusste nicht, was ich davon halten sollte, ich wusste ja nicht einmal, dass er eine Schwester hatte! Schnell verbannte ich das komische Gefühl, das sich in mir breitmachen wollte. Sicherlich war es zufällig zur Sprache gekommen.

Auf der Fähre stiegen wir aus dem Auto und gingen nach oben an Deck, wo ein frischer Wind wehte. Kaum waren wir dort angekommen, legte das Schiff ab, und wir ließen Sylt hinter uns. Fasziniert beobachtete ich, wie sich das Land entfernte. Ben tippte mir an die Schulter.

»Da drüben, das ist schon Rømø. Eine dänische Insel, die ebenfalls über einen Damm erreichbar ist, aber dort kann man mit dem Auto rüberfahren, sogar bis auf den Strand.«

Eine unendlich wirkende Weite erstreckte sich vor uns, der weiße Strand wirkte ganz nah, als wäre er nur wenige Meter entfernt.

»Wunderschön«, murmelte ich und spürte wieder diese Zufriedenheit, wie ich sie seit meiner Ankunft auf Sylt beim Anblick des Meeres empfand.

»Finde ich auch.« Ben stützte sich mit den Unterarmen auf der Reling ab, er schien ebenso fasziniert von dem Anblick wie ich.

»Schade, dass wir keine Kirschen dabeihaben, von hier sieht es so aus, als könne man es schaffen, bis nach Dänemark zu spucken.«

»Warte mal kurz«, sagte Ben und verschwand durch die Tür in den Innenraum des Schiffes.

Ein paar Minuten später kehrte er zu mir zurück auf das Deck. »In der Küche hatten sie zwar keine Kirschen, aber dafür habe ich ihnen etwas anderes abgeschwatzt.« Er öffnete seine Hand, und zwei Aprikosen kamen zum Vorschein.

Ich schaute zu den Früchten, dann zu ihm, und ein freudiges Kribbeln durchfuhr mich. Ich konnte nicht anders, als ihn freudestrahlend anzugrinsen.

»Der erste Punkt von der Liste«, hauchte ich fast ehrfürchtig und nahm eine der orangefarbenen Früchte.

»Der zweite, denn Hamster *sind* meine Lieblingstiere!«

Wir aßen das süße Fruchtfleisch, bis nur noch die Kerne übrig waren.

»Ganz schön groß«, murmelte ich, und kam mir mit dem Kern in der Wange ein wenig vor wie Willi Wonka.

»Ist doch gut, dann fliegt er weiter«, entgegnete Ben und steckte sich seinen Kern ebenfalls in den Mund.

Wir legten unsere Hände auf die Reling, Dänemark fest im Visier.

»Fertisch?«, fragte Ben, und ich musste ein Lachen unterdrücken, weil er ebenso nuschelte wie ich eben.

Nickend lehnte ich mich ein Stück zurück, wie um Anlauf zu nehmen, während Ben zählte: »Einsch, zschwei, drei.«

Schwungvoll spuckte ich den Kern in Richtung Dänemark, nur um mit anzusehen, wie er keine zwei Meter entfernt vom Fahrtwind nach links gerissen wurde, wo ich ihn aus den Augen verlor. Bens Kern schaffte es immerhin doppelt so weit, ehe ihn dasselbe Schicksal ereilte.

»Hm«, machte ich, während ich dem Kern weiter nachschaute.

»Punkt erledigt«, erklärte Ben neben mir.

»Na ja, bis nach Dänemark haben sie es nicht geschafft.«

»Doch, sobald sie auf den Grund gesunken sind, liegen sie auf dänischem Boden«, verkündete er mit einem selbstzufriedenen Grinsen, und ein zartes Glücksgefühl in meinem Bauch sorgte dafür, dass auf meinen Lippen ein Lächeln erschien.

Kapitel 14

NACHDEM DAS SCHIFF am Hafen angelegt hatte, steuerte Ben den Wagen zu einer Hotelanlage, die nur wenige Kilometer entfernt lag, und parkte dort auf dem Hofplatz.

»Du machst die Website für das Hotel?«

»Hotel, Campingplatz und Ponyhof.«

»Darf ich den Entwurf mal sehen?«

Wortlos reichte er mir eine Mappe vom Rücksitz. Ich schaute mir die Seiten an, die ausgesprochen ansprechend gestaltet waren. Die Farben harmonierten perfekt miteinander, die Fotos versprachen Spaß und Abenteuer.

»Das sieht sehr schön aus. Hast du Grafikdesign studiert?«

Ich blätterte weiter, auf die Unterseite des Ponyhofes, der zur Anlage gehörte.

»Nein, ich habe nach der Schule erst eine handwerkliche Ausbildung gemacht und dann eine Zeitlang Internationales Management studiert. Das Programmieren von Websites ist eher aus einem Hobby heraus entstanden.«

Ich registrierte seine Worte nur am Rande, denn in diesem Augenblick ging mir auf, was ich hier tun sollte.

Ruckartig klappte ich die Mappe zu, reichte sie ihm und sah ihn mit vor Schreck geweiteten Augen an.

»Ich setze mich garantiert auf kein Pferd!«

Er stritt seinen Plan gar nicht erst ab, sondern gab zurück, dass es sich lediglich um ein Pony handelte und nicht um ein Pferd.

»Meine Schwester sagt, ihr ganz persönlicher Glücksmoment hier bei uns ist es, wenn sie im Galopp über den Strand fliegt. Es gibt hier übrigens gute Anfängertouren.«

Im Galopp über den Strand? Ich schluckte.

»Ben …«, begann ich nervös. Wie sollte ich ihm das erklären? »Es gibt zwei Arten von Mädchen.«

»Zwei Arten nur? Das halte ich für ein Gerücht.«

Witzbold. Unbeirrt redete ich weiter: »Die, deren Glück der Erde auf dem Rücken der Pferde liegt, und die anderen, die panische Angst vor diesen riesigen, mit scharfen Zähnen und harten Hufen ausgestatteten Tieren haben.«

Verständnislos sah er mich an. »Ich dachte immer, alle Mädchen mögen Pferde.« Er schwang sich mit der Mappe aus dem Jeep. »Ich bringe das eben rein, erkläre denen ein, zwei Dinge, bin aber gleich zurück. Geh doch in der Zeit zu den Stallungen rüber, ich bin mir sicher, es sind ganz nette Tierchen. Ich komme dann gleich nach.« Er zwinkerte, ehe er zum Eingang des Haupthauses lief. Wie versteinert blieb ich zunächst im Auto sitzen und schaute ihm hinterher.

Dann schüttelte ich den Kopf und verfluchte mich selbst. Warum hatte ich mich nur auf sein Angebot eingelassen? Nachdem ich ein paarmal tief durchgeatmet hatte, stieg ich aus. Ein sandiger Weg führte um das Hotel und den Campingplatz herum, bis zu einem weiteren Parkplatz. Von dort aus konnte man bereits einige der Pferde auf der Weide sehen. Ich blieb stehen und betrachtete die Tiere aus der Entfernung.

Bens Geruch nach Sonnencreme und Meer war das Erste, was ich wahrnahm, bevor er neben mich trat und ebenfalls zu den grasenden Pferden schaute. »Nun komm, sieh es dir zumindest mal aus der Nähe an. Die werden alle lammfromm sein, schließlich müssen sie jeden Tag unbeholfene Touristen über den Strand tragen.«

Ehe ich protestieren konnte, ergriff er meine Hand und zog mich in Richtung der Stallungen, wo bestimmt zwanzig Ponys oder kleine Pferde um eine Futterraufe versammelt standen. Sie waren in der Tat nicht sehr groß, zumindest vom Boden aus betrachtet. Ihre Hälse waren kurz und die Fesseln kräftig. Die meisten hatten lange Mähnen, und alle Fellfarben waren vertreten. Ein Schwarzer hatte einen derart langen Schopf, dass ich mich fragte, ob er noch was sehen konnte. Am besten gefiel mir eine Schecke. Ihr Fell war weiß mit braunen Flecken, und die lange Mähne ergoss sich in tiefem Schwarz über ihren Hals. Hübsch anzusehen waren sie, aber auf einem reiten wollte ich nicht. Doch Ben zog mich beharrlich weiter, bis zu einer Stelle, an der eine Handvoll Ponys angebunden auf ihren Einsatz warteten, auf ihren Rücken lagen bereits Sättel. Eine junge Frau war gerade dabei, die Pferde zuzuweisen und Reithelme an die Leute zu verteilen. Zwei aufgeregte Mädchen konnten es anscheinend gar nicht erwarten, endlich auf die Ponys zu kommen. Das eine meckerte lautstark über das ihr zugeteilte Tier, sie wolle lieber den Kraftur, der war schneller. Gut, Kraftur würde ich schon mal auf keinen Fall nehmen, sofern ich mich überhaupt auf eines setzte. Mein klopfendes Herz riet mir dringend davon ab. Sollte man nicht auf die Warnsignale seines Körpers hören? Ich glaubte, sowas mal gelesen zu haben.

Seufzend sagte die Reitlehrerin: »Gut, dann nimm du Stjarni.« Sie wandte sich an ein junges Pärchen, das ebenfalls zu den Teilnehmern gehörte. »Ihr nehmt die beiden, das sind Aldur und Freki.«

»Was sind das für komische Namen? Sind das dänische?«, fragte ich Ben. Wir hatten dem Schauspiel aus zwei Metern Entfernung zugeschaut.

»Keine Ahnung.« Er zuckte mit den Schultern.

Lächelnd drehte sich die Lehrerin zu uns um. »Das sind isländische Namen, weil unsere Pferde alle Isländer sind. Ich bin übrigens Simone, eure Begleitung auf dem heutigen Ausritt, und du bist sicherlich Sina, die Anmeldung von heute Morgen.«

»Ehrlich gesagt, habe ich mich nicht selbst angemeldet …« Mein Blick glitt über die angebundenen Tiere. »Also sind es doch Pferde und keine Ponys?« Automatisch umklammerte ich Bens Hand fester. Moment – warum hielt er immer noch meine Hand? Schnell entwand ich mich seinem Griff.

»Wie man es nimmt, von dem Stockmaß her sind es Ponys. Aber in der Islandreiter-Szene wird es nicht gern gehört, wenn man die Islandpferde als Ponys bezeichnet.« Sie deutete auf den Aufdruck ihres T-Shirts, wo in großen Lettern stand: *Islandic Horse – Don't call it Pony.*

»Es gibt eine Islandreiter-Szene?«, fragte ich beindruckt. »So wie bei den Motorradfahrern eine Harley-Davidson-Rocker-Szene?«

Ben neben mir lachte leise.

»Ein merkwürdiger Vergleich, aber ja, warum nicht.« Simone lächelte mich erneut an und hielt mir einen Helm hin, den ich zögernd nahm.

»Ich habe noch nie auf einem Pferd gesessen, ich würde den anderen Teilnehmern nur den Ausflug verderben.«

»Ach was, das ist eine Anfängergruppe. Und unsere Pferde sind es gewohnt, ungeübte Reiter auf ihren Rücken sitzen zu haben.«

»Sag ich doch«, kam als schlauer Kommentar von Ben.

»Willst du gar nicht mit?«, fragte ihn die Reitlehrerin, und wir sahen ihn beide an. Er hob abwehrend die Hände und wich einen Schritt zurück.

»Ich? Nein, danke«, erwiderte er eine Spur zu heftig. Hatte er etwa ebenfalls Angst?

»Ja, Ben, warum kommst du nicht mit? Das würde mir sehr helfen, einfach den Moment zu genießen.« Ich setzte ein zuckersüßes Lächeln auf.

»Na komm, gib dir einen Ruck, es ist sowieso ein Pferd über, ein Teilnehmer ist nicht gekommen«, kam Simone mir zur Hilfe.

»Mach schon, Ben.«

Ein paar Sekunden lang rang er mit sich, dann nahm er grummelnd den Helm, den Simone ihm hinhielt.

»Hast du andere Schuhe dabei?« Sie deutete auf seine Flip-Flops.

»Nein, habe ich nicht. Hm, dann kann ich wohl doch nicht mitkommen.« Er wollte Simone den Helm zurückgeben.

»Du kannst barfuß reiten.«

Ben wurde seltsam blass, als er sich den Helm auf den Kopf setzte, und ehrlich gesagt, sah es zu komisch aus, wie seine blonden Locken darunter hervorquollen.

Während Simone den anderen auf die Ponys half, stupste ich Ben mit dem Ellenbogen an.

»Dann kannst du in Zukunft aus erster Hand berichten, wie viel Glückshormone bei einem Ritt über den Strand ausgeschüttet werden.«

Ehe er darauf zu antworten vermochte, winkte mich Simone zu sich.

»Das ist Sörli, der ist superbrav, du brauchst keine Angst zu haben.« Sie positionierte einen Hocker neben dem Pferd, damit ich aufsteigen konnte. Danach zeigte sie mir, wie ich die Zügel halten musste, und stellte die Länge der Steigbügel ein. Sörli hatte sich unterdessen nicht einen Millimeter bewegt, sondern schien mit halb gesenktem Kopf im Stehen zu schlafen. »Braves Pony … äh … Pferd«, flüsterte ich ihm zu und fuhr mit den Fingern über seinen Hals, der sich warm und weich anfühlte.

»Alles klar?«, fragte Simone, und ich nickte.

»Glaube schon.«

»Das wird ein ganz ruhiger Ritt, keine Sorge.« Sie gab mir einen Klaps auf den Oberschenkel und winkte Ben zu sich.

»Du nimmst Kraftur.«

Ich kicherte. Kraftur, das war doch das schnelle Pferdchen. Ben schien das ebenfalls mitbekommen zu haben, denn nun war er unter seiner Sommerbräune nicht nur blass, es traten zudem rote Flecken an seinem Hals und den Wangen hervor.

»Schön locker sitzen«, ermahnte sie ihn, als er mit angewinkelten Beinen vornübergebeugt auf dem Pferd hockte. Er sah aus wie ein Klammeräffchen. Simone zog ihm die Flip-Flops von den Füßen, dann schwang sie sich selbst in den Sattel eines dunkelbraunen Islandpferdes mit schwarzer Mähne und Schweif.

»Ben und Sina, ihr reitet als Letzte, in der Mitte die Mädels, und Melli und Theo direkt hinter mir. Immer schön hintereinander bleiben. Sollte etwas sein, laut rufen. Verstanden?«

Alle nickten oder murmelten zustimmend.

Der Tross setzte sich in Bewegung. »Und die Zügel immer kurzhalten, aber nicht zu kurz! Haltet eine weiche Verbindung.«

Wie war das gemeint? Weiche Verbindung? Ich fasste die Zügel nach, bis ich das Gefühl hatte, leichten Kontakt zum Pferdemaul zu haben. Die ersten hundert Meter klopfte mein Herz noch ziemlich schnell, aber Sörli strahlte pure Gelassenheit aus, und nach und nach entspannte ich mich und genoss, wie die Hufe auf dem Asphalt klapperten. Ben ritt hinter mir, und ich hörte ihn des Öfteren »Brrr, ganz ruhig, Kraftur« murmeln.

Simone hob vorn die Hand und stoppte. Wir mussten eine Straße überqueren.

»Wenn ich losreite, folgt ihr mir zügig, verstanden?«

Ich drehte mich zu Ben um, dessen Hals immer noch rot befleckt war.

»Ich glaube, das Pferd spürt deine Angst.«

»Bist du dir sicher, dass du nicht doch zur ersten Sorte Frauen gehörst? Du scheinst dich da oben ganz wohl zu fühlen. Für Männer ist das einfach nichts, schon rein anatomisch gesehen.«

»Und was ist mit den ganzen Cowboys?«

»Los!«, rief Simone, und Sörli setzte sich ganz von allein in Bewegung. Auf der anderen Straßenseite ritten wir in einen Wald, in dem sich ganz schön fiese Stechviecher aufhielten und sich gleichermaßen auf uns und die Pferde stürzten. Die Pferde schlugen ungehalten mit den Köpfen und dem Schweifhaar, was ich ihnen nicht verübeln konnte. Doch dann öffnete sich der Wald wieder, und ein schmaler Pfad führte durch Heidegräser zum Strand. Und was für ein Strand – so weit das Auge reichte, genauso unendlich weit, wie er vom Schiff aus gewirkt hatte. In diesem Augenblick vergaß ich meine Angst gänzlich und empfand ein überwältigendes Glücksgefühl. Allein hierfür hatte sich die Überwindung, auf den Pferdrücken zu steigen, gelohnt.

Simone führte unsere Gruppe bis ans Wasser. Sörli trottete gemächlich vor sich hin und zeigte sich unbeeindruckt von der gewaltigen Kulisse. Auch Ben und Kraftur schienen sich hinter mir aneinander gewöhnt zu haben. Wir reihten uns am Wellensaum auf, und einige der Pferde scharrten mit den Vorderhufen im Wasser. Sörli senkte nur einmal den Kopf und schnaubte, als eine Welle über seine Nase schwappte. Ich streichelte lachend seinen Hals.

»Was haltet ihr von einem Tölt am Wasser entlang?«, rief Simone, die mit ihrem Pferd etwas weiter in die Wellen geritten war.

»Ist Tölt sowas wie Galopp?«, fragte ich und spürte, wie meine Angst drohte zurückzukehren.

Simone lenkte ihr Pferd zurück an den Strand.

»Tölt ist ein Viertakt, den nur wenige Pferdrassen laufen können. Diese Gangart ist einfach zu sitzen. Die Pferde wissen, was sie zu tun haben. Haltet einfach die Zügel kurz, setzt euch aufrecht mit langgestrecktem Bein hin und bleibt schön locker in der Hüfte.«

Der Tölt am Strand schien ein fester Programmpunkt bei diesem Ausflug zu sein, denn Simone wartete unsere Antwort gar nicht ab, sondern trieb ihren Braunen schnalzend an. Sörli schaukelte unter mir los, und ich kürzte eilig die Zügel. Die ersten Meter wurde ich kräftig durchgeschüttelt, aber dann änderte sich etwas, und sein Rücken wiegte nur noch seicht von links nach rechts. Sein Kopf war vorgestreckt, und er warf seine Vorderbeine bei jedem Schritt hoch in die Luft. Der Sand flog nur so unter den Hufen hervor. Einmal bekam ich einen Brocken Sand von einem der vorderen Pferde ins Gesicht, aber das störte mich nicht im Geringsten. Am liebsten hätte ich meine Arme wie auf dem Rad zur Seite gestreckt und den Kopf in den Nacken gelegt, aber das ließ sich leider nicht mit Simones Ansage, die Zügel kurz zu halten, vereinbaren.

Also ließ ich mich einfach mit einem glückseligen Lächeln auf den Lippen von Sörli über den Strand tragen. Ich kämpfte sogar mit Freudentränen, weil ich mich noch niemals so frei und weit weg von all meinen Sorgen gefühlt hatte. Es war wie ein Ausflug in ein Paralleluniversum. Vor uns, hinter und neben uns befand sich nichts außer kilometerlanger Sandstrand, und trotz des Hochsommers waren kaum Menschen zu sehen. Von links spülte das Meer seichte Wellen um die Beine der Pferde.

»Ho, brrr«, hörte ich Ben hinter mir, ehe er plötzlich neben mir auftauchte. Irgendwie sah es bei Kraftur und Ben nicht so entspannt aus. Sörli ließ sich von dem Überholmanöver zum Glück nicht aus dem Takt bringen.

»Wir sollen nicht überholen!«, rief ich Ben zu. Aber ein Blick in sein Gesicht verriet mir, dass das wohl Krafturs Idee und nicht seine eigene gewesen war.

»Simone!«, rief ich, während Bens Pferd weiter an der Gruppe entlang nach vorn schoss. Ich beobachtete, wie Ben mehr und mehr auf die rechte Seite rutschte, und bemerkte daher zu spät, dass auch Sörli sich unter mir verspannte. Sein Hals wurde ganz steif, und der Takt seiner Hufe veränderte sich. Ich schrie auf und zog an den Zügeln, aber Sörli interessierte das gar nicht. Er preschte jetzt hinter Ben und Kraftur her, vorbei an den anderen Reitern.

»Lenkt sie in eine enge Volte, nicht nach vorn beugen!«, schrie Simone hinter uns. Auch wenn Sörli nicht auf meine Zügelhilfen reagierte, gelang es mir, mich der schnelleren Gangart anzupassen. Kurz erhaschte ich einen Blick auf das schreckerfüllte Gesicht von Ben, als Sörli im gestreckten Galopp zu Kraftur aufschloss. Ich hingegen genoss es fast, wie der Wind mir um die Nase wehte und die Hufe auf den Sand donnerten. Ich stand in den Steigbügeln und krallte mich an Sörlis Mähne fest. Ganz kurz schloss ich die Augen und sog dieses Gefühl von Freiheit auf, blendete meine Angst aus.

Als ich meine Lider wieder öffnete, versuchte ich noch einmal, Simones Anweisungen zu befolgen. Ich lehnte mich etwas zurück und versuchte, Sörli nach rechts in einen Kreis zu lenken – und tatsächlich, er folgte dem Zug am Zügel, wurde langsamer und kam schnaubend zum Stehen. Da schien es sich auch Kraftur anders zu überlegen und folgte Sörli und mir. Ben hing unterdessen bedrohlich zur Seite und saß kaum mehr mit einer Pobacke auf dem Pferderücken. Kurzerhand beugte ich mich vor und ergriff den Zügel von Kraftur, der lose an seinem Hals baumelte.

Das gab Ben Gelegenheit, wieder in die Mitte des Sattels zu rutschen.

»Ich habe doch gesagt, alle Mädchen mögen Pferde«, brummte er und rückte sich zurecht. Dabei sah er mich mit zusammengekniffenen Augen an. »Es ist gut möglich, dass ich jetzt keine Familie mehr gründen kann.«

Irritiert zog ich die Augenbrauen zusammen. »Du hast doch schon eine.«

Simone trabte neben uns und übernahm die Zügel von Kraftur.

»Du alter Frechdachs«, tadelte sie zunächst das Pferd. »Alles in Ordnung bei euch?«, fragte sie dann Ben und mich. Ich nickte, und Ben grummelte etwas Unverständliches. Damit war die Tölt-Passage vorbei, was die beiden Mädchen mit schmollend vorgeschobenen Unterlippen quittierten. Ich war froh, dass nicht ich allein den Mädels den Ausritt vermiest hatte. Den Rückweg über behielt Simone Kraftur am Zügel, Sörli trottete wieder gelassen hinter den anderen her. Nach einer Weile schien Ben das genug Sicherheit zu geben, und er quatschte mit Simone, wobei sie ihm immer wieder vielsagende Blicke zuwarf, die er mit seinem schiefen Grinsen erwiderte.

Obwohl es mir egal sein konnte, störte mich die Flirterei der beiden, schließlich hatte er Familie.

Als wir den Hof erreichten und abstiegen, wusste ich, dass dies nicht mein letzter Ausritt am Strand gewesen war. Sollte ich jemals Bens Schwester kennenlernen, würde ich ihr für dieses Erlebnis danken. Für den Ausritt – und für den Anblick ihres Bruders im Sattel.

Auf dem Weg zum Wagen lief Ben ähnlich wie ich nach der langen Fahrradtour.

»Probleme mit Hämorriden?«, neckte ich ihn. »Dein Opa weiß bestimmt Rat.«

»Touché«, grummelte er, »das habe ich wohl verdient

für meine Mühen.« Und dann schlich sich doch ein Lächeln auf sein Gesicht.

Als die Fähre in List auf Sylt anlegte, hatte Ben zu seiner guten Laune zurückgefunden. Er steuerte den Wagen aus dem Bauch des Schiffes.

»Und? War das ein würdiger Moment für Sinas Meer-Momente?«

»Es war ein Highlight«, gestand ich.

Er lächelte zufrieden, und als wir an einer Abzweigung mit einem Hinweis auf den Lister Ellenbogen ankamen und mein Blick sehnsüchtig daran hängen blieb, bremste Ben abrupt ab und bog in die Straße ein.

»Wenn wir schon mal in List sind, können wir auch dem nördlichsten Punkt Deutschlands einen Besuch abstatten, wenn du möchtest.«

Ich lächelte ihn an. »Gern, aber nur, wenn es dir nichts ausmacht. Ich will dich nicht von deiner Arbeit abhalten.«

»Kein Problem, als Selbstständiger kann ich mir meine Zeit ja einteilen, wie ich will.«

Schweigend fuhren wir einige Kilometer über eine holprige Straße. Ich genoss die Dünen- und Heidelandschaft, die am Fenster vorbeizog und in der vereinzelte Schafe grasten. Wir passierten einen Kontrollpunkt zum Naturschutzgebiet und befanden uns kurz darauf am nördlichsten Ausläufer der Insel. Nachdem Ben seinen Wagen auf einen der Parkplätze gesteuert hatte, stieg er aus und ging zum Kofferraum. Ich schnappte mir meine Tasche und verließ ebenfalls den Wagen. Sein Lockenkopf tauchte wieder auf, und er hielt eine Packung Butterkekse und zwei Dosen Cola hoch.

»Ein Picknick am nördlichsten Punkt Deutschlands!«, rief ich entzückt.

»Solange dir Kekse und Cola reichen«, erwiderte er mit einem Zwinkern.

»Das klingt …«

Wir sahen uns an, und ich spürte, wie mein Herz ganz unverhofft einen Extraschlag machte.

»Nett«, schloss ich und zügelte meine Euphorie, obwohl ich zunächst »perfekt« hatte sagen wollen.

Ben fischte noch ein großes Strandhandtuch von der Rückbank, dann liefen wir los. Während wir durch den Sand spazierten, saugte ich den Anblick in mich auf, atmete die salzige Seeluft ein und genoss das neue Gefühl von Freiheit, das ich verspürte, seitdem ich mit Sörli über den Strand geflogen war.

»Tut dein Fuß noch weh?«, fragte Ben unvermittelt.

»Nein, gar nicht, die Verletzung wurde ja auch fachmännisch versorgt.« Ich grinste ihn an.

»Hier sind wir also.« Ben blieb stehen. »Der nördlichste Punkt der Insel und somit Deutschlands. Da drüben sind wir vorhin geritten.« Er deutete über das Meer.

Eine Weile stand ich da und schaute aufs Wasser – der weiße Schaum auf den blauen Wellen, die Weite des Meeres und des Horizonts gen Dänemark –, bis Ben vorschlug, dass wir uns an den Rand der Dünen setzen sollten.

Wäre das ein Date gewesen, dann das romantischste meines Lebens, trotz Butterkeksen und Cola.

Ich spürte Bens Blick auf mir und erwiderte ihn mit einem Lächeln.

»Vielen Dank, Ben. Ich weiß gar nicht, wie ich das wiedergutmachen soll. Es war ein großartiger Tag.«

»Das freut mich. Und um ehrlich zu sein, wüsste ich da schon eine Sache …« Er stockte.

»Und die wäre?« Mir fiel nichts ein, was ich für ihn tun könnte. Höchstens so etwas wie Rasen mähen oder Badezimmer putzen, damit alles hergerichtet war, wenn seine Familie zurückkam oder die nächsten Gäste eintrudelten.

»Du könntest mir verzeihen, dass ich in einem Punkt nicht ganz ehrlich zu dir gewesen bin«, unterbrach er meine Überlegungen und schaute mich ernst an.

»Du bist doch ein Psychopath und beobachtest mich beim Schlafen?«, versuchte ich mit einem Scherz die Spannung, die plötzlich in der Luft lag, zu vertreiben.

Ben lächelte nicht, sondern kratzte sich am Hinterkopf. »Nicht ganz.«

Mich überkam wieder mal eine böse Vorahnung.

»Die Frau und das kleine Mädchen auf dem Foto …«

»Was ist mit denen?«

»Das ist nicht meine Frau, sondern meine Schwester und ihre Tochter.«

Okay, damit hatte ich nicht gerechnet.

Schweigen legte sich über uns.

»Sag was, Sina.«

Was sollte ich dazu sagen?

»Ich verstehe nicht, warum«, brachte ich schließlich hervor. »Was hattest du davon zu lügen?« Verwirrung und Ärger mischten sich mit der Cola und den Keksen in meinen Bauch. Und ein kleines bisschen war ich auch wütend darüber, dass er diesen Moment zerstört hatte, was albern war – *wir* hatten schließlich keine gemeinsamen Momente.

Ben seufzte, antwortete aber nicht.

Ich begann, die restlichen Kekse und meine leere Dose in

meine Tasche zu räumen. Diese Offenbarung verunsicherte mich, und ich konnte sie nicht einordnen.

Ben lag immer noch auf der Seite, auf seinen Unterarm gestützt. Mit der anderen Hand griff er nach meinem Arm und hielt mich davon ab, weiter einzuräumen.

»Bitte, sei nicht sauer.«

»Ich werde einfach nicht gern angelogen.« Ich zog meinen Arm zurück.

»Genau genommen habe ich gar nicht gelogen, die zwei sind ja ein Teil meiner Familie, nur eben nicht der Teil, den du angenommen hast.«

Humorlos lachte ich auf. »Jemanden etwas Falsches annehmen zu lassen, ohne es richtigzustellen, ist genauso schlimm wie eine Lüge. Was hattest du denn davon?«, bohrte ich nochmals nach.

»Keine Ahnung, du warst so schockiert, dass es sich nur um ein Zimmer in meinem Haus gehandelt hat, und wirktest so verloren, und dann hast du gefragt, ob das meine Familie sei, und ich dachte, ich sag einfach ja, wenn dir das die Sicherheit gibt zu bleiben. Schließlich gab es keinen Grund für dich, dir Sorgen zu machen.«

»Du hast mir also etwas vorgegaukelt, damit ich nur ja kein Geld zurückfordere oder eine schlechte Bewertung schreibe?« Das Ganze verwirrte mich zunehmend.

»Quatsch, so war das nicht.« Verärgert sah er mich an. »Warum denkst du eigentlich nur schlecht von mir? Die Meinung hattest du dir doch in dem Moment gebildet, als ich dir die Tür geöffnet habe. Nur weil ich nicht so gestriegelt bin wie dieser Lackaffe, auf den du stehst.«

»Was hat denn jetzt Michael damit zu tun?« Plötzlich stiegen Tränen der Wut in meine Augen. Ich hatte keine

Lust, weiter mit ihm darüber zu reden. »Ich würde jetzt gern fahren«, war daher alles, was ich entgegnete, und stand auf.

Zunächst sah es aus, als wolle er noch etwas sagen, aber dann erhob er sich ebenfalls, schüttelte das Handtuch aus und klemmte es sich unter den Arm. Auf dem Weg zum Auto sagte keiner ein Wort.

Kapitel 15

ICH BESTRICH MEIN Brötchen mit Frischkäse. Paul hatte mich herzlich begrüßt, hetzte aber seitdem von einem Tisch zum nächsten, er schien heute allein für den Service zuständig zu sein.

Dem Trubel um mich herum zum Trotz verlor ich mich in meinen Gedanken über den gestrigen Tag, der ohne Frage bis zu Bens Beichte einer der besten hier auf Sylt gewesen war, vielleicht sogar einer der schönsten in den vergangenen Jahren. Aber der Umstand, dass Ben mich bei meiner Ankunft unter falschen Tatsachen zum Bleiben überredet hatte, zeigte doch, dass meine Bedenken berechtigt waren, als ich begriffen hatte, dass ich mit ihm allein in dem Häuschen wohnen sollte.

Seit dem abrupten Ende unseres Picknicks hatte ich über seine Beweggründe nachgedacht. Hatte er in mir die naive Touristin gesehen, die ihm Mieteinnahmen bescherte? Der Gedanke gefiel mir nicht, was albern war. Er war nur der Vermieter meines Zimmers, wir kannten uns kaum, und dennoch versetzte es mir einen Stich, hatte ich doch gerade begonnen, ihn sympathisch zu finden. Oder hatte er auf einen leichten Sommerflirt gehofft? Abgesehen davon, dass ich generell kein Interesse an einer Affäre mit einem vermeintlichen Familienvater gehabt hätte, war Ben überhaupt nicht mein Typ. Er war einfach zu unorganisiert und lässig, das kollidierte von vornherein mit meiner Persönlichkeit, die alles gern in geordneten Bahnen laufen ließ. Wenn ich ihn sah, wollte ich ihm ständig einen Termin beim Friseur machen oder seine löchrigen T-Shirts aussortieren.

Aber womöglich war es ja auch genau so, wie Ben gestern behauptet hatte, und er hatte sich gar nicht groß etwas dabei gedacht. Blöd fand ich es dennoch.

»Alles in Ordnung bei dir, Herzchen?«, fragte Paul, als er an meinem Tisch vorbeilief.

Ich nickte. »Und bei dir? Du wirkst gestresst.«

»Diese Woche haben sich zwei Leute krankgemeldet, und ich erreiche die Aushilfe nicht.«

Erst jetzt fiel mir auf, wie erschöpft er wirkte.

»Kann ich dir helfen?«, bot ich spontan an. Schließlich war er nicht mehr der Jüngste, und der Stress setzte ihm offenbar zu.

»Nein, nein, genieße du deinen Urlaub.« Nach einem Zwinkern eilte er weiter, und ich beendete mein Frühstück in der angenehmen Morgensonne, die den Strandkorb an meinem Stammplatz mit ihren noch milden Strahlen erwärmte. Ich schlug mein Notizbüchlein auf, übertrug die gestrigen Punkte in meine eigene Liste und strich sie in Amelies durch. Zudem ergänzte ich sie um weitere Punkte.

- *ein Picknick am nördlichsten Zipfel Deutschlands*
- *einen Aprikosenkern bis nach Dänemark gespuckt*

- *vom nördlichsten Punkt Deutschlands übers Meer bis nach Dänemark geschaut*
- *auf einem Pferd über den Strand geflogen*

»Das ist eine Frechheit! Wir warten bereits vierzig Minuten!«, schallte eine ärgerliche männliche Stimme über die Terrasse des Strandstübchens.

Ich blickte auf. Paul stand ein paar Tische weiter bei einem Pärchen um die fünfzig, der Mann verzog empört seinen Mund und fixierte Paul mit finsterer Miene.

»Entschuldigen Sie bitte, wir sind heute unterbesetzt«, versuchte Paul, ihn zu besänftigen.

»Das ist nicht mein Problem! Entweder steht unser Essen in fünf Minuten bei uns auf dem Tisch, oder Sie sehen uns nie wieder. Als Ihre Frau das Strandstübchen noch geführt hat, wäre so etwas nicht passiert!«

Bei der Erwähnung von Pauls Frau wurde dieser ganz bleich, der Gast war mit dieser Bemerkung eindeutig zu weit gegangen.

Eilig verstaute ich das Notizbuch in meiner Tasche und lief zu Paul, legte meine Hand auf seinen Arm.

»Ihr Essen ist so schnell es geht bei Ihnen. Aber ich finde, Ihre Äußerung ging wirklich zu weit«, sagte ich mit strengem Blick an den Gast gewandt.

Die Sekunden, in denen der Mann verdutzt überlegte, wer ich wohl war, um mich einzumischen, nutzte ich, um Paul beiseitezuziehen.

»Paul, ich helfe dir wirklich gern, ich habe heute sowieso nichts vor. Bitte sag mir einfach, was ich machen soll. In der Schulzeit habe ich aushilfsweise in einem italienischen Restaurant gekellnert, ein wenig Übung im

Service-Bereich habe ich also.« Aufmunternd lächelte ich ihn an.

»Bist du dir sicher?« Mit der Hand rieb er sich über das faltige Kinn.

»Absolut! Wo finde ich einen Block und einen Stift?«

Nach einem weiteren Moment des Zögerns antwortete er: »Hinter dem Tresen. Da kannst du auch deine Tasche abstellen.«

Ich steuerte den kleinen Tresen im Inneren des Lokals an, Paul folgte mir. »Kannst du die Bestellungen draußen aufnehmen? Dann kümmere ich mich um die Getränke und arbeite Andy in der Küche zu.«

»Kein Problem.« Die Karte des Strandstübchens kannte ich mittlerweile eh so gut wie auswendig.

Er erklärte mir kurz, wie die Bestellungen für die Küche notiert wurden und wie die Tische durchnummeriert waren, dann eilte er hinter den Tresen und nahm Gläser von einem Regal, um den aufgelaufenen Getränkebestellungen nachzukommen.

Zunächst ging ich zu jedem Tisch, fragte, ob alles zur Zufriedenheit sei und ob es noch etwas sein dürfe. Nach kurzer Zeit hatten wir den Rückstand aufgeholt und uns eingespielt. In den folgenden Stunden begrüßte ich neu eintreffende Gäste, versorgte sie mit Speisekarten und nahm ihre Bestellungen entgegen. Ein stetiger Strom an Besuchern kam und ging, einige verweilten länger auf der Sonnenterrasse und genossen nach dem Essen noch einen Kaffee oder einen Sekt. Ich servierte ihnen Speisen und Getränke, wechselte mit ihnen ein paar Sätze über das Wetter, verabschiedete sie am Ende und richtete im Anschluss die Tische für die nächsten Gäste her. Es war hektisch, meine Gänge zwischen Küche und Terrasse waren zahlreich, aber die Arbeit gut koordiniert zwischen Paul, dem Koch, Andy und mir.

Als Paul mich zu sich an den Tresen winkte, stellte ich überrascht fest, dass es bereits vierzehn Uhr war. Die Urlauber zu bedienen hatte Spaß gebracht, und die Zeit war wie im Fluge vergangen. Bis auf den einen Miesepeter waren alle Gäste gut gelaunt und in bester Stimmung gewesen, wie man es von Menschen im Urlaub erwartete.

Paul verschwand kurz im hinteren Teil der Küche, wo sich die Kühltruhe befand, und kehrte mit zwei Tiefkühltorten zurück, die er zum Auftauen auf eine Arbeitsfläche stellte, wo sie Andy nicht im Weg standen. Angesichts des selbstgemachten Krabbencocktails hatte ich erwartet, dass auch die Kuchen selbstgebacken waren, aber wahrscheinlich war das für Andy nicht zu schaffen.

Paul blickte lächelnd zu mir. »Du hast mich gerettet, Sina, vielen Dank, meine Liebe.« Er öffnete die Kasse, holte ein paar Geldscheine heraus und reichte sie mir.

Abwehrend hob ich die Hände. »Das war ein Freundschaftsdienst, und Spaß gemacht hat es mir zudem auch.«

»Du bringst mich in Verlegenheit.« Er strich sich die grauen Haare aus der Stirn.

Kurzerhand notierte ich meine Handynummer auf einem der Bestellblöckchen, riss den Zettel ab und legte ihn auf den Tresen.

»Falls du wieder Hilfe brauchst, ruf mich jederzeit an. Ich springe gern ein.«

Paul blinzelte ein paarmal, und seine Augen glänzten verdächtig.

»Versprichst du mir anzurufen, wenn du Hilfe brauchst?«, hakte ich nach.

»Ja, ja, aber nun genieße den sonnigen Tag und gehe an den Strand.«

Ich fuhr nicht an den Strand, sondern ziellos umher, bis ich in Kampen landete, wo ich mein Rad abstellte und zu Fuß an den Shops in den Reetdachhäusern vorbeischlenderte. Viele Luxusmarken waren hier vertreten, und auf den Parkplätzen reihte sich Porsche an Jaguar an Ferrari. Ein regelrechtes Schauspiel, das außer mir auch zahlreiche andere Touristen anlockte.

Auf der anderen Straßenseite lief ein Mann, der von hinten aussah wie Michael. Mein Herz trommelte sofort nervös in meiner Brust, aber als er sich umdrehte, erkannte ich, dass es ein Fremder war. Enttäuscht ließ ich die Schultern sinken und schlenderte zurück zu meinem Rad, fuhr weiter zum Roten Kliff, wo ich eine Weile auf einem Aussichtsplateau stand, auf das man über hölzerne Stege gelangte, und aufs Meer schaute. Die Kante des Kliffs fiel steil hinab, und der Sand der Abbruchkante schimmerte orangerot. Es verging kein Tag, an dem ich nicht überwältigt war von der Schönheit und der Vielfältigkeit der Insel. Vor zehn Minuten war ich noch umgeben gewesen von teuren Autos und Boutiquen, jetzt stand ich an diesem Kliff, vor mir der weiße Strand und das Meer, das in Wellen ans Ufer rollte. Rechts lag eine weitläufige Dünenlandschaft, aus der ein kleiner Leuchtturm aus roten Backsteinen aufragte. Die Dünen zogen sich als mit Heide und Dünengräsern bewachsene Hügel sanft gen Norden und schienen ebenso endlos wie der Horizont. Wenn ich malen könnte wie meine Mutter, hätte ich diesen Anblick auf einer Leinwand verewigt, um ihn mir für immer zu bewahren.

Unten am Strand reihten sich rechts von mir zahlreiche weiße Strandkörbe auf, links lief ein Hochzeitspärchen, der Mann trug einen Anzug, hatte aber seine Hosenbeine hochgekrempelt und schien barfuß zu sein. Seine Braut trug ein wehendes weißes Kleid. Die beiden stellten sich in die Wellen, und der Wind spielte mit dem Stoff des Rockes und den Haaren der Frau, während ein Fotograf das Ganze mit der Kamera festhielt.

Eine Hochzeit am Strand, das würde mir auch gefallen. Unwillkürlich lächelte ich bei der Vorstellung daran. Ich ließ meine Gedanken wandern, träumte mich versonnen in meine Zukunft, in der der Mann an meiner Seite verdächtig viel Ähnlichkeit mit Michael hatte. Ruckartig durchfuhr mich ein Gedanke: Was, wenn es so etwas wie Schicksal war, dass Michael und ich uns nach so vielen Jahren hier wieder trafen? Es musste doch etwas zu bedeuten haben, dass ich ihn all die Jahre nicht vergessen konnte! Womöglich war mir da ein Glückspfennig vor die Füße geworfen worden, den ich nur noch aufheben musste. Was, wenn sich meine vermeintliche Pechsträhne am Ende als das ganz große Glück entpuppte?

Auf dem Rückweg wählte ich daher bewusst die Straße, die an dem Neubau vorbeiführte, wo mir vor einigen Tagen Michael begegnet war. Und als ich den Audi vor dem halb fertigen Haus parken sah, war ich versucht, an eine schicksalhafte Fügung zu glauben. Das Auto stand neben einem Lieferwagen mit hiesigem Kennzeichen.

Wie ferngesteuert und ohne weiter darüber nachzudenken, hielt ich an, stellte mein Rad auf den Ständer und ging zur Haustür. Diese war nur angelehnt, ich stieß sie auf und prallte um ein Haar mit einem Mann zusammen, der mit gesenktem Kopf an mir vorbeieilte und dabei eine Entschuldigung murmelte. Verdattert schaute ich ihm nach, wie er zu dem Lieferwagen lief.

»Sina!«, rief Michael aus dem Inneren des Hauses und klang erfreut.

Ich drehte mich zu ihm um. Ein Funkeln lag in seinen Augen.

»Hey, ich habe dein Auto vor dem Haus stehen sehen und dachte, ich sage kurz Hallo.« Nervös strich ich meine Haare hinters Ohr, aber die Strähne rutschte wieder nach vorn.

»Ich freue mich, denn bisher war mein Tag nicht sehr angenehm, es gibt nur Probleme mit der ausführenden Baufirma.« Er seufzte und verzog dabei genervt das Gesicht.

Wir waren vor das Haus getreten, und ich schaute an der Fassade hoch. »Dabei ist es so ein wunderschönes Gebäude.«

Er sah ebenfalls nach oben, als würde er es zum ersten Mal betrachten. »Stimmt.« Er lächelte.

Seine braunen Augen fanden meine, und er lehnte sich seitlich neben mich an die Hauswand. »Du, Sina, ich wollte dich das eigentlich schon am Bahnhof fragen, aber da warst du so schnell weg, und das letzte Mal war dein Freund dabei …«

Ich hielt die Luft an und war froh, dass er den Trommelwirbel, den mein Herz anstimmte, nicht hören konnte.

»Hast du Lust, einen Kaffee mit mir zu trinken?«

Hatte ich? Kurz meldeten sich leise Zweifel. War ich bereit dafür, wollte ich das meinem Herzen wirklich antun?

»Ja, gern.« Es handelte sich schließlich nur um einen Kaffee und nicht um einen ganzen gemeinsamen Sommer wie damals. Außerdem hatte ich beschlossen, meine Hand nach dem Glückspfennig auszustrecken. Eines ließ sich nämlich keinesfalls leugnen: Michael war der eine besondere Mensch für mich, und bisher hatte es kein Mann geschafft, es mit ihm aufzunehmen. Wie konnte ich da eine Einladung von ihm ausschlagen? *Weil er dir wieder wehtun wird,* meldete sich erneut der Pessimist in mir, den ich geflissentlich ignorierte.

»Ich kenne ein nettes, kleines Lokal gleich hier um die Ecke, da könnten wir uns morgen zum Frühstück treffen, falls du dann noch hier bist«, schlug ich vor.

»Weißt du was? Ich hätte jetzt spontan etwas Zeit, du auch?«

Lächelnd nickte ich. Seine Gegenwart bescherte mir weiche Knie.

»Prima. Ich dachte, wir fahren in die Kupferkanne, ein Muss hier auf Sylt, kennst du sicher, oder?«

»Bisher nicht, ich bin das erste Mal auf der Insel, da habe ich noch nicht alles gesehen.«

Michael bedachte mich mit einem verdutzten Blick. »Ach, ist dein Freund, dieser Ben, nicht von hier?«

O nein! Wie kam ich aus der Nummer nur wieder raus?

»Doch … aber wir kennen uns von … woanders«, entgegnete ich und war froh, dass ich Michael dabei nicht in die Augen sehen musste, weil wir Seite an Seite zu seinem Auto gingen. Plötzlich kam mir ein Gedanke, der ein flaues Gefühl in meinem Magen verursachte. Ich hatte Ben dafür verurteilt, dass er mich angelogen hatte, dabei log ich gerade selbst, was das Zeug hielt. Mein Gesicht spiegelte sich in der Scheibe des Autos, und ich war froh, dass meine Nase nicht anfing zu wachsen wie bei Pinocchio. Michael griff um mich herum, um mir die Tür aufzuhalten.

Noch in Gedanken bei Ben, ließ ich mich auf den schwarzen Ledersitz des Audis gleiten, der von der Sonne erhitzt war. Ich grub die Hände unter meine Oberschenkel, um etwas Abstand zwischen meine Haut und dem heißen Bezug zu bringen.

Ich kam nicht umhin, mir einzugestehen, dass Ben lediglich meine falsche Annahme seine Familie betreffend nicht korrigiert hatte, während ich Michael mit vollem Vorsatz angeflunkert hatte und es gerade wieder tat.

»Alles in Ordnung?« Michael glitt auf den Fahrersitz. »Du wirkst angespannt.« Er hatte das Sakko abgelegt und die Ärmel seines weißen Hemdes hochgekrempelt.

»Ja, alles klar.« Seine Anwesenheit und die Welle des teuren Parfums, die das Innere des Wagens erfüllte, verdrängten vorläufig jedes Schuldbewusstsein.

Wir fuhren Richtung Kampen, wo ich eben erst mit dem Rad gewesen war. Dort steuerte Michael den Wagen durch eine Wohngegend, in der ein Reetdachhaus eindrucksvoller aussah als das andere. Die Grundstücke der Anwesen waren deutlich größer als in Wenningstedt oder Westerland, aber sie waren meist mit ähnlichen Steinwällen eingefasst wie das Haus von Ben. Allerdings waren hier noch Kiefern oder Heckenrosen auf die Wälle gepflanzt, die die Bewohner vor neugierigen Blicken schützen sollten.

»Hast du auch einen Wohnsitz auf der Insel?«, fragte ich Michael.

»Nein, bevor wir dieses Immobilienprojekt übernommen haben, war ich noch nie auf Sylt. Ich lebe und arbeite in Hannover.«

Er wohnte also immer noch ganz in meiner Nähe. Mein dummes Herz regierte umgehend auf diese Nachricht und klopfte einen Takt, der mich an die Melodie eines schnulzigen Lovesongs erinnerte.

»Aber vielleicht lege ich mir hier mal was zu, wenn ich Kinder habe, ist eigentlich ganz nett auf der Insel.«

Ich antwortete mit einem Lächeln.

Mein Unterbewusstsein hingegen verarbeitete auch diese Information umgehend und drängte mein Sprachzentrum nachzufragen, ob es denn schon eine Frau für zukünftige Kinder gab, aber ich presste meine Lippen aufeinander, um das zu verhindern. Ich war nicht mehr dieses Teenie-Mädchen, das seine Schwärmerei offen zur Schau trug. Älter zu werden hatte immerhin den Vorteil, dass man nicht dümmer wurde und über die Jahre gelernt hatte, Emotionen besser zu verbergen.

Wir bogen in einen steinigen Sandweg ein, an dessen Ende sich ein Parkplatz versteckte, der völlig überfüllt war. Michael stellte den Audi am Wegesrand ab und eilte zu meiner Tür, um sie zu öffnen.

Ich stieg aus und sah mich um. »Meinst du, wir bekommen einen Platz?«

»Klar, am Wochenende ist es hier noch viel voller.« Er bot mir seinen Arm an, woraufhin ich mich einhakte. Wieder vernebelte mir sein teures Parfum jeden klaren Gedanken, und ich genoss es, mit ihm über den Kiesweg zu schlendern. Zwischen viel Grün versteckt, lag ein flaches Gebäude mit Grasdach, das aussah wie ein verwunschenes Häuschen. Was für ein herrlicher Ort musste das sein, ohne die ganzen

Menschen! Zielstrebig steuerte Michael auf die Eingangstür zu, während ich sehnsüchtig zur Gartenanlage schielte, die lauschige Plätzchen versprach.

Sofort nachdem er die Tür aufgestoßen hatte, waren wir mittendrin. In jedem Winkel saßen Leute, alle wirkten, als hockten sie bei sich im Wohnzimmer und nicht in einem überfüllten Lokal. Niemand schien sich an der Lautstärke zu stören. Es wurde gelacht, geredet, Kinder saßen an den Tischen und malten Bilder oder rannten durch die engen Gänge. Wir durchquerten den ersten Raum.

»Hier ist was frei«, verkündete Michael und deutete auf eine winzige Nische, die zwar ein wenig Abgeschiedenheit bot, von der Größe her aber eher für Hobbits gedacht zu sein schien. Wir quetschten uns auf die gegenüberliegenden Holzbänke, und unsere Knie berührten sich unweigerlich unter dem schmalen Tisch. Ich spürte seine Körperwärme durch den glatten Stoff der Anzughose. Michael lächelte mich zufrieden an, und das ließ den Lärm und die Leute um mich herum in den Hintergrund treten. Ich saß auf Sylt in einem Café mit Michael Eberdinger, war das zu glauben? In Gedanken erzählte ich bereits unseren Enkelkindern von unserem schicksalhaften Wiedersehen.

Ein Kellner brachte zwei Speisekarten, aber Michael winkte ab.

»Wir nehmen zwei Erdbeerkuchen mit Sahne und zwei Kaffee.«

Kurz überlegte ich, Einspruch zu erheben, auf einem der Tabletts der vorbeieilenden Kellner hatte ich nämlich einen Streuselkuchen gesehen, beschloss aber, dass es unwichtig war. Alles schien unwichtig, solange ich mit Michael Eberdinger Kuchen essen konnte.

Als der Kellner weg war, wendete sich Micheal wieder mir zu.

»Wer hätte gedacht, dass wir beide ein Jahrzehnt nach der Schule nochmal einen Kaffee zusammen trinken.«

Sein Gesicht war ganz nah, die vergangenen Jahre waren ihm anzusehen, aber die wenigen Fältchen und der Bartschatten machten ihn nur noch attraktiver, genau wie die breiteren Schultern, die man unter seinem weißen Hemd erahnen konnte.

»Damit hätte ich auch nicht gerechnet. Hast du noch Kontakt mit den Leuten aus der Schulzeit?«

Er lehnte sich zurück, was ein kleines bisschen Abstand zwischen uns schaffte und mich wieder klarer denken ließ.

»Nicht mit vielen. Das mit Annamaria und mir ist während des Studiums auseinandergegangen, aber mit Thorsten aus meinem Jahrgang habe ich zusammen studiert, und mit ihm und ein paar anderen Jungs fahre ich einmal im Jahr weg. Männerurlaub.« Er lächelte.

Es verschaffte mir eine kleine Genugtuung, dass sein Glück mit Annamaria nicht lange gehalten hatte, aber es versetzte mir ebenso einen Stich, dass er sie derart selbstverständlich erwähnte, obwohl ihm doch klar sein musste, dass ich diesen Namen nicht gern hörte. Dann erzählte er von dem letzten Trip mit seinen Jungs nach Südafrika. Zwischendurch wurde unsere Bestellung gebracht. Der Kuchen sah lecker aus, doch leider verschwand er unter einem enormen Berg Sahne. Für mich war bei Kuchen schon immer ein ausgewogenes Verhältnis zwischen dem Tortenboden und der Creme oder der Sahne wichtig gewesen. Tapfer löffelte ich los, aber mit jedem Bissen wuchs ein flaues Gefühl in meinem Magen.

»Schmeckt es dir nicht?«

Am liebsten hätte ich ihn gefragt, wie man den Kuchen mit so viel Schlagsahne hatte ruinieren können, stattdessen sagte ich: »Doch, die Portion ist nur etwas zu groß für mich.« Geschmäcker waren eben verschieden.

Während er sein Stück bis zum letzten Krümel verspeiste, erzählte er von seinem Studium – wie er sich statt für die klassische Anwaltskarriere für die Arbeit als Legal Council entschieden hatte und schließlich, wie sein Freund ein Grundstück von einer Tante auf der Insel geerbt hatte.

»Unglaublich, oder? Da saß die alte Schachtel jahrelang auf einem Baugrundstück, das fast schon mit Gold aufzuwiegen ist.« Er lachte dröhnend, aber ich kam nicht umhin, es etwas pietätslos zu finden, die verstorbene Frau als alte Schachtel zu bezeichnen.

Durch die vielen Leute war es ziemlich stickig in den Räumen, oder Michaels Präsenz machte meinem Kreislauf zu schaffen. Auf jeden Fall wurde mir von Minute zu Minute unwohler, und es gelang mir nur noch mühsam, seinen Erzählungen zu folgen.

»Und bei dir? Wie ist es dir ergangen?«, fragte er auf einmal, und ich hörte auf, in dem Kuchen herumzustochern.

»Mir?« Meine Gedanken mussten abgeschweift sein. »Ach, ganz gut. Ich wohne auch noch in Hannover.« Die Sahne in meinem Magen fühlte sich an wie etwas, das dort nicht hingehörte. »Du, können wir vielleicht rausgehen? Ich fühle mich nicht so gut.«

Sorgenvoll zog er seine Augenbrauen zusammen, die ebenso akkurat getrimmt waren wie seine Haare, und legte mir prüfend eine Hand auf die Stirn. Bei dieser zärtlichen Geste drohte mein Kreislauf endgültig schlappzumachen. Zumindest war die Beule vom Zusammenstoß mit dem Türrahmen nicht mehr zu fühlen.

»Deine Stirn ist ganz kalt. Geh ruhig schon an die frische Luft, ich zahle und komme dann nach.«

Mir wäre es lieber gewesen, er hätte mich begleitet, aber einer musste sich ja um die Rechnung kümmern.

Nickend erhob ich mich und stieß prompt mit dem Knie an den Tisch. Verfluchte Hobbit-Möbel! Ich schob mich durch den Gang an den Kellnern mit ihren großen Tabletts vorbei, auf denen sie weitere Kuchenstücke mit dicken Sahnehauben balancierten. Erleichtert trat ich ins Freie und atmete erstmal durch. Ich spazierte durch den wunderschönen Garten, fand aber leider kein freies Plätzchen, wo ich mich hinsetzen konnte. Der Spaziergang beruhigte aber meinen Kreislauf, und auch mein Magen drohte nicht mehr zu rebellieren.

»Ah, da bist du ja. Können wir los? Ich habe gleich noch einen Termin.«

Auf dem Weg zum Parkplatz wuchs in mir das Gefühl, etwas sagen zu müssen, damit das nicht unsere letzte Begegnung blieb. Dieses Zusammentreffen konnte nicht einfach so enden und mich mit neu gefütterten Sehnsüchten nach diesem Mann zurücklassen. Aber mein Kopf war wie leer gefegt. Es wollte sich kein Satz formen, der locker und lässig dahergekommen wäre, vielmehr fühlte ich mich wieder wie ein unsicherer Teenager. Und ich wollte auf keinen Fall, dass er dachte, ich himmelte ihn immer noch an. Denn es schien, als wisse er tatsächlich nicht, wie sehr er mir damals das Herz gebrochen hatte. Oder er hatte es einfach längst vergessen, abgehakt und zu den Akten gelegt. Ganz im Gegensatz zu mir.

Aber heute war mir mein Schicksal ausnahmsweise einmal wohlgesonnen, und Michael kam mir zuvor. »Ich fand es richtig schön, dich wiederzusehen. Ich würde dich auch glatt heute Abend zum Essen einladen, aber dein Freund hätte sicherlich was dagegen.« Er sagte das ganz locker und nebenbei, und wieder einmal war ich froh, dass er nicht sehen konnte, was seine Anwesenheit oder seine Worte mit mir anstellten. Dieser Moment schien mir perfekt dafür, die Lügengeschichte mit meinem Fake-Freund langsam, aber sicher zu Grabe zu tragen.

»Ach was, das mit Ben ist nichts Ernstes. Nichts mit Zukunft.«

Er musterte mich und konnte seine Überraschung dabei nicht ganz verbergen. Ein Lächeln umspielte seine Mundwinkel. »Da bin ich ja erleichtert.« Wir standen beim Auto, und sein Blick verwandelte meine Knochen in flüssiges Wachs. »Ehrlich gesagt, war ich auch verwundert, dich an der Seite von so einem Typen zu sehen. Dann hättest du dich schon sehr verändert.«

Irgendetwas an dieser Aussage gefiel mir nicht, und ich fragte mich, wie er mich in unserer Schulzeit gesehen hatte und wie er mich heute sah. »Wieso, wie war ich denn damals?«

»Nun ja, ein wenig zu ernst und erwachsen für einen Teenager, ein kleiner Nerd. Und dieser Ben sieht eher aus wie jemand, der in den Tag hinein lebt.« Er grinste, aber mir versetzten diese Worte einen Stich – hatte ich ihm damals doch vom Tod meines Vaters und der Haltlosigkeit meiner Mutter erzählt.

»Nun ja, Menschen ändern sich«, gab ich etwas schnippisch zurück, obwohl seine Äußerung sich mit meiner Sichtweise Ben gegenüber deckte.

»Sieht so aus.« Er sah mir tief in die Augen, und ich vergaß meinen Groll schlagartig, während er mir die Autotür aufhielt. »Also, war das gerade ein Ja zu einem Abendessen?«

Kapitel 16

MICHAEL LIESS MICH bei der Baustelle raus, wo ich mein Rad zurückgelassen hatte. Zum Abschied umarmte er mich mit einem angedeuteten Küsschen auf die Wange, was kurzzeitig für einen erneuten Aufruhr in meinem Magen sorgte. Verflixte Sahne. Dann fragte er nach meiner Handynummer, er wollte schauen, ob für heute Abend ein Tisch in einem vernünftigen Restaurant zu bekommen sei, und sich dann bei mir melden. Ich wäre auch mit ihm zu McDonalds gegangen, verkniff mir aber diese Bemerkung.

Als der Audi davonfuhr, haftete noch immer der Duft seines Parfums an mir. Ganz automatisch atmete ich tief ein, mit geschlossenen Augen. Ich würde mit Michael Eberdinger essen gehen! Pfeifend schnappte ich mir mein Fahrrad.

Aber bevor ich mich auf den Abend vorbereitete, hatte ich noch etwas zu erledigen. Auf meinem roten Drahtesel brauste ich in Richtung von Bens Häuschen, bremste aber abrupt ab, als ich seinen Jeep auf einem der Parkplätze am Strand entdeckte.

Das Rad kettete ich am Metallständer an und lief dann die Düne hinauf. Oben schirmte ich meine Hand gegen die tiefhängende Sonne ab, deren Strahlen sich wie eine Straße aus Licht auf dem Meer spiegelten. Ich spähte zu der Plattform der Rettungsschwimmer, doch da saß nur ein Mädchen mit langem Pferdeschwanz, so viel konnte ich erkennen. Ich ließ meinen Blick über den Strand wandern.

»Suchst du jemanden?« Bens dunkle Stimme ließ mich zusammenzucken, ich fuhr zu ihm herum. Dort stand er, lediglich in Shorts und mit einem Surfbrett unter dem Arm.

»Musst du mich so erschrecken? Aber ja, ich suche dich!«

Seine Lippen verzogen sich zu einem schmalen Strich, während er sich mit den Fingern durch die Locken kämmte, die danach nur noch mehr in alle Richtungen abstanden. »Hör mal, Sina, es tut mir echt leid, aber ...«

Ich hob eine Hand, um ihn zu stoppen. »Schon gut, ich bin hier, um dir zu sagen, dass es *mir* leidtut, wie ich reagiert habe. Letztlich ist es auch egal, ob es deine Schwester oder deine Frau ist – es ändert schließlich nichts zwischen uns. Ich bin und bleibe deine Untermieterin auf Zeit, nicht mehr und nicht weniger.« Froh, die Missstimmung damit aus der Welt geschafft zu haben, lächelte ich ihn an, doch Ben schaute nicht so erleichtert, wie ich es mir vorgestellt hatte. Reichte ihm das nicht? Seufzend fügte ich hinzu: »Ich habe heute Nachmittag nämlich Michael wiedergetroffen, und da ist mir klar geworden, dass jeder von Zeit zu Zeit zu einer Notlüge greift.«

Das Mienenspiel in Bens Gesicht veränderte sich, bis er verstand, was ich meinte.

»Ach ja, das hatte ich ganz vergessen, du hast dir ja ebenfalls eine Beziehung angedichtet.« Er grinste schief.

»Aus dem Grund bin ich hier, um mich zu entschuldigen«, gab ich zerknirscht zu.

»Hey«, sagte er sanft. »Mich stört es nicht, als dein Freund auszuhelfen. Aber ein Hauch Doppelmoral umweht dich schon, das stimmt.«

»Keine Sorge, ich habe unsere Beziehung vorhin gleich mal auf eine lockere Affäre runtergestuft.«

»Was ja irgendwie auch wieder gelogen war.« Er lachte, und ich verdrehte die Augen. Insgeheim war ich aber froh über unsere lockere Frotzelei, schließlich wollte ich noch gut zweieinhalb Wochen mit ihm zusammenwohnen und hätte es schade gefunden, wenn es jetzt zu einer komischen Stimmung zwischen uns gekommen wäre.

»Schon, aber …« Ich suchte nach den passenden Worten.

»Mir gefällt, wie du dich um Kopf und Kragen redest.«

»Nun lass mich doch mal ausreden! Michael hat mich für heute Abend zum Essen eingeladen, und spätestens in ein paar Tagen werde ich unsere lockere Affäre« – ich malte zu dem Wort Gänsefüßchen in die Luft – »für gescheitert erklären.«

»Dieser Lackaffe hat dich zum Essen eingeladen?«

»Darum geht es doch gar nicht! Und er ist kein Lackaffe. Kann ja nicht jeder so wie du eine Allergie gegen Friseure und gepflegtes Abendessen statt Keksen haben«, stichelte ich zurück. »Ich muss jetzt auch los, mich fertig machen«, fügte ich hinzu.

Für einen irritierenden Moment verlor ich mich im leuchtenden Blau von Bens Augen, bis sein Blick zu meinen Lippen huschte. Nervös lachte ich auf. Warum sah er mich so komisch an?

»Wenn unsere Beziehung bald Geschichte ist …« Seine Stimme klang heiser, und er trat vor.

»Was dann?« Die Frage verließ meine Lippen nur gehaucht. Mein Hals fühlte sich plötzlich rau an, und ich musste schlucken. Ben hob eine Hand und strich mir ein paar Haarsträhnen hinters Ohr. Eine Welle Gänsehaut überspülte meinen Körper. Ich ließ es geschehen, seine Berührung war so unverhofft, dass ich für einen Wimpernschlag versucht war, meine Wange in seine Handfläche zu schmiegen. Er trat noch näher, schaute erneut auf meinen Mund. Das erinnerte mich entfernt an einen meiner Träume – träumte ich etwa gerade? Mein Körper reagierte nämlich total unangemessen mit wohligen Schauern. Verwirrt blinzelte ich, dann räusperte Ben sich, wich einen Schritt zurück und richtete seine Augen auf den Strand. »Auch wenn wir bald kein *Paar* mehr sind, darf ich dir trotzdem weiterhin bei der Liste helfen? Mir ist da nämlich noch was eingefallen.«

»Was …?« Ich kniff mir in den Nasenrücken, um meine Gefühle wieder ins Lot zu bringen und meine Gedanken zu ordnen. Meine Sinne schienen durch die Stunden mit Michael noch überempfindlich zu reagieren. »Äh, ja, die Liste. Gern, der Tag auf Rømø war wirklich schön.«

»Freut mich.« Ein kurzes Lächeln huschte über sein Gesicht. »Dann viel Spaß mit deinem Date, und brich mir nicht zu sehr das Herz.« Er zwinkerte, ehe er mit seinem Surfbrett davonschlenderte. Ein paar Sekunden lang starrte ich ihm hinterher.

Was war das denn eben? Es schien, als wären wir für kurze Zeit in einem Paralleluniversum gelandet – oder in einem von meinen Träumen. Oder es waren nur die Auswirkungen von dem Berg Schlagsahne in der Kupferkanne.

Mein Handy verkündete einen Nachrichteneingang.

Ich habe um 19:30 Uhr einen Tisch im Rauchfang reserviert. Wo darf ich dich abholen? Gruß Michael

Ich textete ihm die Adresse, und der seltsame Moment mit Ben trat in den Hintergrund. Nur noch eineinhalb Stunden bis dahin, das war gerade genug Zeit, um zu duschen, mir zu überlegen, was ich anziehen sollte und mit Amelie zu telefonieren, um ihr von dieser unglaublichen Neuigkeit zu berichten.

Zu Hause entschied ich mich zunächst fürs Styling, textete Amelie aber, dass ich sie in dreißig Minuten anrufen würde und dass es ein Notfall sei.

Fahrig rannte ich nach der Dusche ins Wohnzimmer, um nach Willi zu schauen, die Leckereien waren erneut verschwunden, aber der Hamster blieb es ebenso.

In meinem Zimmer riss ich alles aus dem Schrank, was ich dabeihatte. Warum hatte ich keines meiner seriösen Etui-Kleider mitgenommen?

Letztlich entschied ich mich für ein rotes Sommerkleid, das gut mit meinen braunen Haaren harmonierte und meine Knie umspielte. Schnell noch etwas Rouge und Wimperntusche – fertig. Ich betrachtete mich im Spiegel des Badezimmers und war einigermaßen zufrieden mit meinem Aussehen.

»Hey, was gibt es für einen Notfall?«, meldete sich Amelie nach dem zweiten Klingeln am Telefon.

»Sitzt du?«

Sie lachte. »Mach es nicht so spannend. Hast du etwa schon einen Millionär an der Angel oder dir den Surflehrer geschnappt?«

Kurz tauchte ein Bild von Ben in meinem Kopf auf, das ich jedoch energisch wegschob.

»Viel besser! Ich habe Michael Eberdinger wiedergetroffen, und wir gehen heute zusammen essen.«

Stille.

»Der Michael aus meiner Schule«, setzte ich ungeduldig hinzu.

»Ich weiß, wen du meinst.«

Begeisterung klang anders. Ich dachte, sie würde sich mit mir über diese Wendung des Schicksals freuen.

»Wo hast du den denn aufgetrieben?«

Im Schnelldurchlauf erzählte ich ihr alles.

»Ach, Sina, bist du dir sicher, dass dieser Typ eine zweite Chance verdient?«

Nun, tief in meinem Inneren hegte ich selbst gewisse Zweifel. Deswegen hatte ich auf Zuspruch von Amelie gehofft, damit meine Unsicherheit verschwand. Sie war immerhin Expertin in Sachen zweite Chance.

»Ich glaube nicht, dass ihm damals bewusst war, wie sehr er mich verletzt hat. Außerdem ist es ewig her.«

Amelie seufzte. »Das mag ja sein, aber selbst wenn es so war, wird er es erfahrungsgemäß beim nächsten Mal auch nicht merken.«

Das war nicht das, was ich hatte hören wollen.

»Ach! Wenn du nicht daran glaubst, dass Menschen sich ändern können, warum gehst du dann immer wieder zu Tommek zurück?«

»Sinchen, ich meine es nicht böse, aber das mit Tommek und mir, das ist was anderes.«

»Wieso? Weil es so schwer vorstellbar ist, dass sich jemand für mich entscheiden könnte? Dass ich heute die

Richtige für ihn bin, obwohl ich es damals nicht war?«, blaffte ich. »Ich muss jetzt los!« Amelies Antwort erstickte ich, indem ich einfach auflegte.

Ziel des Telefonats war es gewesen, mir meine Nervosität zu nehmen, jetzt aber war ich nur noch verunsicherter.

Gott sei Dank blieb mir keine Zeit, mich weiter hineinzusteigern, denn draußen ertönte bereits ein Hupen.

Michael stand mit vor der Brust verschränkten Armen an seinen Audi gelehnt, als ich die Haustür hinter mir ins Schloss zog. Er trug eine Jeans, dazu ein hellblaues Hemd, und seine Augen wurden von einer Sonnenbrille verborgen.

Sein Anblick verschlug allen Zweifeln die Sprache. Er war einfach der Eine für mich. Ich hatte es ja versucht, aber keiner hatte je mein Herz derart aus dem Takt gebracht wie er damals. Und meine Reaktion auf ihn nach all den Jahren bestärkte mich darin.

»Er ist das Risiko wert«, murmelte ich zu mir selbst, während ich versuchte, elegant auf ihn zuzulaufen.

Er beugte sich vor, um mir ein Küsschen auf jede Wange zu geben.

»Wunderschön siehst du aus«, raunte er in mein Ohr, und ich konnte nur mühsam ein Schaudern meines Körpers unterdrücken.

Wir fuhren wieder nach Kampen, und Michael parkte vor einem Restaurant in einem der schmucken Reetdachhäuser.

Ein Kellner führte uns zu einem kleinen Tisch in einer Nische am Fenster, reichte uns jeweils eine Speisekarte und zündete die Kerzen in dem silbernen Ständer an.

Die Karte war überschaubar, aber dekadent, sie bestand

aus lauter Delikatessen. Bei den Preisen konnte ich nur auf eine Einladung von Michael hoffen.

Ein paarmal las ich die Namen der Gerichte, konnte mich aber nicht entscheiden, alles klang außergewöhnlich, und einige Zutaten waren mir unbekannt.

Michael bemerkte meine Unentschlossenheit. »Was hältst du davon, wenn ich für uns bestelle?«

Sanft zog er mir die Speisekarte aus der Hand, die ich erst nach einem kurzen Zögern losließ. Nach der Kuchenbestellung am heutigen Nachmittag hätte ich es vorgezogen, selbst etwas auszusuchen. Aber solange er mich mit diesem Lächeln bedachte, hätte ich vermutlich auch Ratte am Spieß gegessen, wenn er mich darum bat.

»Gern«, hörte ich mich sagen, während ich mich in seinen dunklen Augen verlor. Unsere Kinder würden sicherlich wunderschöne Augen haben.

Michael bestellte einen Salat und das Rinderfilet. Klang doch ganz vernünftig.

Wir stießen mit einem unverschämt teuren Rotwein an, der köstlich war. »Auf uns«, sagte Michael. Bis zur Vorspeise erzählte er von seiner Arbeit in der Rechtsberatung der Degener Holding, und auch wenn ich nur die Hälfte davon verstand, weil er mehr juristische Fachbegriffe verwendete, als ich kannte, hing ich an seinen Lippen und fand es unheimlich attraktiv, wie redegewandt er war. Das hatte mich schon damals beeindruckt. Ich konnte ihn mir gut bei einem Plädoyer vor Gericht vorstellen und war zugegeben etwas enttäuscht, dass er einen anderen Karriereweg eingeschlagen hatte.

»Ich freue mich wirklich sehr, dich wiedergetroffen zu haben, Sina«, sagte er plötzlich.

»Ich mich auch«, gab ich mit erröteten Wangen zu. »Um ehrlich zu sein, hat es mir damals ganz schön zu schaffen gemacht, als du wieder mit Annamaria zusammengekommen bist«, gestand ich. Meine Zunge war vom Wein gelockert worden.

»Ja?« Er lächelte. »Hattest du etwa was für mich übrig, Sina Reichert?«

»Äh, ja …« Er konnte doch unmöglich den Sommer und unsere gemeinsame Nacht vergessen haben? Amelies Worte echoten in meinem Kopf wider, aber ich verdrängte sie schnell. »Das wird dir wohl kaum entgangen sein.« Ich versuchte, es entspannt klingen zu lassen.

Mit einem Schulterzucken antwortete er: »Vielleicht.« Dabei hielt er meinem forschenden Blick stand, und für einen Moment fühlte ich mich wieder wie damals. Mit all der Hoffnung, dass meine Träume mit diesem Mann wahr werden könnten.

Der Kellner brachte die Vorspeise und unterbrach damit unser Gespräch vorerst.

Der Salat sah hervorragend aus, ich stach meine Gabel hinein und verdrängte die Geister der Vergangenheit.

Michael erzählte von der Planung des Hauses und was ihm und seinem *Business-Partner* für eine Gewinnspanne vorschwebte, wenn die unfähigen Handwerker dies nicht zunichtemachen würden. Dann fragte er mittendrin, was ich eigentlich beruflich tat, als wäre ihm gerade eingefallen, dass er versäumt hatte, sich danach zu erkundigen. Weil mir meine Ausbildung in der Verwaltung im Vergleich zu seiner Karriere unbedeutend vorkam, war ich ganz froh, dass er das Thema nur kurz anschnitt. Er quittierte meine Antwort, dass ich Assistentin der Geschäftsführung sei, mit einem Nicken und kam dann auf seine Assistentin zu sprechen, und so blieb mir die Offenbarung erspart, dass ich zurzeit in Wahrheit gar keinen Job hatte.

Das Rinderfilet im Hauptgang war perfekt gegart, es zerging auf der Zunge, eine wahre Geschmacksexplosion. Nur die Gorgonzola-Sauce war nicht so mein Geschmack.

Der Espresso zum Nachtisch hingegen war gut.

»Wie lange bist du noch auf der Insel?«, fragte ich.

»Ich fahre nachher mit einem der letzten Züge zurück.«

»Oh«, machte ich, und Enttäuschung flammte in mir auf. Aber dann erinnerte ich mich daran, dass er ganz in meiner Nähe in Hannover wohnte und dass auch ich in zweieinhalb Wochen die Insel wieder verlassen würde. Der Gedanke, nach Hause zurückzufahren, fühlte sich aber noch viel zu weit entfernt an.

»In zwei Wochen komme ich nochmal für ein oder zwei Tage her, um den Baufortschritt zu überprüfen. Bist du dann noch da? Nächste Woche schaut mein Kompagnon nach dem Rechten, wir wechseln uns ab, wir können deswegen schließlich nicht unsere Jobs vernachlässigen – nur weil andere ihre nicht erledigen.«

»Ich plane, bis Ende des Monats zu bleiben, aber mal sehen, was sich ergibt.« Wie fand ich jetzt nur zur Auflösung meiner angeblichen Beziehung mit Ben? Wenn ich behauptete, ich würde nach dem Aus in seinem Gästezimmer wohnen, klang das merkwürdig, oder? Aber ich wollte auch nicht vorzeitig zurück nach Hause. Ich fühlte mich wohl: auf Sylt, bei Ben. Das wurde mir in diesem Moment bewusst. Ich wollte auf jeden Fall die vollen vier Wochen bleiben. Michaels zweiwöchige Abwesenheit verschaffte mir zumindest genügend Zeit, mir Gedanken über alles zu machen. Und ich verspürte ein wenig Erleichterung, dieses Problem nicht heute lösen zu müssen.

Nachdem Michael die horrende Rechnungssumme beglichen und wir das Restaurant verlassen hatten, lenkte er seinen Audi direkt zum Haus von Ben.

Als der Wagen zum Stehen kam, erwartete ich bei der Verabschiedung wieder einen Kuss auf die Wange.

»Vielen Dank für den schönen Abend.«

»Ich danke dir für die Einladung.«

»Es war mir ein Vergnügen.« Er beugte sich vor, aber dieses Mal drehte er den Kopf nicht zur Seite, und ich fühlte mich plötzlich wieder wie eine unsichere Jugendliche – all die Küsse, die ich seither von anderen Männern erhalten hatte, spielten keine Rolle mehr. Plötzlich bekam ich Angst. Was, wenn ich damals schlecht geküsst hatte? Was, wenn er mich jetzt küsste und sich dann nicht mehr meldete? Panisch tastete ich nach dem Türgriff, war aber gleichzeitig nicht in der Lage, mein Gesicht abzuwenden. Erst als meine Finger den Griff umschlossen und sich die Tür öffnete, drehte ich meinen Kopf fort und fiel fast aus dem Auto.

»Hoppla«, kommentierte Michael meinen Abgang.

Darum bemüht, mir meine Panik und die damit einhergehende Kurzatmigkeit nicht allzu sehr anmerken zu lassen, beugte ich mich noch einmal ins Innere des Wagens. »Du hast es bestimmt eilig, deinen Zug zu erwischen. Ich will dich nicht länger aufhalten.«

Wie peinlich benahm ich mich eigentlich? Aber ich konnte mich auch schlecht wieder in den Wagen setzen und die Verabschiedung neu beginnen. »Du kannst dich ja melden, wenn du wieder hier bist«, flötete ich lässig.

»Werde ich machen.« Seine Lachfältchen vertieften sich, und ich schöpfte Hoffnung, dass ihn mein peinlicher Abgang nicht zu sehr verschreckt hatte.

»Okay, dann ... bis dann.« Ich richtete mich auf und schlug die Autotür zu. Auf dem Weg zur Haustür verdrehte ich die Augen über mich selbst und hätte mir am liebsten einen Vogel gezeigt. Aber gut, womöglich war es ganz richtig, ihn etwas zappeln zu lassen, redete ich mir ein. Obwohl meine Flucht aus dem Auto keineswegs weibliches Kalkül gewesen war, sondern bloße Panik davor, wieder von ihm abgewiesen zu werden, nachdem er die Schmetterlinge in meinem Bauch in wahre Flugakrobaten verwandelt hatte. Es war besser, sie noch eine Weile auf den Boden zurückzubeordern.

Mein Handy klingelte, und kurz war ich enttäuscht, nicht Michaels Nummer auf dem Display zu sehen.

»Hallo, Paul«, meldete ich mich.

»Sina, ich hoffe, ich störe dich so spät nicht.«

»Nein, ich bin gerade erst nach Hause gekommen. Brauchst du Hilfe?«

»Ja, nun ...«, druckste er herum. »Um ehrlich zu sein, ja. Könntest du morgen in der Frühschicht ein paar Stunden einspringen? Elke hat eine Sehnenscheidenentzündung und fällt für einige Wochen aus. Ich besorge natürlich so schnell wie möglich Ersatz, aber wenn du bis dahin ein paar Tage aushelfen könntest, wäre das fantastisch. Aber nur, wenn es dir nichts ausmacht.«

»Klar, gern.«

Ein erleichtertes Aufatmen war am anderen Ende der Leitung zu hören.

»Danke, Sina, aber ich bestehe darauf, dich anständig zu bezahlen.«

»In Ordnung.« Ich schmunzelte. »Wann soll ich morgen früh da sein?« Die Ablenkung war mir ganz willkommen. Auf diese Weise würde die Zeit bis zu Michaels Rückkehr schneller vergehen.

Kapitel 17

AM NÄCHSTEN TAG schlich ich mich frühmorgens aus dem Haus, um Ben nicht zu wecken, der am Vorabend erst heimgekommen war, als ich schon lange im Bett lag und den Tag mit Michael Revue passieren ließ.

Ich genoss die Fahrt durch das morgendliche Inseldorf, das noch nicht vollständig erwacht war. Die kühle Luft wehte mir auf dem Rad um die Nase, und ich schmeckte die See in jeder Böe. Wunderbar! Auf dem Weg begegneten mir nicht viele Menschen, nur die Müllabfuhr war bereits unterwegs.

Im Strandstübchen erwarteten mich Paul, der übernächtigt aussah, und der Koch Andy, der mich gut gelaunt begrüßte.

»Ich werde mich schnellstmöglich um eine neue Aushilfe kümmern, und du darfst auf Lebzeiten kostenlos hier essen.« Es schien Paul nach wie vor unangenehm zu sein, mich um Hilfe zu bitten.

»Mach dir deswegen keine Sorgen, ich freue mich über die Abwechslung in den nächsten Tagen. Außerdem macht es mir Spaß.« Ich klopfte ihm aufmunternd auf die Schulter.

Mit Blick auf die Tiefkühltorten, die er zum Auftauen

aus der Truhe holte, kam mir eine Idee. »Du, Paul, ich habe in den nächsten Tagen wirklich nicht viel vor, was hältst du davon, wenn ich eine Torte für die Nachmittagsgäste backe? Hausgemachte Sachen kommen doch immer gut an, und das würde perfekt zu deinem Krabbencocktail und der hauseigenen Marmelade passen.«

Da ich hier nur als Vertretung einsprang, war ich mir nicht sicher, wie Paul auf meinen Vorschlag reagieren würde, aber die Idee war mir spontan gekommen, und ich hatte zudem Lust, mal wieder die Apfelsinentorte nach dem Rezept meiner Mutter zu backen.

»Das klingt verlockend, aber ich kann das nicht verlangen.«

»Tust du ja gar nicht, ich biete es dir doch freiwillig an.«

Lächelnd betrachtete er mich. »Bitte, lass dich nicht abhalten, ich bin auch kein Fan von diesen Tiefkühldingern. Renate war immer für den Kuchen zuständig, und ich fürchte, Andy und ich haben diesen Teil der Speisekarte in den letzten Jahren vernachlässigt. Andy behauptet nämlich, er könne nicht backen.«

»Kann ich auch nicht, ich bin Koch, kein Konditor!«, rief Andy und streckte den Kopf aus der Küchentür.

»Na dann«, sagte ich und klatschte erfreut in die Hände. Jeder ging zu seinem Bereich und machte sich bereit: Andy verschwand in der kleinen Küche, Paul hinter dem Tresen, und ich ging auf die Sonnenterrasse, auf der die ersten Frühstücksgäste eintrudelten.

Ich hatte ganz vergessen, wie viel Freude es mir machte, im Service zu arbeiten. Damals, in der Oberstufe, war ich immer gern zu meinem Nebenjob in dem italienischen Restaurant gegangen. Natürlich gab es überall Nörgler, denen man nichts recht machen konnte, aber die traf man im Büro auch. Die meisten Leute aber waren freundlich und gut gelaunt. Auf der Insel allemal, hier musste man einfach gute Laune haben. Und entweder hatten sich die Trinkgeldgewohnheiten im letzten Jahrzehnt geändert, oder das lag ebenfalls an diesem Ort. Zumindest waren die meisten Trinkgelder derart hoch, dass es mir teilweise unangenehm war, sie anzunehmen.

»Die Leute mögen dich«, sagte Paul zu mir, als ich ein Tablett mit Getränken bei ihm abholte. »Sie merken, dass dir ihr Wohl tatsächlich am Herzen liegt und du nicht nur charmant bist, um ein gutes Trinkgeld abzukassieren.«

Ich errötete und wusste gar nicht, was ich darauf erwidern sollte.

»Tisch 5«, sagte er freundlich und scheuchte mich mit einer kleinen Handbewegung wieder hinaus. Das war das Beste an dem Job – bei dem Wetter saßen fast alle Gäste draußen, und dementsprechend war ich als Bedienung ebenfalls die meiste Zeit im Freien.

Am Schichtende gesellte ich mich zu Andy in die Küche, der ein Mittagessen für uns bereitgestellt hatte.

»Irgendwann klappt der Chef nochmal zusammen«, sagte er kauend und wies zu Paul, der am Tresen Kassensturz machte, anstatt mit uns zu essen.

»Warum stellt er keinen Geschäftsführer ein?« Warum er den Laden nicht komplett abgab, war offensichtlich – er war das Letzte, was ihn an seine verstorbene Frau erinnerte. Das Einzige, was ihm von ihr geblieben war. Aber er hatte das Renteneintrittsalter bereits überschritten, und etwas weniger Stress hätte ihm sicherlich gutgetan.

»Ich schätze, es findet sich niemand. Fähige Leute verlangen eine Menge Geld. Oder er befürchtet, dass der Laden komplett umgekrempelt werden würde. Vielleicht hat er auch Angst davor, dann nicht zu wissen, was er mit seiner Zeit anfangen soll.« Andy zuckte mit den Achseln. »Aber es wird immer schwieriger, für den Sommer gute Saisonkräfte zu finden. Die jungen Leute sind nicht mehr so wie früher. Sie sind unzuverlässig, unverschämt, und unter zwölf Euro stehen die gar nicht erst auf.« Kopfschüttelnd schob er sich eine weitere Gabel Pasta in den Mund.

Entschlossen nahm ich Pauls Teller und ging zu ihm, legte ihm eine Hand auf die Schulter. »Iss mal was, ich zähle den Rest.«

Lächelnd schaute er mich an. »Du bist ein gutes Mädchen, Sina.«

Mit meinem Einverständnis trug mich Paul auch für die nächsten zwei Tage ein. Samstag würde eine neue potenzielle Aushilfe zum Probearbeiten kommen. Ich versicherte ihm, es sei alles kein Problem, und dass ich es wirklich gern tat. »Wer weiß, vielleicht komme ich im nächsten Sommer wieder und heuere als Saisonkraft bei dir an, dann kann ich zumindest schon mal mit Arbeitserfahrung punkten.« Ich grinste ihn an, obwohl mir beim Gedanken an meine aktuelle Jobsituation kurzzeitig mulmig wurde. Doch es gelang mir, den Gedanken beiseitezuschieben.

Kurz darauf radelte ich zufrieden nach Hause, holte meine Strandtasche und verbrachte den restlichen Nachmittag am Meer und las. Ohne mir Gedanken darüber zu machen, was ich nach meiner Zeit auf Sylt machen sollte, oder dass ich noch dieses oder jenes von der Liste abhaken wollte, ehe ich die Insel wieder verließ.

Hallo, schöne Frau, ich sitze gerade in meinem Büro und wünschte, ich wäre auf Sylt …

Michael. Während der Schicht im Strandstübchen war ich so abgelenkt gewesen, dass ich einige Stunden gar nicht an ihn gedacht hatte. Aber bei diesen Worten, die er mir per Messenger sendete, wurde mir warm ums Herz. Unwillkürlich lächelte ich den Bildschirm meines Handys an.

Während ich überlegte, was ich antworten sollte, ging eine weitere Textnachricht von ihm ein: … bei dir :-*

»Ahh!«, quietschte ich auf. Was mir verwunderte Blicke von meinen Handtuchnachbarn einbrachte. Egal.

Wie ein Honigkuchenpferd grinsend, schrieb ich: Das wünschte ich auch … ;-*

Dazu schickte ich ein Bild, auf dem meine Beine und der Strand zu sehen waren. Meine Haut hatte mittlerweile eine fast olivfarbene Tönung angenommen, was meine Beine gleich viel sehenswerter machte. Michael antwortete, ich solle ihn daran erinnern, mit mir an den Strand zu gehen, wenn er zurück war. Dazu sendete er einen verwegen schauenden Smiley. O Mann, er flirtete mit mir, ganz eindeutig, oder?

Ich lehnte mich auf meinem Handtuch zurück und starrte lächelnd gen Himmel, lauschte den Geräuschen der Wellen und der Menschen um mich herum und war glücklich.

Dementsprechend euphorisch radelte ich am frühen Abend nach Hause, nicht ohne einen Stopp beim Supermarkt einzulegen, um alle Zutaten für die legendäre Apfelsinentorte meiner Mutter zu kaufen.

Zum Backen konnte ich mich allerdings nicht mehr aufraffen, nachdem ich meine Einkäufe weggeräumt hatte. Lediglich die Creme rührte ich an, damit sie über Nacht fest werden konnte. Die ungewohnte Arbeit im Strandstübchen und die Stunden in der Sonne sorgten dafür, dass mir bereits vor neun Uhr die Augen zufielen.

Am nächsten Tag fuhr ich deswegen nach meiner Schicht im Lokal auf direktem Weg nach Hause und begann, in der Küche den Tortenboden zu backen.

Als ich fast fertig war und bereits die Creme glattstrich, hörte ich Stimmen vor dem Haus. Kurz darauf erschien Ben in der Küchentür.

»Da bist du ja, hast du einen Moment Zeit?«

»Äh …«, machte ich überrumpelt und schaute zu der fast fertigen Torte. »Was ist denn? Kann das noch zwanzig Minuten warten?«

Bens Blick landete nun ebenfalls auf der Torte. »Wow, ist die für uns?«

Er trat näher und streckte seinen Finger in Richtung der Torte aus. »Nein!«, rief ich hastig und schlug ihn leicht auf die Hand. Dann griff ich nach der Schüssel, in der ich die Creme angerührt hatte. »Hier, die kannst du auskratzen.«

Ben grinste, fuhr mit dem Finger am Rand der Schüssel entlang und schleckte dann genüsslich eine Portion Creme davon ab. Mit einer Mischung aus Missbilligung und Belustigung verfolgte ich das Ganze, bis mein Blick an seinen Lippen hängen blieb und ich das Bedürfnis verspürte, den kleinen Klecks Creme von seinem Mundwinkel zu wischen.

»Sehr lecker«, kommentierte er, und ich wendete mich geschäftig ab, strich weiter die Creme glatt, freute mich aber über das Kompliment.

»Warum hattest du mich gesucht? Ist Willi aufgetaucht?«, fragte ich hoffnungsvoll, um mich von der seltsamen Reaktion meines Körpers abzulenken.

»Keine Spur von der Fellkugel, nur seine Köttel hinterlässt er überall.«

Ich machte mir zunehmend Sorgen um den kleinen Kerl. Die Reise musste ihn völlig verstört haben.

»Die Torte muss jetzt kurz ohne dich auskommen, ich will dir jemanden vorstellen«, riss Ben mich aus meinen Gedanken. Auffordernd trat er dichter an mich heran und nahm mir den Kuchenspachtel aus der Hand. Unsere Finger berührten sich, und wieder reagierte ich völlig unangemessen und ungewollt mit einem Prickeln auf der Haut. Aber bevor ich diese Reaktion analysieren konnte, schob er mich in Richtung der Terrasse.

»Die Torte muss in den Kühlschrank«, sagte ich und wollte zurück in die Küche gehen.

»Das mache ich gleich, setze du dich schon mal hin.«

Verwundert folgte ich seiner Anweisung. An dem Tisch im Garten saß ein älterer Herr, der aufstand, als ich näher trat. Ben stellte sich neben mich.

»Das ist mein Onkel, Hans Behrends, ehemaliger Bürgermeister von Kampen.« Ben sah mich vielsagend an, aber ich verstand nur Bahnhof.

»Freut mich, ich bin Sina Reichert.« Ich schüttelte die Hand, die Bens Onkel mir entgegenstreckte. Die Ähnlichkeit mit Ben war unverkennbar, zwar hatte sein Onkel keine blonden Locken, aber als er mich anlächelte, bildete sich ein ganz ähnliches Grübchen auf seiner Wange wie bei seinem Neffen. Außerdem hatten seine Augen dasselbe intensive Blau. Herr Behrends' Gesicht war noch gebräunter als Bens, und um seine Augen hatten sich lange, tiefe Falten gebildet.

»Bin gleich wieder da«, verkündete Ben und verschwand im Haus. Unsicher lächelte ich den Mann an.

»Wie gefällt es Ihnen bei uns auf der Insel? Ben hat erzählt, dass sie ganze vier Wochen bleiben.«

»Es ist wirklich schön hier«, gab ich höflich zurück und kramte in meinem Kopf nach weiteren Gesprächsthemen. Ich verstand nicht, was Ben mit dieser Aktion bezweckte. Hilfesuchend schaute ich zur Terrassentür, durch die er verschwunden war.

»Ist das Ihr Hamster, dessentwegen die Terrassentür nicht mehr aufstehen darf?«

Diese Frage trieb mir die Hitze in die Wangen. »Äh, ja, ganz blöde Geschichte. Natürlich wollte ich nicht mit meinem Hamster in den Urlaub fahren, aber die Urlaubsbetreuung ist kurzfristig abgesprungen, und ich dachte ja, ich hätte ein ganzes Haus für mich allein und nicht nur ein Zimmer, aber das hat Ben Ihnen sicherlich schon alles erzählt«, plapperte ich wild drauflos, während sich meine Gesichtsfarbe mit jedem Wort der eines gekochten Hummers annäherte. O Gott, das klang doch verrückt!

»Nein, das hat er bisher nicht erzählt.« Hans Behrends' Augen funkelten sichtlich amüsiert.

In dem Moment trat zum Glück Ben wieder durch die Tür, und ich lächelte ihn erleichtert an.

»Ich will euch gar nicht stören«, sagte ich und machte Anstalten aufzustehen. Jedoch verhinderte Ben meine

Flucht, indem er mich sanft an meiner Schulter zurück auf den Stuhl drückte. Fragend sah ich ihn an.

»Ein Spezial-Cocktail«, verkündete er, und da fiel mir auf, dass auf dem Tablett, das er in der anderen Hand balancierte, drei Gläser standen. Er verteilte sie und hob seines dann hoch, um uns zuzuprosten.

»Einen Cocktail vor dem Abendessen?«, fragte ich zweifelnd.

Hans Behrends lachte dröhnend. »Sie sind schließlich im Urlaub, und nach sechzehn Uhr ist alles erlaubt. Kein Bier vor vier, sagt man doch. Apropos Bier – ich hätte wirklich lieber ein Bier.«

Ben überging den Einwand seines Onkels und hielt uns stattdessen beharrlich sein Glas entgegen.

»Na, dann auf Ihren Aufenthalt bei uns auf der Insel«, sagte Herr Behrends.

»Prost!«

Wir nahmen alle einen Schluck, und während ich die fruchtige Frische von Bens Cocktail genoss, verzog Bens Onkel das Gesicht. »Ein Pils wäre mir *definitiv* lieber gewesen.«

»Und Sie waren Bürgermeister von Kampen? Stimmt es, dass dort nur Häuser mit Reetdächern erbaut werden dürfen?«, fragte ich, bevor das Gespräch wieder auf mich und Willi Wonka zurückkam.

»Genau, nur entlang der ehemaligen Bahntrasse wurden früher andere Dächer genehmigt, aufgrund der Brandgefahr durch Funkenflug.«

»Ich war gestern in der Kupferkanne in Kampen, auf dem Weg dorthin habe ich viele wunderschöne Häuser gesehen. Was für Anwesen!«

»Ja, die Familie meiner Frau besitzt seit vielen Generationen Land dort und hat von dem beginnenden Bauboom in den Siebzigern profitiert. Unsere Reetdachdeckerei ebenso. Das waren gute Jahre. Aber der typisch friesische Dorfcharakter ist mittlerweile verloren gegangen. Die Leute, die dort heute leben, wollen größtenteils ihre Ruhe und keinen Schnack über den Gartenzaun. Viele Insulaner leben inzwischen auf dem Festland. Wir können uns aber nicht vorstellen, hier wegzuziehen. Wir leben allerdings nicht mehr in Kampen, sondern in Rantum.«

»Oh, da bin ich auch schon durchgefahren, dort stehen ebenfalls wunderschöne Häuser.«

Hans Behrends lächelte stolz. »Einen Großteil davon haben wir eingedeckt.«

»Sie besitzen eine eigene Reetdachdeckerei?« Er nickte.

»Ich stelle mir das ganz wunderbar vor, diese hübschen Backsteinhäuser mit einem goldgelben Strohdach zu versehen. Dabei steht man dort oben, wo die Seeluft einem direkt um die Nase weht und man die Nordsee sehen kann«, schwärmte ich.

»Besser könnte ich es nicht beschreiben.« Hans Behrends nickte zustimmend.

Ich fing Bens Blick auf, der schweigend das Gespräch verfolgte, und fragte ihn, ob es ihm nie in den Sinn gekommen war, Reetdachdecker zu werden. Leider löste diese arglose Frage betretenes Schweigen am Tisch aus.

Bens Onkel setzte an, etwas zu erwidern, aber Ben bedachte ihn mit einem warnenden Blick, wovon er sich aber nicht beeindrucken ließ. Unbehaglich verfolgte ich den stummen Austausch zwischen den beiden Männern.

»Genau genommen ist Ben gelernter Reetdachdecker.«

»Tatsächlich? Und warum arbeitest du nicht mehr in dem Beruf?«

Ben löste den Blick von seinem Onkel und stellte die leeren Gläser auf das Tablett zurück. »Aus verschiedenen Gründen.« Mehr sagte er nicht, und auch sein Onkel beließ es dabei. Ben stand auf und brachte die Gläser ins Haus. Hans Behrends und ich blieben mit dem betretenen Schweigen zurück, bis er es brach.

»Sie scheinen Eindruck auf meinen Neffen gemacht zu haben.«

»Ich?«, fragte ich erstaunt. »Sicherlich nicht im positiven Sinne.«

Hans Behrends schmunzelte.

»Wissen Sie, Ben und seine Schwester haben schwierige Jahre hinter sich. Erst verunglückten mein Bruder und seine Frau mit dem Auto, dann im letzten Jahr die Krebserkrankung von Beckys Mann.«

Herr Behrends schien meinen geschockten Gesichtsausdruck richtig zu deuten.

»Er hat Ihnen davon nichts erzählt.« Es war mehr eine Feststellung als eine Frage.

»Nein, ich meine, ich … ich bin ja auch lediglich ein Feriengast«, stammelte ich.

»Wie dem auch sei, das ist typisch Ben, er lässt sich nicht gern in die Karten blicken.« Herr Behrends verzog seine Lippen zu einem traurigen Lächeln, als bedauere er diesen Umstand.

Ben gesellte sich wieder zu uns und schien seine seltsame Stimmung in der Küche gelassen zu haben.

Wir plauderten noch eine Weile über unverfängliche Themen, ich fragte, ob es richtig sei, dass die schmalste

Stelle von Sylt sich kurz hinter Rantum befand. Darauf folgte eine kurze Diskussion mit einem nicht eindeutigen Ergebnis. Seit einem Sturm war wohl eine Stelle am Ellenbogen schmaler gewesen, aber nur bis zur nächsten Sandvorspülung. Ich beschloss für mich und zugunsten meiner Liste, dass er weiterhin auf der südlichen Hälfte der Insel lag. Schließlich verabschiedete sich Bens Onkel und klopfte seinem Neffen auf die Schulter.

»Grüße deine Schwester von mir.«

Ben begleitete ihn bis zum Gartentor, ehe er sich wieder zu mir an den Tisch setzte. Erwartungsvoll schaute er mich an.

»Was?« Ich lachte nervös.

»Bürgermeister von Kampen!«

»Ja, und?«

»Na, der ehemalige Bürgermeister von Kampen gehört definitiv zur *Prominenz* hier auf der Insel.«

Prominenz … ich sah auf das kleine Cocktailschirmchen, das vergessen auf dem Tisch lag. »Ach so!«, rief ich aus. »Ich habe gerade einen Cocktail mit einem Prominenten getrunken!«

»Bingo.« Zufrieden lehnte Ben sich im Gartenstuhl zurück.

Ich begann zu lachen, denn so hatte ich mir meinen Prominenten natürlich nicht vorgestellt. Ben stimmte ein. Es war eine verdammt clevere Idee gewesen, den Prominenz-Listenpunkt auf diese Weise zu lösen.

Ich musterte Ben, nachdem wir uns beruhigt hatten. Die Worte seines Onkels klangen in meinem Kopf nach, und ich fragte mich, ob mein Gastgeber irgendwas unter seinem blonden Lockenschopf und hinter der lässigen Art verbarg, von dem ich nichts ahnte. Warum wollte er nicht darüber reden, dass er einst Reetdächer eingedeckt hatte?

»Danke, Ben«, sagte ich, als mich unvermittelt eine Welle Dankbarkeit überrollte und ein warmes Gefühl in meiner Brust hinterließ.

»Gern geschehen.«

Ich genoss die entspannte Stimmung. Eine Weile lang saßen wir nur da und schwiegen. Es war ein angenehmes Schweigen, wie man es mit vertrauten Menschen erlebte. Verstohlen betrachtete ich ihn erneut und wagte aus einem inneren Impuls heraus einen kleinen Vorstoß hinter die Fassade. »Du, Ben?«

»Hm?« Er hatte die Augen geschlossen, während die letzten Sonnenstrahlen die Bräune seiner Haut vertieften.

»Warum ist deine Schwester bei dieser Mutter-Kind-Kur?«

Seine Lider öffneten sich, aber er sah noch einige Sekunden in den Himmel, ehe er zu mir schaute und mir antwortete. »Konnte mein Onkel seinen Mund nicht halten?« Seine Gesichtszüge verhärteten sich merklich.

»Tut mir leid, ich … er …« Mir fehlten die Worte. Ich holte tief Luft, ehe ich fortfuhr: »Mein Vater ist gestorben, als ich zwölf war.« Ich hatte schon lange nicht mehr mit jemand anderem als meiner Mutter darüber geredet, aber es war meine Art, ihm klarzumachen, dass ich den Schmerz eines Verlustes nachempfinden konnte. Und es funktionierte, die Wärme kehrte in Bens Miene zurück. Als ich in seine blauen Augen blickte, wusste ich, dass er verstand, warum ich ihm das erzählt hatte.

Er richtete sich auf und begann mit dem kleinen Schirmchen zu spielen, das noch immer auf dem Tisch lag. »Der

Mann meiner Schwester ist vor einem Jahr an Krebs erkrankt. Es ging alles ziemlich schnell, von dem Tag der Diagnose bis zu seinem Tod hat es nur sechs Monate gedauert. Sechs Monate voller Schock, Wut, Hoffnung und Machtlosigkeit.«

Ich erschauderte, zu sehr rief das meine eigenen schmerzlichen Erinnerungen hervor.

Ben rieb sich mit den Händen übers Gesicht. »Es ist nicht leicht für meine Schwester, aber so langsam rappelt sie sich wieder auf. Die Kur scheint ihr gutzutun. Zunächst hat sie versucht, allein klarzukommen. Für ihre Tochter die Starke zu spielen, doch dabei hat sie vergessen, dass auch sie trauern muss, um seinen Tod zu verarbeiten. Manchmal ist es einfach nicht fair, wie oft das Schicksal an derselben Stelle einschlägt.«

Ich schluckte verzweifelt gegen den Kloß in meinen Hals an und wischte mir schnell eine Träne weg, die meinem Auge entkommen war.

»Nicht weinen, Sina, ich kann Frauen nur schlecht weinen sehen. Dann entsteht in mir immer das Bedürfnis, sie in den Arm zu nehmen, und ich bin mir nicht sicher, ob dir das recht wäre.« Er zwinkerte, und ich war ihm dankbar für die Auflockerung der Situation. Ich kniff mir in die Nasenwurzel, um die restlichen Tränen zurückzudrängen.

»Aber wenn du eine Umarmung brauchst …« Er wackelte mit den Augenbrauen, und ich musste lachen.

»Sie kommt übrigens nächstes Wochenende wieder, sie und ihre Tochter wohnen in Morsum, ihr werdet euch sicherlich noch kennenlernen. Doch ich warne dich, sie ist furchtbar neugierig und aufsässig, das hat sich leider seit unserer Kindheit nicht geändert.« Er seufzte betont laut auf, aber in seinen Augen sah ich die Liebe zu seiner Schwester. Als Einzelkind konnte ich nur erahnen, wie man für seine Geschwister empfand, ich hatte mir immer sehnlichst welche gewünscht. Einen Vertrauten, mit dem ich alle meine Sorgen und Ängste teilen konnte, der sich nie darüber lustig machte, weil er genau dasselbe erlebte, im selben Leben feststeckte. Was ich aber sehr wohl wusste, war, wie es sich für ein kleines Mädchen anfühlte, den Vater zu verlieren, und genau dieser Umstand legte sich schwer wie Geröll auf mein Herz, als ich an Bens Nichte dachte.

»Hast du morgen schon etwas vor?«, erkundigte sich Ben.

Ging mir seine lockere Art sonst ab und an auf die Nerven, dachte ich nun das erste Mal, dass das womöglich einfach seine Art war, um sich und andere am Untergehen zu hindern. Der eine verzog sich bei Schmerz in sein Schneckenhaus, der andere mutierte zum Clown – und irgendwo dazwischen befanden Ben und ich uns. Und irgendwann war man so sehr in seiner Rolle gefangen, dass man nicht mehr anders konnte.

»Morgen kann ich nicht, wie wäre es mit übermorgen?«

»Hast du noch ein Date mit diesem Krawattenfuzzi? Ist die Torte für ihn?«, fragte Ben belustigt.

»Rede nicht so über ihn.« Ich knuffte ihn gegen den Oberarm. »Und nein, ich helfe einem Freund aus.«

Verwundert schaute er mich an. »Du hast andere Freunde außer mir auf der Insel?«

»Wer sagt, dass wir Freunde sind?«

Er fasste sich theatralisch ans Herz. »Dann suche ich mir eben eine andere, der ich Highlights für ihre Glücksmomente-Liste verschaffe.«

»Das klingt irgendwie zweideutig.« Ich kicherte. »Wie wäre es mit übermorgen?«, bot ich erneut an.

»Nur wenn du mir erzählst, welchem Freund du aushilfst.«

Ich erzählte kurz von Paul und dem Strandstübchen.

»Kennst du ihn?«

Ben schüttelte den Kopf. »Aber ich weiß, welches Lokal du meinst – bekomme ich Prozente, wenn du dort arbeitest?«

»Äh, nein, im Gegenteil, ich erwarte ein fettes Trinkgeld.«

Wir lachten.

»Also übermorgen?«, besiegelte Ben unsere Verabredung, und ich nickte zustimmend.

»Jetzt musst du mir aber auch verraten, warum du nicht mehr als Reetdachdecker arbeitest.«

Schnapp, sein Blick verschloss sich wie eine Auster, und die gute Stimmung segelte davon und hinterließ ein Vakuum.

»Das ist eine lange Geschichte.«

»Ich hätte Zeit«, bot ich lächelnd an, obwohl ich ahnte, dass er nicht bereit war, sie mir zu erzählen.

»Heute nicht, Sina.« Er stand auf und ließ mich ohne Erklärung zurück. Seufzend erhob ich mich ebenfalls und ging in die Küche, um die Backutensilien wegzuräumen. Anschließend dekorierte ich die Torte mit ein paar Scheibchen filetierten Mandarinen, die safteten nicht so stark wie Apfelsinen. Zufrieden betrachtete ich mein Werk. Meine Mutter behauptete, sie habe sich das Rezept nach dem Sommer in Spanien mit den köstlichen Apfelsinen einfallen lassen. Seither gab es diese Torte zu jedem Geburtstag, und ich hatte es immer geliebt, ihr dabei zu helfen. Das Rezept kannte ich auswendig. Backen vermittelte mir stets ein Gefühl von heiler Welt – zumindest diese Torte repräsentierte das für mich. Vielleicht auch, weil es zu den wenigen Dingen gehörte, die sich nach dem Tod meines Vaters nicht geändert hatten, und meine Mutter beim Backen immer glücklich gewirkt hatte.

Kapitel 18

UNSERE FAHRRÄDER STANDEN vor der Haustür bereit, während Ben etwas in der Küche in einer Tupperdose verstaute, was ich nicht sehen durfte. Deshalb scheuchte er mich hinaus, und ich schaute derweil nochmal nach dem abtrünnigen Hamster.

»Du kannst dich doch nicht in Luft aufgelöst haben«, murmelte ich, während ich, wie jeden Tag, systematisch das Wohnzimmer durchkämmte. Es war wie verhext. Wie üblich fehlte das ausgelegte Futter und war ersetzt durch kleine Hamster-Hinterlassenschaften, aber wir bekamen ihn nie zu Gesicht. Am Türrahmen lehnend, trank ich die letzten Schlucke meines Kaffees und schaute auf den verwaisten Hamsterkäfig. Die Schicht gestern im Strandstübchen steckte mir noch leicht in den Knochen – alle Plätze waren durchgehend besetzt gewesen, und ich hatte beim Bedienen sicherlich einige Kilometer zurückgelegt. Aber obwohl ich mich danach erschöpft gefühlt hatte, war ich seltsam zufrieden gewesen. Das Zusammenspiel mit Paul und Andy in der Küche lief hervorragend, wie perfekt eingestellte Zahnräder. Zudem empfand ich es als angenehm, direkten Kontakt zu den Gästen zu haben, und gestern, mitten im größten Trubel, war mir klar geworden, wie einsam ich mich vor meinem Bildschirm im Büro oftmals gefühlt hatte.

Meine Torte, die für die Gäste am Nachmittag gedacht war, war kurz nach dem Mittag ausverkauft gewesen. Auf dem Rückweg hatte ich bereits neue Zutaten besorgt.

»Wir könnten es mit einer Lebendmausefalle versuchen«, schlug Ben vor und holte meine Gedanken zurück ins Hier und Jetzt. Mit einem Rucksack in der Hand war er hinter mich getreten.

»Ich weiß nicht … was, wenn ihn die Klappe verletzt?«

»Die ist bestimmt sicher, sonst würde sie nicht *Lebendfalle* heißen.« Er grinste leicht.

»Wir können uns so ein Ding ja mal anschauen«, willigte ich ein.

»Ja, aber später, denn jetzt müssen wir los.«

»Du nimmst deine Aufgabe als Listenerfüllungsgehilfe ja richtig ernst.« Im Vorbeigehen knuffte ich ihm gegen den Oberarm.

»Davon verspreche ich mir dann aber auch eine Fünf-Sterne-Bewertung bei Airbnb.«

Lachend stellte ich die leere Tasse in die Spüle und griff nach meiner Tasche. Ich war erleichtert, dass Ben wieder zu seiner guten Laune zurückgefunden hatte, nachdem ich mit der Frage zu seinem Job als Reetdachdecker allem Anschein nach einen wunden Punkt getroffen hatte. Gestern hatten wir uns lediglich kurz gesehen, und ich war mir bis heute Morgen nicht sicher gewesen, ob unsere Verabredung noch stand. Aber als ich aufgestanden war, hatte er bereits in der Küche gesessen und mich spielerisch zur Eile angehalten und sich beschwert, dass er nichts von der Torte abbekommen hatte.

Nun radelten wir im gemächlichen Tempo los.

»Wie viele Kilometer umfasst deine Tour? Ich würde im Anschluss nur ungern wieder ein Kissen zum Sitzen benötigen.«

»Brauchst du nicht, ich verrate dir später nämlich noch ein Geheimnis.« Sein Grübchen kam zum Vorschein, als sich seine Mundwinkel zu einem Lächeln verzogen.

Das Wetter zeigte sich heute von seiner schönsten Seite. Nicht einmal Schäfchenwolken waren am Himmel zu sehen, und der Wind wehte nur lau aus Westen, weswegen wir hinter den Dünen kaum etwas davon spürten, als wir in Richtung Westerland fuhren. Obwohl es erst zehn Uhr morgens war, war das Thermometer bereits über zwanzig Grad geklettert. Zwar hatte ich in der Zeit auf Sylt gelernt, dass sich das Wetter hier oft schnell änderte und der Himmel gefühlt von einem Moment auf den anderen dicht mit Wolken behangen sein konnte, obwohl er zuvor noch blau geleuchtet hatte, aber ich war guter Dinge, dass dies heute nicht passierte.

Ben schlug denselben Weg ein, den ich bereits mehrmals allein nach Westerland zurückgelegt hatte, und als er im Zentrum in den Stranddistelweg einbog, überlegte ich, ob wir wohl einen Ausflug mit der Fähre von Hörnum aus machen würden. Ich hätte nichts dagegen gehabt. Auch wenn das bedeutete, dass ich erneut die weite Strecke fahren musste – ich konnte nur hoffen, dass meine Kehrseite mittlerweile abgehärtet war oder dass Bens angekündigtes Geheimnis aus einem weichen Sattelschoner bestand.

An der Hauptstraße grüßte Ben immer wieder vorbeifahrende Autofahrer, deren Wagen nordfriesische Kennzeichen hatten. »Die Insel ist eben ein Dorf«, kommentierte er ungerührt, als er meinen amüsierten Blick bemerkte. Irgendwann machte ich mir einen Spaß daraus und grüßte einfach mit. Gern hätte ich ihn ausgefragt, ob er sein Leben lang auf der Insel gewohnt hatte und was seine Eltern gemacht hatten. Aber ich wollte nicht noch einmal alte Wunden aufreißen, indem ich Fragen zu seiner Familie stellte, nicht an einem so schönen Tag wie heute.

Ben erzählte gut gelaunt einiges zur Entstehung des Rantum-Beckens, bemerkte, dass wir uns das bei Gelegenheit auch noch anschauen könnten, und bog schließlich auf den Parkplatz des Sansibar ein.

»Wir gehen ins Sansibar?« Das hatte ich definitiv nicht erwartet.

Ben steuerte die Fahrradständer an. »Wusstest du, dass dieser Mercedes-Bus dort drüben den ganzen Tag mit laufendem Motor bereitsteht, um Gäste die wenigen Meter nach oben zum Lokal zu transportieren?«

»Was?«, fragte ich entgeistert und schaute zu dem schwarzen Van, der direkt neben der Auffahrt parkte, die durch einen massiven silbernen Poller die Durchfahrt verhinderte. Der Besucherparkplatz lag unterhalb der Dünen, und man musste einen leichten Anstieg zur Strandbar bewältigen, aber sie lag in Sichtweite, ich hätte gewettet, man lief nicht länger als fünf Minuten.

»Und das ist nicht nur für Gehbehinderte oder ältere Herrschaften?«

»Nope.«

»Unfassbar.«

»Der Poller dort senkt sich dann elektrisch.«

Ich kicherte. »Genauso habe ich mir Sylt und die Leute hier vorgestellt.«

»Das tun viele«, sagte Ben amüsiert und kettete unsere Räder aneinander.

Wir liefen hinauf bis zu dem hölzernen Gebäude aus dunkelbraunen Latten, das von einer Holzveranda umgeben war und eine großflächige Fensterfront besaß. Im Außenbereich befanden sich außer Tischen auch Strandkörbe, die in den Sand gestellt worden waren, sowie ein Kinderspielplatz. Wir setzten uns auf eine der Bänke an der Gebäudewand.

»Hast du Hunger oder sollen wir nur etwas trinken?«

»Ich bin noch satt vom Frühstück«, entgegnete ich und streckte genüsslich mein Gesicht der Sonne entgegen. Ben trug eine Sonnenbrille, die er in seine Locken schob, als die Kellnerin zu uns trat.

Nachdem er zwei Gläser Zitronenbowle mit dem lustigen Namen Kalte Ente bestellt hatte, warf ich ihm einen fragenden Blick zu. »Bowle um diese Uhrzeit? Das wird ja immer früher mit dem Alkohol.«

»Die Zitronenbowle ist es wert, vertrau mir und« – er schob seine Sonnenbrille zurück auf die Nase – »du wirst etwas Mut brauchen.«

Sofort setzte ich mich aufrechter hin und sah Ben argwöhnisch an. »Mut wofür?«

»Erstmal trinken wir die Bowle.« Just in dieser Sekunde brachte die Kellnerin unsere Gläser. In zwei kleinen, aber dickbauchigen Weingläsern präsentierte sich die Bowle mit reichlich Eis, garniert mit einer Spirale aus Zitronenschale.

»Auf Sylt und deine Meer-Momente«, sagte Ben und nippte an seinem Glas. »Die ist aber auch verdammt lecker.«

Ich probierte ebenfalls. »Hm, ja, wow!« Ich nahm noch

einen Schluck. Die Säure des Weins oder Proseccos – ich war mir nicht sicher, vielleicht war auch beides drin – vermischte sich mit der Frische der Zitrone.

»Kostet auch neun Euro.«

Ich hielt inne. »Ernsthaft?« Ich drehte das Glas, in dem sich höchstens 0,2 Milliliter Flüssigkeit befanden.

»Jip.« Ben warf immer wieder flüchtige Blicke zur Auffahrt, wo nach und nach mehr Besucher eintrafen.

Ein schwarzes Mercedes-Coupé fuhr im Schritttempo den Dünenweg hinauf. Ben nahm die Sonnenbrille ab, hakte sie in sein T-Shirt und stand auf.

»Fertig?«, fragte er mich und winkte die Kellnerin zu uns herüber. Er drückte ihr einen Zwanzig-Euro-Schein in die Hand und zog mich dann von der Bank hoch.

Völlig überrumpelt ließ ich es geschehen. »Warum hast du es denn so eilig, ich hab mein Glas noch gar nicht ausgetrunken.«

Seine Hände legten sich auf meine Schultern und wanderten dann zu meinen Oberarmen. Die Berührung seiner leicht rauen Finger verursachte mir eine Gänsehaut. Eine von der angenehmen Sorte. Irritiert schaute ich in sein Gesicht. Ich wollte nicht so reagieren, und doch passierte es immer wieder. Er beugte sich leicht zu mir herunter und sah mir fest in Augen, woraufhin ich nervös auflachte. »Ben, was soll das?«

»Sina«, begann er. »Worum geht es bei der ganzen Liste?«

»Worum es bei der Liste geht?«, wiederholte ich mit gerunzelter Stirn, und Ben nickte.

Was hatte er nur auf einmal? »Ähm, ich kann nicht denken, wenn du mich so anstarrst.«

»Okay, dann helfe ich dir auf die Sprünge. Es geht darum, Dinge zu tun, die dir in Erinnerung bleiben, die du normalerweise nicht unbedingt tun würdest. Glücksmomente, die Komfortzone verlassen und so ein Gedöns.«

Sein Blick huschte zu dem schwarzen Mercedes, der jetzt direkt vor dem Gebäude einparkte. Die Tür schwang auf, und ein älterer, untersetzter Herr stieg aus.

»Das ist der Besitzer des Sansibar.«

»Aha«, machte ich nur.

»Er ist reich. Ein Millionär, verstehst du? Und wir sind im Sansibar.«

»Ah!« Ich grinste Ben an und konnte nicht verhindern, dass es mich rührte, an wie vieles von der Liste er sich erinnerte. Aber als mir klar wurde, was das im Umkehrschluss für mich bedeutete, sackten meine Mundwinkel nach unten. »Begrüßt er alle Gäste persönlich, oder wie soll ich ihn kennenlernen?« Denn auf der Liste stand: im Sansibar einen Millionär *kennenlernen* und nicht, an einem Millionär *vorbeilaufen*.

»Nein, das macht er nicht. Du gehst jetzt zu ihm hin, quatscht ihn an und zack – Punkt erledigt.«

Ben drehte mich an den Schultern um und schob mich in die Richtung des Lokalinhabers.

»Ich weiß nicht …« Ich stemmte mich ein wenig gegen seine Hände, die mich sanft, aber bestimmt weiter nach vorn drängten.

»*Ich* weiß es aber.« Er schob mich noch etwas energischer nach vorn, doch im nächsten Moment waren seine Hände und somit auch der Druck plötzlich verschwunden.

Für eine Sekunde geriet ich aus dem Gleichgewicht und stolperte dem ahnungslosen Mann quasi vor die Füße.

Schnell richtete ich mich auf, strich mir ein paar Haare hinters Ohr und hielt ihm meine Hand hin. »Äh, hallo, ich bin Sina Reichert.«

Nach einem kurzen Zögern ergriff er sie. »Freut mich, Sina Reichert.« Er hob lächelnd den Kopf, denn er reichte mir gerade bis knapp übers Kinn. Sein Lächeln war sympathisch, und in seinen Augen blitzte der Schalk auf.

»Ihre … äh … Zitronenbowle ist die neun Euro auf jeden Fall wert«, stotterte ich.

Oh Gott, was redete ich da nur?

Er lachte laut auf. »Schön, das freut mich, genießen Sie die Zeit.« Er nickte Ben zu, der ein paar Meter hinter mir stand, und verschwand um die Ecke des Gebäudes. Ich wusste nicht, ob ich lachen oder mich schämen sollte. Was für eine absurde Situation!

»Siehst du, tat gar nicht weh, oder?« Ben trat mit einem zufriedenen Gesichtsausdruck neben mich.

»Doch, ein bisschen schon. Der arme Mann wusste gar nicht, wie ihm geschah.«

»Er war halt überrascht, dass ihn eine junge, hübsche Frau einfach anspricht.« Bens Mundwinkel zuckten.

Ich begann zu kichern und konnte plötzlich nicht mehr aufhören. Auch nicht, als mir bereits Tränen die Wangen hinunterliefen. Es war mir überaus unangenehm, aber zugleich fand ich die ganze Situation urkomisch. Ben verfolgte meinen Lachanfall sichtlich amüsiert.

Auf dem Weg zu unseren Fahrrädern gluckste ich immer wieder auf, und die Leute, die uns entgegenkamen, warfen mir irritierte Blicke zu, was mich noch mehr kichern ließ. Erst kurz vor dem Parkplatz beruhigte ich mich.

Ben befreite unsere Räder von dem Schloss, und wir fuhren weiter, und zwar den mir bereits bekannten Weg zum Hörnumer Hafen.

Auf einmal rief Ben: »Wer als Letztes in Hörnum ist, kocht heute Abend für den anderen!« Noch während er sprach, beschleunigte er das Tempo. Lachend strampelte ich ebenfalls los. Kurz vor dem Ortsschild holte ich auf, Ben wurde langsamer, rollte aus, ließ mich fast aufschließen, ehe er wieder schneller wurde und die Faust zum Sieg nach oben reckte.

»Verdammt«, keuchte ich. Für weitere Flüche fehlte mir die Puste. Es waren bestimmt fünfundzwanzig Grad, und ich war solche körperliche Anstrengung nicht gewohnt.

Nachdem ich wieder einigermaßen Luft bekam, rief ich: »Das war unfair! Ich habe auch gar nicht zugestimmt.«

»Dass Frauen nicht verlieren können«, stöhnte Ben. »Meine Schwester ist genauso.«

»Stimmt doch gar nicht, bei einer fairen Wette kann ich sehr wohl gut verlieren.«

Er warf mir einen vielsagenden Blick zu. Nun, er würde schon merken, dass es kein Gewinn war, von mir bekocht zu werden. Meine Torten-Backkünste konnte man keinesfalls auf das gesamte Feld des Kochens ausweiten. Der Gedanke ließ mich erneut kichern. Es war albern, was wir hier machten, aber gleichzeitig tat es unglaublich gut, derart ausgelassen zu sein. Wann hatte ich mich das letzte Mal so kindisch benommen? In dem Alter, in dem man sowas für gewöhnlich tat, auf jeden Fall nicht. Pfeifend radelte ich weiter neben Ben her.

Beim Einfahren in den Hafenbereich ließ sich meine Neugierde dann doch nicht mehr zügeln. »Wir fahren zu den Seehundbänken, richtig?«

Ben schüttelte den Kopf und parkte sein Fahrrad, danach zog er eine kleine Plastikdose aus seinem Rucksack.

»Nicht?«, fragte ich erstaunt, während ich mein Rad neben seinem abstellte.

Er wies nach links. Dort waren etliche Menschen versammelt, die direkt am Hafenbecken standen und hineinsahen.

»Willi ist da?« Ich wirbelte zu Ben herum, und plötzlich standen wir fast Nase an Nase, oder besser gesagt, meine Nase berührte fast seine Brust, was mich in diesem Moment jedoch nicht störte, weil ich mich einfach unglaublich freute, doch noch die berühmte Robbe zu sehen. Ich legte meinen Kopf in den Nacken, um Ben anzuschauen.

Der lächelte angesichts meiner Freude und strich sanft eine meiner dunklen Haarsträhnen hinter mein Ohr. Aber mitten in der Bewegung hielt er inne, als bemerkte er, dass das eine zu intime Geste war. Er ließ seine Hand sinken, und die Strähne rutschte wieder zurück. Um die Situation nicht unangenehm werden zu lassen, ließ ich es unkommentiert, wand mich ab und lief los in Richtung der Menschenansammlung. Ich warf einen Blick zurück über meine Schulter und rief: »Komm schon, bevor Willi wieder abtaucht!«

Ben stand noch immer neben unseren Rädern, als hätte er einen Geist gesehen, setzte sich aber nach meiner Aufforderung in Bewegung.

Am Rande der Menschenmenge spähte ich über die Kante, und tatsächlich, unten im grünlich trüben Wasser des Hafenbeckens lugte ein grau gefleckter Kopf mit dunklen Knopfaugen und langen Barthaaren hervor. Ich spürte, wie Ben neben mich trat, und sah strahlend zu ihm. »Sieh nur, wie niedlich er ist! Oder besser gesagt *sie*.«

Ben lächelte, schaute aber nur mich an und gar nicht ins Hafenbecken. Es war, als knisterte die Luft, und für ein paar Sekunden war es mir nicht möglich, woanders als in Bens blaue Augen zu schauen. Es war wie bei diesen Kleidungsstücken, die sich ständig statisch aufluden, nur um einem bei jeder Berührung einen kleinen Stromschlag zu verpassen. Man wusste im Grunde schon, dass es passieren würde, und erschreckte doch jedes Mal aufs Neue.

»Da ist die zweite Robbe – Sylta!«, rief in dem Moment einer der anderen Schaulustigen.

Eine zweite Robbe? Die Spannung verpuffte, und ich atmete unmerklich auf, während ich wieder zum Wasser schaute. Ich konnte mein Glück gar nicht fassen, als ich die zweite Robbe erblickte. Ben hielt mir die Dose hin. »Heringe, da stehen die drauf.«

»Du hast ernsthaft Heringe dabei?«, fragte ich verblüfft und öffnete die Dose. »Igitt!«, entfuhr es mir, als mich kleine, glubschige Fischaugen tot anstarrten und ein leicht unangenehmer Geruch in meine Nase kroch.

»Das ist die Leibspeise von Robben.«

»Woher wusstest du überhaupt, dass sie wieder da ist?«

»Eine Freundin von mir arbeitet hier am Hafen, ich habe sie gebeten, mir Bescheid zu sagen, und seit einigen Tagen taucht die Robbe wieder regelmäßig auf.«

Wieder überrollte mich eine Welle der Dankbarkeit und hinterließ ein seltsames Gefühl in meiner Brust. Um mir das nicht anmerken zu lassen, wendete ich meinen Blick schnell von ihm ab und angelte mit spitzen Fingern einen der Heringe an der Schwanzflosse aus der Dose.

»Hey, Willi!«, rief ich und warf den Fisch in seine Richtung. Der Fisch wurde sofort von einer der Robben weggeschnappt, und ich warf der anderen ebenfalls einen hin. Woraufhin sie beide näher kamen.

»Soll ich ein Foto zur Erinnerung machen?«, bot Ben an.

»Gern – nimmst du dein Handy? Ich will meines mit den fischigen Fingern nicht anfassen.«

Er trat ein paar Schritte zurück und reckte dann den Daumen hoch, als Zeichen, dass er bereit war. Ich warf wieder beiden einen Fisch zu, dann schaute ich lächelnd in die Kamera.

Für andere mochte das kein besonderer Moment sein, mich jedoch durchfluteten unzählige Glücksgefühle, die mich ganz leicht werden ließen. Vielleicht ging es bei Glücksmomenten überhaupt nicht darum, wie einzigartig oder waghalsig sie waren, sondern allein um dieses Gefühl von Leichtigkeit, gepaart mit Endorphinen und der Gewissheit, dass sich dieser Augenblick für immer ins Gedächtnis einbrennen würde.

Nachdem ich den letzten Hering geworfen hatte, klappte ich die Brotdose zu, und eine Böe wehte den Geruch der Dose, der mir auch an den Händen haftete, nochmal direkt in meine Nase. »Uhh …« Ich schnupperte an meinen Fingern, um sie dann schnell wieder weit wegzuhalten.

»Ach, das ist doch purer Nordseegeruch«, raunte Ben mit gespielt dunkler Stimme, als wäre er Captain Iglo, und zog mich übermütig in seinen Arm.

»Du spinnst!« Ich lachte und tat, als würde ich seine Umarmung erwidern, woraufhin er zwei Schritte zurücksprang.

»Was hast du denn? Ich will mich nur bei dir bedanken.« Mit ausgebreiteten Armen ging ich auf ihn zu, schlang sie, ohne groß darüber nachzudenken, um seine Taille und strich meinen Heringsgeruch an seinem Rücken ab.

»Sina, ich weiß, was du da machst!« Er versuchte, seine Stimme ernst klingen zu lassen, aber ich hörte das Lächeln in seinen Worten, auch wenn ich es nicht sehen konnte, weil mein Kopf an seiner Brust lag. Sein klopfendes Herz zog mich für ein paar Takte in seinen Bann.

Kapitel 19

VERLEGEN LÖSTE ICH mich von Ben.

»Was machst du?«, fragte ich kurz darauf erschrocken, als er sich sein Shirt über den Kopf zog.

»Ach, komm, das war doch dein Ziel«, zog er mich auf, woraufhin ich die Augen verdrehte.

»Ganz sicher nicht, und ich will auch nicht die Einzige von uns beiden sein, die den müffelnden Fischgeruch hinter sich herzieht.«

»Das ändern wir jetzt.« Sanft schob er mich vom Hafenbecken fort, stets darauf bedacht, genügend Abstand zu meinen Fischfingern zu halten. Bei unseren Rädern warf er sein Shirt und die Brotdose achtlos in den Korb an meinem Lenker und lief weiter auf das kleine Bistro zu, bei dem ich das letzte Mal eine Bratwurst gegessen hatte.

An dem Fenster für den Straßenverkauf blieb er stehen.

»Hey, Leonie. Hast du bitte eine Zitrone für uns?«

»Hi, Ben. Klar«, entgegnete sie lächelnd und schmachtete Ben dabei unverhohlen an. Mich bemerkte sie nicht einmal. War das die Freundin, die ihn über Willis Auftauchen informiert hatte?

»Kommst du heute Abend zum Strand? Der Wind soll

später auffrischen, gibt bestimmt gute Wellen am Weststrand.« Sie beugte sich aus ihrer leicht erhöhten Position etwas vor, wodurch Ben (und ich auch) einen hervorragenden Blick in ihr Dekolleté erhielt. Innerlich verdrehte ich erneut die Augen.

Ben speiste Leonie mit einem knappen »Heute nicht« ab, während er ihr die Zitronenschnitze abnahm. »Danke!«, rief er noch über die Schulter.

Wir gingen auf die andere Seite des Gebäudes, wo sich die Toiletten befanden. Vor der Damentoilette blieb er stehen und hielt mir die Zitronenschnitze hin. Als ich sie nicht gleich nahm, sagte er: »Gegen Fischgeruch hilft am besten kaltes Wasser und Zitronensaft – alte Anglerweisheit.«

Mit der Zitrone ging ich in den wenig einladenden Waschraum und rieb meine Finger zunächst gründlich über das Fruchtfleisch. Als ich das Wasser aufdrehte, rief Ben von draußen, ich solle es auf jeden Fall eiskalt lassen.

»Ja, ja«, grummelte ich und hielt die Hände unter den kalten Strahl. Ich wiederholte das Ganze, dann schnupperte ich vorsichtig an meinen Fingern. Sie rochen bereits viel weniger intensiv, stellte ich erstaunt fest und drehte den Hahn zu.

Draußen lehnte Ben an der Mauer, mit freiem Oberkörper, die Sonnenbrille auf der Nase, die Locken wirr durcheinander wie immer. Und ich erwischte mich dabei, dass ich etwas zu lange auf das Tattoo auf seiner Brust starrte. Mein Blick wanderte weiter nach unten, wo sich unter seiner gebräunten Haut ein leichtes Sixpack abzeichnete. Was war nur mit mir los? Und als ginge es darum, mein Weltbild wieder geradezurücken, erhielt ich genau in diesem Moment eine Nachricht von Michael.

Ich habe gerade an dich gedacht und mir überlegt, bereits nächsten Sonntag anzureisen, damit wir was unternehmen können. Bist du dann noch auf Sylt? Was hältst du davon?

»Gute Nachrichten?«, fragte Ben, während ich meine Gefühle beim Lesen der Nachricht zu sortieren versuchte.

»Von Michael.«

»Michael Eberdinger, Legal Council für die Deppen Holding?«, äffte er Michaels Vorstellung nach. »Ist der immer noch auf der Insel?«

»*Degener* Holding, und er ist eben stolz auf das, was er erreicht hat«, verteidigte ich Michael. »Und nein, er ist nicht mehr hier.«

Aus irgendeinem Grund hatte Ben wohl beschlossen, Michael nicht zu mögen. Deswegen verschwieg ich, dass er nächstes Wochenende wiederkommen würde. Ich wollte die Stimmung nicht ruinieren. Und da sollte nochmal jemand sagen, wir Frauen wären schwierig. Ich schüttelte grinsend den Kopf.

»Was ist?«

»Du und deine Abneigung gegen Michael.« Ich knuffte ihn mit dem Ellenbogen in die Seite, woraufhin er nicht einmal zusammenzuckte.

»Du wirst ganz schön frech, Sina Apfelsine Valensina.« Ben griff nach meinen Händen. »Lass mal riechen.« Seine Berührung, und wie sein Atem meine Haut streifte, als er sie vor seine Nase hob, ließen meinen Körper wieder völlig unangemessen reagieren. Hastig versuchte ich, die Hände wegzuziehen. Aber er gab mich nicht frei. »Okay, von deinen Händen geht keine Gefahr mehr aus«, stellte er diabolisch grinsend fest. Dann ging alles so blitzschnell, dass ich gar nicht wusste, wie mir geschah, und ich nur erschrocken aufschrie. Er packte mich an meiner Hüfte, warf mich über seine Schulter und eilte mit großen Schritten über den Strand aufs Meer zu. »Aber ich glaube, wir spülen lieber nochmal nach«, verkündete er dabei.

»Was? Nein, bitte nicht!« Meine Worte kamen nur abgehackt heraus, weil ich so durchgeschüttelt wurde und außerdem die ganze Zeit lachen musste.

Ich trommelte auf seinen Rücken, als das Wasser bereits seine Beine umspülte, seine Flip-Flops kickte er auf den Strand.

»Mein Handy!«, kreischte ich.

Er ging zwei Schritte zurück auf den Sand.

»Los, ab auf den Strand damit«, befahl er.

»Nein!« Er würde mich wohl kaum mit Telefon ins Wasser werfen.

»Dann geht es halt mit baden.« Schon war er mit den Füssen wieder im Wasser.

»Okay, okay«, sagte ich schnell und warf das Handy zu Bens Flip-Flops. Er ließ seine Sonnenbrille daneben fallen und ging dann zügig ins Tiefe, das Wasser kam immer näher an meinen Kopf, und ich stemmte mich mit den Händen so hoch wie möglich. Aber er stürzte uns einfach gemeinsam ins Wasser.

Prustend tauchte ich auf. Mein aufgeheizter Körper reagierte mit Schnappatmung auf die kühle Nordsee, deren Oberfläche in seichten Wellenbewegungen um mich herumtanzte. Ich wischte mir die Haare aus dem Gesicht und leckte über meine salzigen Lippen. Nach ein paar Sekunden der Gewöhnung war es richtig erfrischend. Ben hatte mich beim Eintauchen losgelassen und fischte nach meinen Flip-Flops.

»Weißt du was?«, fragte ich ihn etwas atemlos. »Es ist das erste Mal, dass ich in der Nordsee bade.«

»Du veräppelst mich, du bist doch schon seit zwei Wochen hier!«

Ich schüttelte meine nassen Haare. »Es hat sich irgendwie bisher nicht ergeben, und außerdem mag ich es nicht, wenn ich im Wasser den Grund nicht sehen kann.« Skeptisch blickte ich mich dabei um. Unter meinen Füssen fühlte ich zum Glück nur festen Sand, an dieser Stelle war es zu flach, um zu schwimmen.

»Noch ein Moment für deine Liste.« Er warf meine Schuhe hinter uns auf den Strand und griff dann nach meiner Hand. »Los, wir schwimmen ein Stück raus.«

»Nee, lieber nicht.«

»Ach komm, jetzt bist du doch schon drin, und außerdem in Begleitung eines Rettungsschwimmers, was soll dir da passieren?«

»*Ehemaliger* Rettungsschwimmer«, korrigierte ich ihn, stieß mich aber seufzend vom Boden ab und schwamm ihm hinterher. Die Wellen plätscherten um mich herum, die Sonne hatte ihren Zenit bereits überschritten und spiegelte sich in einer langen Bahn auf dem Wasser. Ben schwamm nicht weit, ehe er sich wieder hinstellte.

»Hier müsstest du auch noch stehen können.«

Ich schüttelte den Kopf, während ich mich weiter mit meinen Schwimmbewegungen über Wasser hielt.

»Das finde ich ja gerade so eklig – zu testen, ob man stehen kann, wenn ich nicht sehe, was auf dem Grund lauert. Das ist viel schlimmer als vom Strand reinzulaufen.«

»Du machst Scherze! Was soll da sein, außer Sand und ein paar Muscheln?«

Ungläubig sah er mich an, aber ich erwiderte: »Angst ist nicht immer rational erklärbar, außerdem könnte da sonst was sein. Eine Schlingpflanze, ein Fisch mit Stachel oder eine riesige Krabbe mit scharfen Scheren. Dann würde ich womöglich echt einen Fuß verlieren, da könnte auch dein Erste-Hilfe-Koffer vom Rettungsturm nicht mehr helfen.«

Er lachte laut auf und strich sich seine Haare aus der Stirn, die nass noch länger waren. Nachdem er mich mit einem intensiven Blick bedacht hatte, sagte er: »Ich glaube, manchmal fürchtest du dich einfach davor zu leben.«

Wie kam er denn jetzt auf sowas? Beinahe schluckte ich eine Ladung Salzwasser, als ich kurzzeitig in meiner Bewegung innehielt. Hektisch strampelte ich mit den Beinen. »Quatsch! Nur weil ich mich nicht immer blindlings in alles reinstürze?«

Aber insgeheim musste ich zugeben, dass er damit ziemlich ins Schwarze traf. Es fiel mir schwer loszulassen. Und wenn ich vor der Wahl stand, etwas Neues auszuprobieren oder mich an Altbekanntes zu klammern, entschied ich mich meist für Letzteres.

»Tut mir leid, das war eine blöde Bemerkung.«

»Schon gut, du hast ja recht.« Ich drehte mich um und schwamm zurück in Richtung Strand. Nach ein paar Zügen kraulte Ben wieder neben mir.

»Willst du es nicht doch probieren? Es ist überhaupt nicht schlimm, und ich beschützte dich auch vor allem, was dich in die Tiefe ziehen könnte.«

»Sehr witzig.«

»Ich schwöre, da ist nur fester Sand.«

Ben ergriff meinen Arm. Er selbst stand bereits wieder, das Wasser reichte ihm nur noch bis knapp unter die Brust.

Seufzend gab ich nach und tippte kurz mit einem Zeh nach unten, nicht ohne mich dabei an seiner Schulter festzukrallen. Vorsichtig setzte ich einen Fuß ab, ganz langsam, Zeh für Zeh, dann den Ballen, und die Ferse zum Schluss. Nur fester Sand, wie er gesagt hatte. Ich schaute auf und musste plötzlich lachen.

»Ist doch gar nichts dabei, oder?«

Auf einmal war mir das Ganze peinlich. »Wehe, du erzählst das jemandem!«

»Ach, ich finde es eigentlich ziemlich süß.« Er lächelte mich schief an.

Da sah ich in den Augenwinkeln etwas auf den Wellen schaukeln. »Meine Schuhe!«, rief ich. Hinter Ben schipperte gerade einer meiner Flip-Flops vorbei. Ben angelte danach.

Wo war der andere? Am Strand konnte ich ihn nicht mehr entdecken. »Der zweite ist auch nicht mehr am Ufer.«

Suchend sah Ben sich um, aber er war nirgends auf dem Wasser auszumachen, die Sonne erschwerte es, auf der glitzernden Wasseroberfläche etwas zu erkennen.

»Mist – tut mir leid.«

Zum Glück waren es günstige Schuhe gewesen, ich würde ihren Verlust verschmerzen.

»Schon in Ordnung, du hast ja nicht mit Absicht wie ein Mädchen geworfen.«

»Hey!« Er spritzte Wasser in meine Richtung. »Ich werfe wie ein Mädchen? Und du? ›Ben – ich kann meine Füße nicht auf den Grund stellen, böse Fische werden mich in die Tiefe ziehen!‹«

Ich gluckste – zum einen, weil es ihn so wurmte, dass ich seine Wurftechnik in Frage stellte, und zum anderen, weil er mich so schlecht nachmachte, dass es einfach komisch war.

»Weißt du, was dabei der Unterschied ist?«, fragte ich frech. »Ich *bin* ein Mädchen.«

»Na warte!« Dieses Mal war ich auf seinen Angriff gefasst und sprang in großen Sätzen ans Ufer, schnappte mir mein Handy und sprintete über den Strand zu unseren Rädern. Ben folgte mir und strahlte mich fröhlich an, während er mir eines der Handtücher aus seinem Rucksack reichte.

»Ehrlich gesagt, habe ich nicht sehr viel Lust, klitschnass und barfuß zwanzig Kilometer mit dem Fahrrad nach Hause zu fahren«, maulte ich. Zwar trug ich einen Bikini unter meinen Sachen, aber ich hatte keine Wechselkleidung dabei.

»Ich wollte dir ja noch ein Geheimnis verraten.« Ben rubbelte gerade mit dem Handtuch durch seine Haare. »Die Busse nehmen hier auch Räder mit.«

»Okeee«, sagte ich gedehnt.

»Wenn wir uns beeilen, erwischen wir den da noch.« Er deutete hinter mich, wo gerade einer in den kleinen Busbahnhof am Hafen einbog.

»Aber ich bin klitschnass.«

»Trocknen können wir im Bus. Hier, du kannst das anziehen.« Er reichte mir sein T-Shirt aus dem Korb. »Aber beeil dich.«

Nach kurzem Zögern ergriff ich den Saum meines nassen Shirts und zog es mir über den Kopf. Den nassen Bikini behielt ich an. Mir entging Bens Blick nicht, der meinen

Körper streifte. Schnell nahm ich sein Shirt und zog es an. Neben dem leichten Heringsgeruch roch es wie Ben, nach Sonnenmilch, Strand und irgendwie vertraut.

Mit unseren Rädern rannten wir zum Bus hinüber. Ben löste beim Fahrer die Tickets für uns.

Danach gingen wir zum Heck des Busses, wo eine große Eisenkonstruktion angebracht war. Ben wuchtete erst sein Rad hinauf und fixierte es mit einem Eisenbügel, dann nahm er meines und machte es daneben fest. Ich hielt so lange Tasche und Rucksack.

Der Busfahrer warf zwar einen skeptischen Blick auf unsere nassen Klamotten und meine nackten Füße, sagte aber nichts. Vorsorglich legten wir die Handtücher auf die Polster, bevor wir uns setzten.

»Ich hätte mir echt einen schmerzenden Po erspart, hätte ich bei meiner ersten Tour gewusst, dass die Busse diese Fahrradgepäckträger haben.«

Da ertönte mein Klingelton für den Nachrichteneingang aus Bens Rucksack. Ich hatte mein Handy bei den Rädern daraufgelegt, es musste hineingerutscht sein. Ben fischte es heraus. »Michael«, sagte er mit Blick aufs Display.

»Hey, lies meine Nachrichten nicht.« Ich stieß ihn freundschaftlich an. Ben verzog seinen Mund zu einem halbherzigen Lächeln, setzte seine Sonnenbrille auf die Nase und sah aus dem Fenster.

Michael hakte nach, ob er früher kommen sollte. Ich tippte eine Antwort.

Sorry, ich war unterwegs. Klar, ich bin da und freue mich, wenn wir uns nächstes Wochenende treffen.

Umgehend kam eine weitere Nachricht von ihm.

Ich kann es kaum erwarten.

Das war doch alles verrückt. Auf einmal konnte er es nicht erwarten, mich zu sehen? Was hätte ich damals dafür gegeben, wenn er so etwas zu mir und nicht zu Annamaria gesagt hätte. Ich freute mich, aber irgendwie waren meine Gefühle zwiespältig. Wahrscheinlich aus Angst, er könnte abermals seine Meinung ändern. Dieses Mal würde ich besser auf mein Herz aufpassen.

Als ich das Handy in meine Tasche steckte, fiel mir etwas ein. »Schickst du mir das Foto?«, fragte ich Ben, der immer noch aus dem Fenster sah. Daraufhin holte er sein Telefon hervor. »Dann musst du mir deine Nummer geben.«

Ich diktierte sie ihm. Doch bevor er dazu kam, mir das Bild zu schicken, erreichten wir Westerland.

Am ZOB endete diese Buslinie, und wir fuhren die restlichen Kilometer auf dem Rad zurück. Zu Hause waren die Klamotten wieder komplett trocken, nur meine Haare fühlten sich durch die zurückgebliebene Salzschicht stumpf an, ebenso meine Haut.

»Ich kann wirklich schlecht kochen«, kam ich unvermittelt auf »den Gewinn« bei unserem kleinen Fahrradrennen zurück. Nach diesem schönen Tag hatte ich zwar das Gefühl, ich müsste mich irgendwie bei Ben revanchieren, aber meine Kochkünste taugten dazu nicht. »Aber von der nächsten Torte bekommst du ein Stück ab, versprochen.«

»Mache dir keinen Kopf, Sina, das war doch nur ein Spaß. Ich muss jetzt eh noch mal weg. Ich treffe mich mit Freunden am Strand.«

»Ach so«, sagte ich und kam mir etwas blöd vor, weil ich davon ausgegangen war, dass wir auch den Abend miteinander verbringen würden. Ich hatte vergessen, dass die Leonies dieser Welt auf ihn warteten. Dass ich eben nur ein Feriengast war und nicht zu seinen Freunden zählte. Diese Tatsache machte mich trauriger, als sie sollte.

»Okay, dann hab einen schönen Abend.«

»Du auch«, entgegnete er, drehte sich bei der Tür aber nochmal um. »Bis morgen.«

Es sollte mich nicht kümmern. Es war ja schon nett von ihm, dass er mir überhaupt beim Erfüllen der Liste half.

Nach einer ausgiebigen Dusche schlug ich das Notizbüchlein auf und strich die beiden heutigen Punkte auf Amelies Liste durch. Beim Gedanken ans Sansibar musste ich schmunzeln. Danach fügte ich meiner eigenen Liste weitere Punkte hinzu.

- *im Meer gebadet, dabei die Füße auf den Grund gestellt (dank Ben)*
- *ein Wettrennen mit dem Fahrrad veranstaltet und gegen Ben verloren*
- *zwei Robben mit Heringen gefüttert*
- *den Besitzer des Sansibar kennengelernt*

Mein Handy piepste. Ben hatte das Foto von heute Nachmittag geschickt. Ich klickte darauf.

Ein sprudelndes Gefühl erfasste mein Herz, als ich die Frau auf dem Bild erblickte, die irgendwie gar nicht aussah wie ich. Sie wirkte viel unbeschwerter, freier und … glücklich. Die Insel tat mir gut. Ich leitete das Foto weiter an meine Mutter. Dann löschte ich das Licht.

Kapitel 20

PÜNKTLICH ZUM SCHICHTBEGINN kam ich am Dienstag mit einer neuen Apfelsinentorte im Lokal an. Ich stellte sie in die Kühlauslage, und Paul versah sie mit einem Schild, auf dem *hausgemacht* stand.

»Die Gäste werden dich vermissen«, sagte Paul. »Und ich auch.«

Ich würde die Insel, die Strände und das Meer, das kleine Lokal, Paul, Andy, den Koch, und Ben auch vermissen. Kaum zu glauben, wie schnell die Tage vergingen. Mehr als die Hälfte der vier Wochen war bereits um. War es mir anfänglich noch gelungen, das Problem mit meiner Arbeitsstelle zu verdrängen, schob es sich inzwischen wieder häufiger in mein Bewusstsein, und ich überlegte, wo ich mich bewerben könnte, scrollte halbherzig durch Stellenangebote im Internet. Oder fragte mich, ob ich versuchen sollte, mit Herrn Hoyer zu reden. Wenn er noch keinen Ersatz für mich gefunden hatte, wäre er womöglich froh, wenn ich zurückkam. Aber der Getränkegroßhandel – es fühlte sich an wie ein Kleidungsstück, das nicht mehr passte.

»Von wem träumst du?«, fragte Andy und stellte zwei Teller vor mich, die er eben fertig angerichtet hatte.

»Ach, ich denke nur an zu Hause und dass ich mir gar nicht vorstellen kann zurückzufahren.« Ich nahm die Teller, um sie den Gästen auf der Terrasse zu bringen.

»Das kenne ich, so ging es mir vor fünf Jahren auch.« Er zuckte mit den Schultern, während er nach einer Pfanne griff und sie schwenkte. »Deswegen bin ich hiergeblieben.«

Auf dem Weg zu Tisch 2 streifte mein Blick einen neuen Gast, der gerade die Terrasse betrat. Ben! Unwillkürlich lächelte ich.

Seit Samstag war er viel unterwegs gewesen, oder wir hatten uns schlichtweg verpasst. Und ich hatte mich dabei ertappt, wie ich mich ohne ihn langweilte.

»Gibt es noch was von der Torte?«, fragte er anstelle einer Begrüßung.

»Deswegen bist du hier? Ich hätte dir heute eh ein Stück mitgebracht.« Das entsprach der Wahrheit, ich hatte Paul schon gebeten, ein Stück beiseitezustellen, sobald die Torte angeschnitten wurde.

»Ich war gerade in der Nähe, wo kann ich mich setzen?«

Mit dem Kopf deutete ich auf meinen Lieblingsplatz in der Ecke der Terrasse.

»Möchtest du noch was anderes außer Torte zum Mittag?«, fragte ich neckend.

»Nur ein Wasser«, entgegnete er, ohne auf meine Stichelei einzugehen. Ich nickte und brachte die Teller zu den Gästen. Auf dem Weg zurück schaute ich zu Ben, der eingehend die Speisekarte studierte. Gut gelaunt trat ich ins Innere des Strandstübchens.

»Ein Stück Torte und ein Wasser für Tisch 3, bitte.« Ich stellte das Tablett auf den Tresen, ergriff die nächsten beiden Teller, die Andy bereitgestellt hatte, und schon war ich wieder auf dem Weg nach draußen. Als ich nach dem Servieren zu Paul an den Tresen trat, hatte der Bens Bestellung bereits fertig. Ich stellte den Kuchenteller und das Glas auf mein Tablett und trug es zu Ben an den Tisch.

»Bitte schön.«

Ben nahm den Teller entgegen und schob sich gleich einen Bissen in den Mund. Da alle Gäste für den Moment bedient waren, blieb ich kurz bei ihm stehen.

»Hm«, kommentierte er. »Köstlich – kann es sein, dass da Apfelsinensaft drin ist?«

»Schon möglich«, entgegnete ich grinsend.

»Irgendwelche neuen Meer-Momente in den letzten Tagen erlebt?«, fragte er kauend.

Ich überlegte. »Nein, aber der Samstag war ja so vollgestopft mit Meer-Momenten, da hatte ich mir ein paar ruhigere Tage verdient.« Ohne Ben lief das mit der Liste immer etwas schleppend.

Er sah aus, als stimme ihn diese Antwort zufrieden. Ein älteres Pärchen betrat die Veranda und sah sich suchend um. »Ich muss weiterarbeiten.«

»Geh nur, ich bin hier glücklich mit der Torte.« Er winkte mir zu. Ich wandte mich lächelnd ab und begleitete die neuen Gäste zu einem freien Tisch, wo ich mir ihre Getränkewünsche notierte.

»Kennst du den jungen Mann?«, fragte Paul mich kurz darauf und deutete zu Ben.

»Das ist mein Vermieter«, erwiderte ich und legte den Zettel mit der Bestellung auf den Tresen.

»Ihr scheint euch mittlerweile besser zu verstehen.«

Ich hielt in meiner Bewegung inne und spürte, wie meine Wangen sich leicht erwärmten, als mir das Gespräch mit

Paul einfiel, in dem ich mich über Ben beschwert hatte. Es fühlte sich an, als sei das vor einer Ewigkeit gewesen.

»Ähm, ja, wir haben uns arrangiert.«

Paul schmunzelte. »Arrangiert, so, so.«

»Ja, er ist im Grunde ganz in Ordnung.« Ich zuckte mit den Schultern.

Pauls Schmunzeln vertiefte sich, während er nach neuen Gläsern griff und sie unter die Zapfanlage stellte. Verdutzt über seine Reaktion sah ich ihm ein paar Sekunden dabei zu, dann ließ ich meinen Blick zu Bens Tisch schweifen, aber da war niemand mehr. Suchend sah ich mich nach ihm um, doch er war gegangen. Ich ging zu dem Tisch und räumte das Geschirr ab. Unter dem Teller klemmte ein Zehn-Euro-Schein. Meine Aufforderung nach einem hohen Trinkgeld hatte er offenbar nicht vergessen. Lächelnd steckte ich das Geld ein.

Als ich am Nachmittag nach Hause kam, war Ben nicht da, und ich verspürte einen kleinen Stich der Enttäuschung, den ich aber rasch verdrängte und mich stattdessen mit dem Rad aufmachte zur Uwe-Düne, dem höchsten Punkt der Insel. Hatte man die vielen Holzstufen erklommen, bot die Aussichtsplattform inmitten der Dünen- und Heidelandschaft eine einmalige Rundumaussicht auf die Insel. Ich saß bestimmt eine Stunde lang auf einer der Holzbänke und genoss den Ausblick auf Sylt.

Am nächsten Tag im Strandstübchen verflogen die Stunden derart schnell, dass ich richtiggehend traurig war, als die Schicht sich dem Ende zuneigte. Die Atmosphäre in dem Lokal war einfach herzlich. Nicht allein wegen der Gäste, sondern auch wie Paul und Andy mit mir umgingen – es fühlte sich vertraut an, und es tat mir gut, wie sie mich wertschätzten. Mir wurde abermals klar, dass mir genau das fehlte, wenn ich allein vor dem Bildschirm im Büro saß und Dagmars Gejammer und Herrn Hoyers Anordnungen die einzigen Ablenkungen boten. Gedankenversunken schloss ich die Haustür des kleinen Reetdachhauses auf, nur um auf einen gut gelaunten Ben zu treffen.

»Hey«, grüßte ich ihn, ich freute mich ihn zu sehen. »Hast du gestern Abend das Stück Torte im Kühlschrank gefunden?«

Sein Gesicht erhellte sich. »Das war für mich? Ich war mir nicht sicher.«

Wir gingen gemeinsam in die Küche, und ich holte das Stück Torte hervor. »Und vielen Dank für das großzügige Trinkgeld.« Ich reichte ihm den Teller.

»Hm, danke schön!« Er nahm sich eine Gabel aus der Schublade und aß sofort los. »Die ist so lecker, Sina, echt.« Er strahlte mich mit vollen Wangen an.

Lächelnd beobachtete ich, wie er sich den letzten Bissen in den Mund schob und nochmal genussvoll schmatzte. Aus einem inneren Impuls heraus fragte ich ihn, ob er Lust habe, etwas mit mir zu unternehmen.

Zunächst schien er zu zögern, seinen Blick konnte ich nicht deuten, doch dann nickte er.

»Ja, warum nicht? Zieh dir deinen Bikini an, heute sind ideale Surfbedingungen.«

»Surfen?«, quietschte ich. Ich hatte eher etwas anderes im Sinn gehabt. Was genau, wusste ich selbst nicht so recht. Alle Vorschläge, die mir spontan einfielen, klangen viel zu sehr nach einem Date, und Surfen war allemal besser als wenn er vorgeschlagen hätte, an den FKK-Strand zu gehen, um den Punkt mit dem Nacktbaden zu erledigen. Deswegen gab ich seufzend nach.

»Du brauchst dabei auch nicht mit den Füßen den Meeresgrund zu berühren. Wenn du gut bist, nicht mal das Wasser«, zog er mich auf.

»Ha, ha!«

Eine Stunde später lag ich wie ein Fisch auf dem Trockenen auf einem Surfbrett am Strand, und Ben verlangte von mir zu kraulen. Netterweise machte er alles auf einem Brett mir gegenüber vor, sodass ich mir nicht ganz so albern vorkam. Warum man das nicht gleich im Wasser üben konnte, ging mir zunächst nicht auf, bis zu dem Punkt, an dem er von mir verlangte, mich auf das Brett zu stellen. Den *Take off* nannte er es fachmännisch. Es sah kinderleicht aus, wie er sich in einer geschmeidigen Bewegung aus der liegenden Position auf seine Füße stellte, aber allein die Bezeichnung *Take off* ließ mich vermuten, dass es schwerer war, als es bei Ben wirkte. Mein erster Versuch endete damit, dass meine Knie schmerzvoll über die dünne Sandschicht auf dem Brett rutschten. Beim zweiten kugelte ich hinunter.

»Du musst deine Hüfte schnell nach vorn bewegen.«

Ich blieb auf dem Rücken im Sand liegen, streckte die Arme seitlich von mir. »Vielleicht gilt fürs Surfen dasselbe wie fürs Reiten? Entweder du hast es im Blut oder nicht.«

Ein Schatten fiel über mein Gesicht, als Ben sich vor mich stellte. »So ein Quatsch.«

Seufzend griff ich nach seiner Hand, die er mir entgegenstreckte, und ließ mir von ihm hochhelfen.

Als ich erneut in der Stützposition auf dem Brett lag,

zeigte er mir noch eine andere Möglichkeit, mich aufzustellen. Dazu musste ich zuerst mein rechtes Bein hochziehen, um damit und mit meinen Händen eine dreibeinige Stütze zu bilden, dann konnte ich den linken Fuß aufs Brett stellen. Ich fühlte mich wie ein Frosch mit einem gelähmten Bein. Aber auf diese Art klappte es tatsächlich besser. Als ich schon völlig geschafft war und meine Arme bereits zitterten, wenn ich nur meinen Oberkörper hochdrücken wollte, verkündete Ben, es sei an der Zeit, ins Wasser zu gehen.

Er zog seinen Kapuzensweater aus. Ich tat es ihm nach und schob anschließend meine Shorts von der Hüfte. Meinen Blick richtete ich dabei aufs Meer, um nicht wieder seinen nackten Oberkörper anzustarren wie in Hörnum, und um zu überspielen, dass ich mir plötzlich in meinem Bikini ein wenig nackt vorkam.

Der Wind wehte recht frisch, und es war vergleichsweise kühl. Aber durch die kältere Luft wirkte das Wasser umso wärmer, als wir hineingingen. Ben beobachtete, wie ich mich aufs Brett legte und lospaddelte. »Körperspannung nicht vergessen, sonst schwankt das Brett zu sehr! Po anspannen!«

»Hör auf, mir auf den Hintern zu starren!«, rief ich und zubbelte verlegen an meiner Bikinihose, ehe ich tat, was er mir sagte, und sich das Brett dadurch merklich stabilisierte.

Die Wellen waren überschaubar, laut Bens Aussage genau richtig für einen Anfänger.

»Wenn du deine Welle gefunden hast, dreh dich, bis sie dich schiebt, noch zwei Armzüge, und dann stellst du dich auf!«, rief Ben mir zu, der im hüfthohen Wasser stand. Ich schaute zu den heranrollenden Wellen, erkor mir eine aus, drehte mich, und als ich fühlte, wie die Welle mein Brett hinten anhob, war ich schon in der Stützhaltung, ich zählte innerlich bis drei, dann versuchte ich, mich aufzustellen. Schnell stellte ich fest, dass das Brett sich im Wasser anders verhielt als am Strand. Ich landete im Schaum der brechenden Welle und schluckte einen halben Liter Salzwasser. Nur ganz kurz stieß ich mich vom Grund ab, um an die Wasseroberfläche zu gelangen, schwamm zu meinem Brett und zog mich ungelenk wieder hoch.

»Beim ersten Versuch klappt es nie«, versuchte Ben, mich zu motivieren und hielt mein Brett fest, damit ich leichter hinaufkam.

Ich brachte das Board und mich wieder in Position, startete einen neuen Versuch und landete ebenso unsanft im Wasser.

Ich zählte nicht mit, vielleicht war es der achte Versuch oder der elfte, bei dem es mir endlich gelang, für ganze zwei Sekunden auf dem Brett zu stehen.

»Wohoo!«, rief ich und schluckte deswegen beim Eintauchen noch mehr Wasser als bei den Fehlversuchen.

Als ich prustend und zappelnd auftauchte, hielt Ben bereits wieder mein Brett.

»Eins a!« Er hob die Hand zum High five, lachend klatschte ich ab.

»Komm, wir paddeln etwas weiter raus, dann übst du im ruhigen Wasser nochmal den *Take off*, und danach reicht es für heute. Sonst kannst du morgen vor lauter Muskelkater nicht mehr gehen.«

Er schwamm voraus, und ich kraulte auf dem Brett hinterher, bis zu einer Stelle, an der man nur noch leicht von den heranrollenden Wellen durchgeschaukelt wurde. Auch wenn meine Beine und Arme müde waren und jeder meiner Muskeln brannte, stellte ich mich zweimal in einer ganz passablen Bewegung aufs Brett. Aus Übermut sprang ich danach mit einem Kopfsprung ins Wasser. Schnaubend tauchte ich auf und versuchte, nach meinem Brett zu angeln, um mich daran festzuhalten. Aber Ben war schneller und schubste es von mir weg. Allzu weit kam es nicht, weil es mit der Leash an meinem Bein festgebunden war, aber weit genug, damit ich nicht mehr mit der Hand rankam.

»Ey!«, schimpfte ich.

Ben wischte sich die nassen Locken aus dem Gesicht. »Kann es sein, dass du es geschafft hast, den Meeresgrund bisher kaum zu berühren?«

»Könnte sein.« Ich grinste verlegen, dabei zuckte ich mit den Schultern und strampelte weiter fleißig mit den Beinen, um mich an der Oberfläche zu halten.

»Das war sehr geschickt von dir. Aber ich spüre gerade wunderbaren, feinen Sand unter meinen Füßen. Probier es doch mal«, forderte er mich auf, in einem Ton, in dem man Kindern erzählte, dass der Brokkoli total lecker war. Dabei reichte er mit seinem langen Arm wieder über mich hinweg, um das Brett, das die Wellen näher herangetrieben hatten, erneut aus meiner Reichweite zu schubsen.

»Ben!«, rief ich frustriert. »Meine Beine können gleich nicht mehr.« Ich machte einen Kraulzug zum Brett, aber er war wieder schneller.

»Hör auf!« Ich spritze ihm Wasser ins Gesicht.

Er rächte sich sogleich, und wir schaufelten beide so viel Wasser wie möglich in die Richtung des anderen. Er war klar im Vorteil, weil er sich dabei nicht auch noch mit Armen und Beinen über Wasser halten musste.

»Ben, ich kann nicht mehr«, keuchte ich, musste dabei aber lachen. Aus Reflex griff ich nach seinen Armen, um ihn zu stoppen.

»Hältst du dich etwa an mir fest?«, fragte er belustigt.

»Nein«, log ich und erwiderte sein Grinsen.

Mühelos zog er mich näher an sich ran, und meine Hände wanderten automatisch bis zu seinen Schultern, die sich unter meinen kalten Fingern warm anfühlten.

»Wir sollten aus dem Wasser gehen, dir ist kalt, du zitterst«, sagte er mit rauer Stimme. »Deine Lippen sind schon blau.« Mit dem Daumen strich er kurz darüber. Ein kribbeliger Schauer überzog meinen Körper, und ich war froh, dies auf das kühle Wasser schieben zu können.

»Deine Haut fühlt sich dagegen ganz aufgeheizt an«, murmelte ich.

»Das kommt, weil ich mehr Zeit über als unter Wasser verbracht habe«, neckte er mich in sanftem Tonfall und zog mich dann noch dichter an sich heran. Auch wenn mein Kopf das als falsch deklarierte und mir die Intimität dieser Berührung durchaus bewusst war, legten sich meine Arme wie von selbst um seinen Hals, und ich genoss für einen Augenblick die Wärme, die er inmitten des kalten Nordseewassers ausstrahlte. Seine Finger strichen über meinen Rücken, und ich hätte um ein Haar wohlig aufgeseufzt, doch da kam mir der Gedanke, wie vielen Mädchen er wohl jeden Sommer so über den Rücken streichelte, nachdem er sie mit seinen Surfkünsten beeindruckt hatte. Und ein weiteres Bild tauchte auf, wenn auch blasser als noch vor einigen Tagen. Michael.

»Wir sollten tatsächlich zurück zum Strand«, sagte ich mit belegter Stimme und löste mich von ihm. Beschämt kraulte ich zu meinem Brett und zog mich umständlich hinauf.

Die Spannung in der Luft verflog, und als wir uns am Strand trocken rubbelten und unsere Sachen überzogen, hatte ich diesen Moment bereits energisch aus meinem Kopf verbannt. Die Freude über den Erfolg bei der Surfstunde überwog.

»Das hat Spaß gemacht. Vielen Dank dafür.«

»Du hast Talent, nicht jeder schafft es, gleich am ersten Tag auf dem Brett zu stehen.«

Ich freute mich sehr über seine Worte. Nicht nur, dass ich mich zu etwas Neuem überwunden hatte – ich war zudem gut darin. Das beflügelte mich in ungeahnter Weise, und hätte Ben mich jetzt gefragt, ob wir einen Fallschirmsprung machen sollten – ich hätte ja gesagt.

Kapitel 21

»DU WIRST IMMER besser«, sagte Ben, als wir am Samstag vom Strand nach Hause fuhren. Heute hatte er mich wieder mit zum Surfen genommen, nachdem ich die Tage zuvor gestreikt hatte, weil meine Beinmuskulatur bei jedem Schritt brannte.

Am Vormittag hatte ich meine vorletzte Schicht bei Paul gearbeitet, weil ab morgen eine neue Aushilfe anfangen würde. Nur Anfang der nächsten Woche sprang ich noch ein letztes Mal ein. Die Bewegung dort hatte meine Muskulatur gelockert, und als Ben mich fragte, ob ich Lust auf eine weitere Surfstunde hätte, hatte ich zugestimmt. Dieses Mal hatte ich allerdings darauf geachtet, ihm nicht wieder so nah zu kommen, und es schien mir, als wäre auch Ben darauf bedacht gewesen, Abstand zu halten.

Wir ließen die Bretter im Auto und schlenderten gerade zur Haustür, als Bens Name ertönte.

Ich schaute mich nach der Stimme um. Ben hingegen lief zielstrebig zur seitlichen Hecke, in die ein kleines Holztor eingelassen war, dem ich bisher keine große Beachtung geschenkt hatte.

»Hey Markus, alles klar?«, begrüßte er seinen Nachbarn auf der anderen Seite des Tores. Dieser nickte.

»Und bei dir? Du hast dich ja lange nicht mehr blicken lassen. Wir grillen gleich mit ein paar Freunden, warum kommt ihr zwei nicht auch vorbei?« Nun sah er zu mir und hob sein Bier zum Gruß. »Meine Freundin macht Gemüsespieße, falls du auf sowas stehst.«

Ich musste lachen, Markus war mir auf Anhieb sympathisch. Ben sah mich fragend an. »Sollen wir?«

Die Stunden im Wasser hatten mich hungrig gemacht, außerdem fand ich es nett, dass Markus mich mit einlud, deshalb nickte ich. »Klar, gern.«

»Super, dann bis gleich.«

»Wir gehen nur eben duschen, danach kommen wir rüber«, sagte Ben zu Markus, während er unsere Tür aufschloss.

Eine Dreiviertelstunde später traten wir zusammen durch das kleine hölzerne Gartentor in der Buchenhecke auf das Grundstück von Bens Nachbarn. Dort stand ein Backsteinhaus mit schwarzem Ziegeldach, das um einiges größer war als Bens Reetdachkate und anscheinend mehrere Wohnparteien unter seinem Dach vereinte. In der Luft hing bereits der Duft von verglühender Holzkohle, den mein Magen sofort mit einer Mahlzeit vom Grill verknüpfte. Markus hob abermals ein Bier zum Gruß. Ich ging davon aus, dass es sich dabei nicht um dasselbe wie vorhin handelte. Ben grüßte in die Runde, sie bestand aus drei Paaren, die um einen Gartentisch versammelt saßen. Ach herrje, ein Pärchenabend, damit hatte ich nicht gerechnet.

»Das ist Sina«, stellte Ben mich vor, und ich war froh,

dass er es für mich übernahm. »Und das sind Peer und Madita, Steffi und Torge und Markus' Freundin Neele.«

»Hi!« Ich hob die Hand und winkte unsicher. Kurz überlegte ich zu erklären, dass ich Bens Untermieterin sei, verpasste aber irgendwie den Moment dafür.

Wir setzten uns auf die zwei freien Stühle an einem Stirnende des Tisches. Ben wurde ein Bier gereicht.

»Und du, Sina? Bier oder Hugo?«, fragte Steffi, die mich herzlich anlächelte.

»Ich nehme einen Hugo, danke.«

»Gute Wahl«, sagte Markus' Freundin Neele und stellte mir ein Glas hin, das sie mit Hugo füllte. Sie hob ihres an. »Prost!«

Wir stießen die Gläser klirrend aneinander.

»Besuchst du Ben hier, oder bist du neu hergezogen?«, wollte Steffi wissen.

»Weder noch, ich habe das Zimmer bei ihm gemietet. Ich bin insgesamt für vier Wochen auf Sylt, von denen leider schon drei vorbei sind«, erwiderte ich nicht ohne Bedauern. Gerade die letzte Woche war rasend schnell vergangen, und ich wurde mit jedem Tag, den meine Abreise näher rückte, wehmütiger.

»Ach, du vermietest es wieder?«, fragte Steffi an Ben gewandt, der zurückgelehnt auf dem Stuhl neben mir saß.

»Jip«, sagte er nur.

Ich drehte mich zu ihm. »Ich dachte, du vermietest das Zimmer schon lange?«

»Tue ich auch, aber ein paar Monate hatte ich es rausgenommen, damit meine Schwester und meine Nichte immer kommen konnten, wenn sie nicht zu Hause sein wollten.«

Er blickte zu Boden, und ich dachte daran, was Ben

mir über seinen Schwager erzählt hatte. Bens Schwester hatte ihren Ehemann verloren, und wahrscheinlich waren deshalb zu Hause manchmal die Erinnerungen an ihn zu stark gewesen. Betreten drehte ich mein Getränk in den Händen. »Das tut mir leid, ich wollte nicht …«

»Schon gut.« Er legte wie beiläufig eine Hand auf meinen Unterarm und lächelte flüchtig, ehe er wieder zu seinem Bier griff.

Nun drehte sich das Gespräch eine Weile um Bens Schwester Rebekka, die alle nur Becky nannten. Sie wollten wissen, wie es ihr ging, und Ben erzählte, dass sie bald wiederkäme und sie am Telefon immer sehr positiv geklungen habe.

Markus grillte derweil eine riesige Ladung Fleisch und ein paar Gemüsespieße, mir lief schon allein bei dem Geruch das Wasser im Mund zusammen. Wann hatte ich das letzte Mal gegrillt? Ich konnte mich nicht daran erinnern. Amelie grillte manchmal mit ihren Freundinnen im Park oder am See, aber da ging ich selten mit. Amelies Freundinnen und ich schwammen einfach nicht auf derselben Wellenlänge, und ich war mir immer fehl am Platz vorgekommen, wenn sie von ihren Reisen und Bungeesprüngen erzählten oder wohin sie in den nächsten Semesterferien fahren würden. Irgendwann hatte ich aufgehört, Amelie zu den Treffen mit ihren Freunden zu begleiten.

Im Grunde war ich auch nicht der Typ, der stets und ständig unter Leuten sein musste oder der gern neue Bekanntschaften knüpfte, aber in dieser Runde fühlte ich mich auf Anhieb wohl. Die Gespräche handelten, ähnlich wie im Strandstübchen, von alltäglichen Dingen wie das Inselwetter oder nervige Kollegen im Büro, wo ich ja selbst die eine oder andere Anekdote beisteuern konnte. Das Essen war lecker und die Stimmung entspannt. Als ich gefragt wurde, was mir bisher an Sylt am besten gefallen habe, erzählte ich kichernd von unserem Ausritt am Strand, auch wenn das genau genommen auf der Nachbarinsel gewesen war.

Die Frauen bekamen sich gar nicht mehr ein vor Lachen, als ich Ben nachmachte, wie er sich an Kraftur geklammert hatte und dabei immer wieder beschwörend »Brrr, Kraftur, brrr« gemurmelt hatte. Die Männer sahen Ben mit runtergeklapptem Kiefer an. Unsanft stieß Markus ihn an die Schulter. »Warum machst du so einen Scheiß? Jetzt will Neele bestimmt auch, dass ich mit ihr ausreite.«

Ben lachte auf und zuckte mit den Schultern. »Warum sollte es dir besser gehen als mir?«

Die Atmosphäre wurde immer ausgelassener, die Gespräche lauter, und nachdem wir den Tisch abgeräumt hatten, drehte jemand die Lautstärke der Musik hoch.

»Ben, machst du uns Mädels einen Cocktail?«, fragte Neele mit einem übertriebenen Augenklimpern.

»O ja«, fiel Madita mit ein.

Stöhnend erhob sich Ben. »Aber nur einen.« Er sah mich an. »Bin gleich wieder da.«

Kaum war er durch das Gartentor verschwunden, beugte sich Steffi zu mir. »Und, du und Ben? Ihr seid süß zusammen.«

»Was? Nein, nein«, wehrte ich lachend, aber entschieden ab. »Ich bin echt nur seine Untermieterin, mehr nicht.«

»Ach so?« Steffi schaute mich prüfend an. »Ihr wirkt so vertraut.«

Taten wir das? Nun, immerhin hatten wir viel Zeit miteinander verbracht. Und ja, mittlerweile war er mir ans Herz gewachsen, ich mochte ihn und ich fühlte mich wohl in seiner Gegenwart. Außerdem war ich dankbar dafür, dass er mir mit der Liste half – und vielleicht nicht nur dankbar. Aber darüber wollte ich jetzt lieber nicht zu genau nachdenken, denn ich war schon ein bisschen angetrunken.

Ben kehrte mit vier Cocktailgläsern auf einem Tablett zurück, das er auf einer Hand balancierte. »Viermal Sina-Spezial für euch Mädels«, verkündete er und zwinkerte mir zu.

»Sina-Spezial?« Steffi hob eine Augenbraue und stieß mich mit dem Ellenbogen an. »Nur seine Mieterin, schon klar«, raunte sie mir leise zu.

»Doch, ehrlich, bisher hat er den Cocktail immer anders genannt.« Ratlos verzog ich die Mundwinkel. »Er ist auch gar nicht mein Typ«, fügte ich leise hinzu.

»Das war Torge für mich auch nicht.« Sie sah zu ihrem Freund, der sie sofort mit einem liebevollen Lächeln bedachte, als er ihren Blick bemerkte. »Aber das Herz hat manchmal seine eigenen Pläne.« Sie hob ihr Glas. »Prost! Auf unsere Anti-Prinzen«, sagte sie laut.

»Wieso denn Anti-Prinz?«, rief Markus und tat so, als spanne er seine Muskeln an. »Ich war von Anfang an dein Traummann, nicht wahr, Neele?«

»Sicher.« Neele lachte.

Irgendwann verschwand die Sonne hinter den Dünen, es wurde dunkel, und die Luft kühlte merklich ab, obwohl die Männer ein Feuer in einer Feuertonne angezündet hatten. Wir rückten unsere Stühle dichter an die prasselnden Flammen. Neele schaltete eine Lichterkette mit weißen Lampions ein, die quer über den kleinen Garten gespannt war und deren Glühbirnen ein bisschen wie Sterne über dem Rasen leuchteten. Torge legte Steffi eine Jacke um die Schultern und gab ihr einen Kuss auf den Scheitel. In diesem Moment wünschte ich mir zwei Sachen: erstens, dass mich irgendwann ein Mann genauso ansehen würde. Und zweitens wünschte ich, ich könnte für immer hier auf Sylt bleiben. Aber das war nicht verwunderlich, jeder wünschte sich, für immer im Urlaub bleiben zu können, oder?

»Ist dir kalt?«, fragte mich Ben, und ich riss meinen Blick von Torge und Steffi los.

»Geht noch«, entgegnete ich, aber genau in dem Moment erzitterte ich vor Kälte, und wir mussten beide lachen. Ben stand auf und kam kurze Zeit später mit einer Decke zurück, die er mir reichte.

»Danke!« Ich kuschelte mich in den weichen Stoff.

Aus dem Radio erklang das Lied *Perfect* von Ed Sheeran, und Torge und Steffi standen auf und begannen, unter den Lampions zu tanzen.

»Das ist deren Lied«, sagte Neele erklärend und schaute dabei ganz verträumt zu den beiden.

Der Song endete, und der Sommerhit des letzten Jahres, *Senorita,* wurde gespielt. Ben hielt mir die Hand hin. »Tanzt du mit mir?«

»Hier?« Ich hätte niemals gedacht, dass Ben ein Mann wäre, der Frauen zum Tanzen aufforderte.

»Warum nicht?«

Meine Wangen röteten sich, aber ich wollte keine Spielverderberin sein.

»Aber nur ein Mal«, entschied ich, während ich aufstand und die Decke beiseitelegte. Ich ließ mich von ihm zu der Stelle im Garten führen, die von den Lampions beleuchtet wurde. Ben drehte mich einmal schwungvoll, bevor er mich an sich heranzog. Wir tanzten eine Mischung aus Paartanz und Freestyle. Anfänglich prallten wir aufgrund von Missverständnissen mehrmals gegeneinander, und ich trampelte ihm dreimal auf die Füße. Da wir beide nur Flip-Flops trugen, konnten wir darüber lachen. Ben hatte sicherlich nie einen Tanzkurs besucht, besaß aber ein gutes Körpergefühl und wusste sich zu bewegen. Nach den anfänglichen Schwierigkeiten hatte er ganz klar die Führung übernommen. Ich schaute auf in seine blauen Augen, woraufhin er mir sein schiefes Grinsen schenkte. Ich dachte daran, wie sehr die Zeit bei Ben mich verändert hatte. Wie sehr sich meine Sicht auf mein Leben und selbst auf ihn verändert hatte in diesen wenigen Wochen. Fast musste ich über mich selbst lachen, als ich an meine Reaktion zurückdachte, sobald mir klar geworden war, dass ich allein mit ihm in dem Haus wohnen sollte und dass ich deswegen um ein Haar wieder abgereist wäre. Jetzt stimmte mich der Gedanke traurig, das alles bald hinter mir zu lassen. Zwar freute ich mich auf meine Mutter und Amelie. Aber während ich bei meiner Mitbewohnerin immer das Gefühl hatte, bei dem Tempo, mit dem sie durch das Leben rauschte, nicht mithalten zu können, hatte Ben es irgendwie geschafft, mich mitzunehmen.

Wir tanzten noch zu zwei weiteren Liedern, bis der Radiosprecher den Verkehrsfunk durchgab und die Nachrichten zur vollen Stunde ankündigte.

Also setzten wir uns zurück ans Feuer und plauderten angeregt und lustig über alles und nichts. Ich genoss jede Minute des Abends.

Irgendwann standen Steffi und Torge als Erste auf und verabschiedeten sich.

»Sollen wir auch?« Ben sah mich fragend an.

»Gern, ich werde sicher schlafen, sobald mein Kopf das Kissen berührt, surfen ist wirklich anstrengend.« Prompt musste ich herzhaft gähnen.

Zum Abschied umarmten mich die Mädels.

»Vielen Dank für den schönen Abend«, sagte ich, und Steffi rief vom Ende des Gartens: »Das müssen wir unbedingt wiederholen!« Ich nickte lächelnd, obwohl ich ja schon in einer Woche nicht mehr hier sein würde.

Kapitel 22

IM STOCKFINSTEREN DURCHQUERTEN wir den Garten zurück zu Bens Grundstück. Der Schein der Lichterkette reichte nicht sehr weit, und ich stieß prompt gegen das Gartentor.

»Autsch!«

Nun gut, womöglich trugen der Hugo und der Sina-Spezial ebenfalls ihren Anteil zu meiner Orientierungslosigkeit bei. Ben schien es nicht anders zu gehen, denn er bekam gar nicht mit, dass ich stehen geblieben war, sondern lief in mich hinein, gerade in dem Moment, in dem ich den Torgriff gefunden hatte.

Das Tor schwang auf, wir verloren die Balance und stolperten auf die andere Seite. Kichernd ließ ich mich ins weiche Gras auf die Knie fallen und konnte gerade noch Ben ausweichen, der neben mir landete. Ich drehte mich auf den Rücken, weil der Rasen mir plötzlich verlockend flauschig erschien.

»Verdammt!«, fluchte Ben, aber ich konnte es wieder hören, das Lächeln in seiner Stimme. »Geht's dir gut?«, fragte er und rollte sich neben mich. Mit seiner Hand tastete er nach mir, bis er meinen Arm fand.

»Ja«, flüsterte ich und hörte meine eigenen Atemzüge in der klaren Nachtluft.

»Warum flüsterst du?« Ben strich mit seinen langen, kräftigen Fingern über die empfindliche Stelle in meiner Armbeuge, was mir eine wohlige Gänsehaut bescherte.

»Keine Ahnung«, flüsterte ich etwas atemlos zurück.

Als Ben bei meiner Hand angekommen war, umschloss er sie, und hatte mein Kopf unsere Berührung vor drei Tagen bei meiner ersten Surfstunde noch als falsch bezeichnet, regte sich nun keinerlei Widerstand in mir, stattdessen verursachte diese Verbindung ein derart angenehmes Kribbeln auf meiner Haut, dass ich lächelte.

»Danke für die wunderbaren Tage, Ben.« Meine Stimme war immer noch nicht mehr als ein Wispern. Der Moment war zu schön, um ihn mit zu lauten Worten zu zerstören.

Ben sagte nichts, sondern begann mit seinem Daumen meinen Handrücken zu streicheln. In der Ferne hörte ich die Wellen an den Strand spülen – oder war es das Blut, das in meinen Adern rauschte? Seine Berührung verknotete meine Gedanken, und keiner führte zu einem sinnvollen Ende.

Während Ben weiter mit seinem Finger über meine Haut fuhr, zeigte er mit der anderen Hand in den Himmel, der in dieser Nacht klar war und die Sicht auf die Sterne freigab.

»Siehst du den Großen Wagen dort?«

Ich nickte, was er wahrscheinlich nicht sah, dennoch fuhr er fort: »Mein Vater hat mir früher immer die Sternenbilder gezeigt.«

Ich drückte seine Hand, als eine verblasste Erinnerung in meinem Kopf auftauchte: *mein* Vater, ich auf seinem Arm, wie er mit mir am Fenster stand und mir den Großen und den Kleinen Wagen am Himmel zeigte.

»Meiner auch«, hauchte ich. Ich spürte, wie Ben sich neben mir drehte und mich nun ansah. In der Dunkelheit konnte er höchstens seine Umrisse erkennen, dennoch fühlte ich seinen Blick warm und prickelnd auf meiner Haut.

»Wolltest du danach auch Astronaut werden?«, fragte er unvermittelt in die Stille hinein.

Leise lachte ich auf. »Nein.« Ich war ihm dankbar für den lockeren Spruch, ich wollte nicht zu tief in den Erinnerungen mit meinem Vater versinken, nicht heute Abend. Obwohl meine Mutter gesagt hatte, dass nicht die Erinnerung uns traurig machte, sondern die Tatsache, dass wir niemals neue, an denen er beteiligt war, zu unserem Album des Lebens hinzufügen könnten. Nun drehte ich mich ebenfalls zu Ben, bettete meinen Kopf etwas umständlich auf meine linke Hand, meine rechte war immer noch mit seiner verschränkt. Und irgendwas in mir wollte diese Verbindung nicht aufgeben.

»Wie alt warst du, als deine Eltern verunglückten?« Ich konnte seine Miene in der Dunkelheit nur schemenhaft erkennen. Hoffentlich trat ich ihm mit dieser Frage nicht zu nahe, aber ich fand es damals, als mein Vater starb, ganz schlimm, dass ich stets das Gefühl hatte, jeder meide dieses Thema und sei nicht fähig, mit mir darüber zu reden, ohne mich zu bemitleiden.

»Zweiundzwanzig. Rebekka war gerade zwanzig geworden.«

In dem Alter galt man womöglich als erwachsen, aber gerade in dieser Zeit benötigte man seine Eltern noch sehr, um seinen Platz im Leben zu finden, dachte ich. Wie oft hatte ich mir damals meinen Vater herbeigewünscht, um ihn um Rat zu fragen, wenn meine Mutter mit ihrer exzentrischen Künstlerseele einfach nicht die richtige Ansprechpartnerin gewesen war.

»Ich studierte zu der Zeit Internationales Management in Flensburg, nach meinem Abschluss wollte ich im Ausland arbeiten. Am liebsten in Portugal oder Australien.«

»Wegen der Surfspots?« Ich lächelte in die Dunkelheit.

»Ja. Aber dieser Tag, diese Nachricht – sie hat alles verändert. Nicht nur unser Leben, sondern auch meine Anschauung. Ich schmiss das Studium, kehrte nach Sylt zurück, um bei Rebekka zu sein.«

»So einen großen Bruder hätte ich mir auch gewünscht«, wisperte ich und drückte erneut seine Hand.

»Im Nachhinein bin ich mir gar nicht sicher, ob Becky mir nicht mehr Halt gegeben hat als ich ihr.«

»Aber ihr hattet euch gegenseitig, das ist doch das Wichtigste.« Vielleicht sollte ich nicht immer so streng mit meiner Mutter sein. Denn trotz allem hatten wir uns. Und war es nicht das, was die Beziehungen in unserem Leben ausmachte? Dass der eine für den anderen stark war, wenn der andere es gerade nicht sein konnte? Trotz ihrer Haltlosigkeit hatte ich nie eine Sekunde meines Lebens an der Liebe meiner Mutter gezweifelt. Sie hatte versucht, für mich da zu sein, es war ihr nur nicht immer so recht gelungen. Aber auch mir war es von Zeit zu Zeit nicht gelungen, dankbar genug dafür zu sein, dass mir ein Elternteil geblieben war, das wurde mir in diesem Augenblick klar.

»Vermisst du deinen Vater?«, fragte Ben.

»Sehr.«

Ben löste unsere Hände voneinander, um über meine Wange zu streichen, und ich schmiegte mich mit geschlossenen Augen in diese zärtliche Berührung.

»Es ist wie ein stetiges Loch im Herzen, nicht wahr? Viele Jahre hatte ich zudem ständig das Gefühl, als hätte mir jemand in den Magen geboxt und alle Luft wäre aus meiner Lunge gewichen.«

»Ja, genau so«, flüsterte ich, und Ben fing die Träne, die aus meinem Auge rollte, mit seinem Daumen auf.

»Nicht weinen, Apfelsinchen, sonst muss ich dich in den Arm nehmen.«

Ich lachte leise. »Jetzt gerade hätte ich nichts dagegen.«

Ohne zu zögern, zog er mich an sich und hielt mich für eine Weile einfach nur fest. Ich vergrub mein Gesicht an seinem Hals, genoss den vertrauten Duft, seine weiche Haut mit den rauen Bartstoppeln, die er nur alle paar Tage rasierte.

»Ben?«, fragte ich gegen den Kragen seines Pullovers.

»Hm?«

»Hast du vor deinem Studium als Reetdachdecker gearbeitet?«

Ben versteifte sich bei dieser Frage, und kurz befürchtete ich, zu weit gegangen zu sein, aber dann atmete er tief durch, und sein Körper entspannte sich wieder. »Vor dem Studium, ja, gleich nach der Schule.«

Ich spürte, wie seine Lippen über mein Haar strichen.

»In der Firma deines Onkels?«

Er nickte.

»Was ist passiert?«

»Mein Vater, also er und mein Onkel, haben die Firma zusammen geführt. Es war für mich früh klar, dass ich bei den beiden einsteigen würde, deswegen bin ich sofort nach dem Abitur, auf dem mein Vater bestand, bei ihnen in die Lehre gegangen. Aber dann gab es ein paar schlechte Jahre, in denen ein Pilzbefall im Reet einigen Reetdachdeckern die Existenz gekostet hat. Mein Onkel und mein Vater hatten auch zu kämpfen, und mein Vater wollte, dass ich noch einen Plan B hatte, deswegen bin ich zum Studieren nach Flensburg gegangen. Die Firma fing sich wieder, und prompt gab es Auseinandersetzungen mit meinem Vater, weil er wollte, dass ich in den Semesterferien in der Firma half. Aber ich hatte in Flensburg neue Freunde gefunden und entdeckt, dass es abseits von Sylt noch mehr schöne Orte gab, die ich gern sehen wollte. Ich wollte unbedingt nach Portugal und Südafrika.« Er lachte bitter auf. »An dem Abend habe ich mich fürchterlich mit meinem Vater gestritten. Meine Mutter hat noch versucht, zwischen uns zu vermitteln. Ich habe Dinge gesagt, die ich nicht so meinte, und ich denke, er auch. Das war das letzte Mal, dass ich mit ihnen gesprochen habe. Drei Tage später sind sie verunglückt.«

Ich schluckte, konnte aber die Tränen nicht aufhalten, die aus meinen Augenwinkeln traten und auf Bens Haut tropften.

»Manchmal ist das Leben einfach ein Arschloch.« Es gab nichts anderes zu sagen, niemals konnten Worte ihm das schreckliche Gefühl nehmen. Er würde immer bereuen, dass die letzten Sätze zu seinen Eltern im Streit gefallen waren.

Ben lachte lautlos, ich spürte die Vibration seines Brustkorbs. »Ja, das trifft es ziemlich genau.«

Eine Weile lang hielten wir uns gegenseitig, und ich hoffte, ich spendete ihm denselben Trost wie er mir.

»Sollen wir reingehen?«, flüsterte er schließlich, und ich glaubte zu spüren, wie seine Lippen einen flüchtigen Kuss auf meinem Haar hinterließen.

Wir rappelten uns auf und standen uns kurz gegenüber wie zwei Teenager, die nicht wussten, wie es zu diesem intimen Moment gekommen war und wie sie damit umgehen sollten. Aber dann lächelte Ben, ich sah seine weißen Zähne in der Dunkelheit, und er legte seinen Arm um meine Schultern. Im Gehen drückte er mich wie einen guten Kumpel. Ja, vielleicht konnten wir das werden. Freunde.

Sicher, meldete sich eine innere Stimme spottend zu Wort.

Drinnen schlich ich ins Wohnzimmer und schaltete nur ein kleines Licht an, in der Hoffnung, den Hamster auf frischer Tat zu ertappen. Aber Willi hatte bereits wieder das Futter verspeist und sich aus dem Staub gemacht.

»Wir könnten neues Futter auslegen und ihm auflauern«, schlug Ben vor, der hinter mich getreten war. Bildete ich es mir ein, oder spürte ich die Wärme, die sein Körper ausstrahlte? Ich vergrößerte den Abstand zwischen uns.

»Gute Idee, ich hole was.« Eilig lief ich aus dem Raum. Als ich mit Willis Lieblingskeksen zurückkehrte, saß Ben auf dem Sofa, den Kopf nach hinten gelehnt, die Augen geschlossen. Als er mich hörte, schlug er sie wieder auf und bedachte mich mit einem trägen Lächeln.

»Wenn wir einschlafen, wird er uns wieder entwischen«, stellte ich amüsiert mit hochgezogener Augenbraue fest.

Er rieb sich übers Gesicht. »Nur ein schwacher Moment. Was hältst du von einem Kaffee?«

»Du meinst es also ernst?« Ich grinste. »Das kommt mit auf meine Liste – eine Nacht lang einem Hamster aufgelauert.«

Ich legte eine Spur Leckereien aus, setzte mich dann im Schneidersitz auf das Sofa und fixierte den Käfig.

»Hier.« Ben reichte mir eine der Tassen, die er aus der Küche geholt hatte, und ließ sich neben mir aufs Sofa sinken. Ziemlich dicht neben mir, sofort nahm ich wieder die Hitze wahr, die von ihm ausging. Fast war ich geneigt, dem Sehnen in mir nachzugeben und mich einfach an ihn zu lehnen. Nochmal den tröstenden Duft seiner Haut einzuatmen, wie gerade eben im Garten. Irgendwas hatte sich zwischen uns verändert. Ich musste mir eingestehen, dass ich ihn wirklich gernhatte und er sich in mein Herz gestohlen hatte. Ich hatte wohl ein Faible für flippige Mitbewohner, dachte ich amüsiert. Amelie in Hannover und Ben hier.

»Was ist so witzig?«

Offenbar hatte ich vor mich hin gelächelt.

»Ich habe nur gerade daran gedacht, was in den letzten Wochen alles passiert ist.«

»Bist du froh, hergekommen zu sein?«

Ich nickte. »Ja«, sagte ich entschlossen, lehnte mich zurück und störte mich nicht daran, dass sich unsere Schultern leicht berührten, sondern genoss das Vibrieren, das durch meinen Körper zog.

»Zeigst du mir deine Meer-Momente-Liste?«

Erst wollte ich ja sagen, doch dann fiel mir die Sache mit dem Typen aus meinen Träumen ein.

»Das geht leider nicht.«

»Wieso nicht?« Auch wenn ich sein Gesicht nicht sah, spürte ich wieder dieses Lächeln.

»Die ist zu persönlich.«

Er drehte seinen Kopf zu mir, und ich erwiderte seinen Blick. »Ich dachte, ich war bei allem dabei.«

»Davon gehst du aus? Dann weißt du ja auch, was draufsteht«, entgegnete ich frech.

»Okay, dann verrate mir deine Top drei, Nummer eins ist ja meine Blamage als Cowboy.«

Ich betrachtete Ben. Seine blauen Augen waren vor Müdigkeit etwas kleiner, was ihrem Strahlen jedoch keinen Abbruch tat. Ich wandte mich ab, schaute wieder zu Willis leerem Käfig und pustete auf den Kaffee in meiner Tasse. In den letzten Wochen hatte ich viele schöne Momente erlebt.

»Frag mich das nochmal, bevor ich abfahre, dann werde ich es dir vielleicht verraten.«

Sein Körper bebte leicht, als er lachte.

Wir tranken unseren Kaffee und blickten beide in die Mitte des Wohnzimmers, wo hoffentlich Willi bald auftauchen würde. Die Müdigkeit ließ sich kaum noch abwehren, der Kaffee hatte nur kurzeitige Abhilfe geschaffen. Ich gähnte dreimal hintereinander und schloss die Augen, nur für ein paar Sekunden … Meine Lider waren bleischwer, Bens ruhiger Atem neben mir, sein Geruch – das alles hüllte mich angenehm ein. Ich nickte weg. Natürlich träumte ich von Amelies Surflehrer, der roch wie Ben. Ich schmiegte mich an seine Brust und atmete tief ein – um in der nächsten Sekunde hochzuschrecken. Nicht nur in meinem Traum hatte ich mich an einen blauäugigen Typen gekuschelt.

»Sorry«, nuschelte ich und wagte einen Blick in Bens Gesicht. Der sah mich mit einem unlesbaren Ausdruck an. Seine Augen wirkten dunkler, und sein Blick senkte sich auf meine Lippen. Ich sah, wie er schwer schluckte, als sein Adamsapfel sich deutlich sichtbar auf und ab bewegte. Statt etwas zu sagen hob er seine Hand und legte sie an meine Wange. Träumte ich noch? Ich blinzelte ein paarmal, aber die Situation blieb dieselbe.

Mein Herz wummerte in meiner Brust, und ich gab

dem drängenden Gefühl in mir nach, lehnte mich gegen Bens raue Hand, schloss die Augen. Genoss, wie er sanft mein Haar zur Seite strich und mit seinen Fingern weiter an meinem Kinn entlangwanderte, bis zu meinen Lippen. Mir entwich ein kleiner, wohliger Seufzer, und ich schlug erschrocken über mich selbst erneut die Lider auf. Bens Augen waren fest auf mich gerichtet, und ich erkannte dasselbe Begehren, das in diesem Moment mit überwältigender Kraft auch in mir tobte. Es musste an dem Hugo liegen oder an dem Traum. Meine Gedanken drehten sich ergebnislos im Kreis, als er sich noch näher zu mir beugte, seine Hand weiter nach hinten in meine Haare schob und er mich sanft, aber bestimmt an sich zog. Obwohl ich mein plötzliches Verlangen nach Bens Berührung nicht verstand, wollte ich nichts sehnlicher, als mich darin zu verlieren. Nervös leckte ich über meine Lippen, die sich plötzlich trocken anfühlten, und als unsere Münder sich fanden, verstummte das Chaos in meinem Kopf. Ein warmes Kribbeln durchfuhr mich bis tief in meinen Schoß, und ich stöhnte leise an seinen Lippen, die weich und fest zugleich waren. Der Kuss begann sanft, wurde drängender, und ich gab mich gänzlich meinen Gefühlen hin. Unwillkürlich presste ich mich dicht an ihn und fuhr durch seine wirren Locken, die sich weich durch meine Finger zogen.

Jede Müdigkeit verflog. Plötzlich konnte ich Ben nicht nah genug sein, wollte seine Haut an meiner spüren. Als ob er es verstanden hätte, zog er mich auf seinen Schoß, und seine Hände glitten unter mein T-Shirt und über meinen Rücken. Mit geschlossenen Augen ließ ich meinen Kopf in den Nacken sinken. Meine Finger krallten sich in seine Schultern. Ben hinterließ eine Spur von Küssen von meinem Schlüsselbein bis zum Kinn, was mir ein erneutes leises Aufstöhnen entlockte. Seine Hände wanderten unterdessen von meinem Rücken zu meinem Bauch, strichen leicht über die Rippenbögen bis zur Unterkante meines BHs. Mein Innerstes brannte förmlich, aber in dem Augenblick, als sich seine Hand unter den Stoff auf die empfindliche Haut meiner Brüste schob, flammte ein kleiner Zweifel in mir auf, der genügte, um mich zu verunsichern. Ich griff nach seiner Hand, um sie aufzuhalten. Als ich meine Augen aufschlug, hatte er seine Hände auf meine Hüften hinabsinken lassen. Er lehnte seine Stirn gegen meine. Unser beider Atem ging schwer.

Was war da gerade passiert? Ich war mir nicht sicher, ob ich glückselig lächeln oder entsetzt sein sollte. Meine Gedanken hinkten dem Geschehen eindeutig hinterher.

»Alles gut?« Seine Stimme klang rau, und sein Atem kam stoßweise, während sich seine Brust deutlich sichtbar hob und senkte. Ich nickte leicht. »Ich glaube schon.«

Er schob mich ein Stück von sich, um mir in die Augen sehen zu können, und bedachte mich mit einem langen, nachdenklichen Blick, als verstünde auch er nicht, was hier gerade passiert war. Irgendwann verzogen seine Mundwinkel sich zu seinem schiefen Grinsen, und ganz automatisch erwiderte ich es.

Er ließ seinen Kopf zurück auf die Lehne des Sofas fallen und sagte in Richtung der Decke: »O Mann, Sina, was machst du nur mit mir?«

Ich rutschte ein wenig von seinem Schoss hinunter, jedoch ohne unseren Körperkontakt zu unterbrechen, ein Teil von mir wollte nicht, das es endete. Sein Arm legte sich um meine Schultern, und er zog mich wieder an sich, woraufhin ich mich in seinen Arm kuschelte und mir erlaubte, einfach die Mischung aus Sonnenmilch, Meer und einem Hauch Aftershave einzuatmen und dem Wummern seines Herzens zu lauschen, das ebenso schnell schlug wie meines.

Nach einer Weile beruhigten sich unsere Herzen, und die Schwere kehrte in meine Lider zurück. Das gleichmäßige Schlagen an meinem Ohr und die tiefen Atemzüge von Ben ließen mich in den Schlaf driften.

Kapitel 23

ICH ERWACHTE VON einem nervigen Geräusch, und nachdem der Nebel des Schlafes verflogen war, begriff ich, dass es der Ton für den Nachrichteneingang meines Handys gewesen war. Bens tiefen Atemzügen nach zu urteilen schlief er noch. Behutsam rappelte ich mich auf und schälte mich unter seinem Arm hervor. Während ich das Telefon aus meiner Hosentasche zog, betrachtete ich den schlafenden Ben. Sein Kopf war zurückgelegt, seine Züge ganz entspannt. Ich lächelte und streckte meine Finger nach seinem Gesicht aus, zuckte aber zurück, als mein Handy erneut piepste. Meine Augen richteten sich auf das Display. Michael. Ich ließ die Hand sinken, und mein Herz sackte ebenfalls eine Etage tiefer und verursachte ein drückendes Gefühl in meinem Magen, als mir bewusst wurde, dass ich in den letzten Tagen nicht ein Mal an Michael gedacht hatte. Aber ich war einfach zu … beschäftigt gewesen, versuchte ich, es mir lahm zu erklären.

Ben rührte sich, öffnete aber nicht die Augen. Schuldbewusst und mit leicht zittrigen Fingern las ich die Nachricht und fühlte mich schlagartig schlecht.

Ich bin gerade aus dem Zug gestiegen und dachte, ich hole dich für ein spätes Frühstück ab? Freu mich auf dich :-*

Ich schluckte gegen das saure Gefühl an, das meinen Hals hinaufdrängte. Während Michael sich auf unsere gemeinsame Zeit freute, hatte ich nichts Besseres zu tun gehabt, als mit Ben zu knutschen. Ich verstand mich selbst nicht mehr. Was war nur in mich gefahren?

»Hey.« Bens Stimme klang noch kratzig vom Schlafen. »Ist er uns ins Netz gegangen?«

Es dauerte ein paar Sekunden, ehe ich verstand, dass er von Willi sprach. Ich drehte mich zur Mitte des Wohnzimmers, wo der Käfig nach wie vor verwaist stand. Tränen drängten plötzlich in meine Augen.

»Alles okay?«, fragte Ben. Seine Finger berührten mein Kinn und zwangen mich, ihn anzusehen. »Was ist? Ist es wegen Willi?«

Ich schüttelte den Kopf. »Ben ...«, begann ich. Warum war das so schwer? Sicherlich war er froh darüber, wenn wir den gestrigen Abend als Ausrutscher abtaten. Das war es doch gewesen, oder? Es gab genügend Leonies, die auf einen Sommerflirt mit ihm brannten oder darauf warteten, in lauen Sommernächten in seinen Armen zu liegen. Gewiss hatte der Kuss keine große Bedeutung für ihn gehabt.

»Das gestern Abend ...« Erneut stockten meine Worte, während ich versuchte, den Knoten an Gefühlen zu entwirren.

»War schön?«, bot er an.

»Ja, das war es, aber es war auch ein Fehler.« Er öffnete den Mund, aber ich redete schnell weiter. »Ich bin nicht der Typ für eine lockere Affäre, ich sehne mich nach einer

Beziehung mit Zukunft, und diese Zukunft will ich schon seit der elften Klasse mit Michael, und es sieht so aus, als würde er das jetzt auch wollen, es muss doch Schicksal sein, dass ich ihn hier wiedergetroffen habe …« Ich plapperte ohne Punkt und Komma, um den aufkommenden Zweifeln an meinen eigenen Worten keine Chance zu lassen. Denn es war so, wie ich es sagte. Wir rissen das Pflaster besser schnell ab, redete ich mir ein, obwohl es sich eher anfühlte, als zöge es jemand quälend langsam von meiner Haut.

Bens Blick hatte sich bei der Erwähnung von Michael verdüstert, er ließ seinen Kopf wieder gegen die Lehne des Sofas kippen und rieb sich mit den Händen übers Gesicht. »Schicksal?«, stieß er hervor und lachte dabei humorlos auf.

»Ja!«, erwiderte ich trotzig. »Du und ich, das passt doch nicht, wir sind wie … wie Erde und Luft, wie Orange und Pink, und das sollte man einfach nie zusammenfügen«, versuchte ich mich in einem Scherz, der nicht gelingen wollte. Ben lachte zwar erneut auf, aber es klang genauso humorlos wie eben. »Pink und Orange?«

»Es tut mir leid.« Und obwohl ich glaubte, das Richtige zu tun, fühlte es sich in diesem Moment ganz furchtbar falsch an.

»Ist schon gut, Sina. Mach dir keinen Kopf. Ich kannte deine Meinung über mich ja schon vorher.« Er sah mich an und hob kurz die Hand, als wolle er mich berühren, ließ sie aber wieder sinken.

Ich wollte einwenden, dass er damit falschlag, dass ich meine Meinung ihm gegenüber schon lange geändert hatte, dass meine Vorurteile dämlich gewesen waren, dass ich ihn wirklich gernhatte – aber ich schwieg. Es war besser so. Ich konnte einen hitzigen Sommerflirt mit ein paar vom Hugo heraufbeschworenen Gefühlen doch nicht gegen etwas tauschen, was ich mir seit der elften Klasse wünschte.

»Ich muss mich jetzt fertig machen, Michael holt mich gleich ab.« Die Worte kamen mir nur schwer über die Lippen.

Unbeholfen stand ich von der Couch auf, rang das schlechte Gefühl in mir nieder und stürzte aus dem Wohnzimmer.

In Windeseile holte ich frische Sachen aus meinem Zimmer und stellte mich unter die Dusche. In der Hoffnung, dass die Erinnerungen an gestern vom heißen Wasser fortgetragen wurden, besann ich mich verzweifelt auf das, was ich mir doch so sehnlichst wünschte. Dennoch blieb ein flaues Gefühl in meinem Magen zurück.

Nachdem ich fertig war, wartete ich in meinem Zimmer. Als Michael schrieb, er stünde vor der Tür, rannte ich beinahe aus dem Haus.

»Schön, dich zu sehen«, begrüßte er mich und gab mir ein Küsschen auf jede Wange. Er trug wieder Jeans und ein Hemd, dessen Ärmel er hochgekrempelt hatte. Seine Haare waren akkurat gescheitelt, jedes lag an seinem Platz. Ja, das war es, wonach ich mich sehnte, was ich in meinem Leben brauchte. Ordnung und Struktur.

Es sind doch nur Haare, meldete sich die zynische Stimme in mir zu Wort.

Aber da fängt es an, brachte ich sie sogleich zum Schweigen.

Michael ließ den Motor des Wagens an und deutete dann nochmal zur Haustür. »Ist wirklich alles geklärt zwischen euch?«

Ich folgte seinem Blick. Ben stand vor der Haustür und blies in seine Kaffeetasse.

»Ja, wir haben es beendet, es war ja sowieso nur eine lockere Geschichte«, erklärte ich mit einem aufgesetzten Lächeln und fühlte mich dabei wieder einmal wie Pinocchios Schwester. Erst als wir auf die Hauptstraße einbogen, hatte ich das Gefühl, Luft zu bekommen.

Michael fuhr in ein Restaurant, dessen Karte exklusive Gaumenfreuden versprach. Auch wenn er mir versicherte, mein Outfit sei völlig in Ordnung, fühlte ich mich ein wenig deplatziert in meinen kurzen Shorts und dem einfachen T-Shirt.

Nicht einmal der Krabbencocktail wollte mir schmecken, obwohl er sicherlich ganz gut war. Aber ich dachte nur daran, dass er doppelt so teuer war wie im Strandstübchen und nur halb so lecker.

Als Michael mich sorgenvoll betrachtete, riss ich mich zusammen. Ich war mit Michael Eberdinger essen. Das war alles, was zählte. Den Rest, wie die nagenden Schuldgefühle, verbannte ich ins hinterste Eck meines Kopfes.

»Wo wohnst du eigentlich, wenn du auf der Insel bist?«, fragte ich ihn, um mich abzulenken.

»Das ist unterschiedlich, meistens bleibe ich ja nur einen Tag. Ansonsten kümmert sich meine Sekretärin um die Unterkunft und den Mietwagen. Aber diesmal habe ich gesagt, sie soll eine Suite im Budersand in Hörnum buchen. Ich habe da auch was Nettes für den heutigen Tag arrangiert.«

Budersand – war das nicht der Nobelschuppen, vor dem die Kofferträger mit ihren goldenen Wagen warteten? Den hatte ich in Hörnum gesehen, als ich nach der Robbe Willi Ausschau hielt. Da hatte ich mir noch vorgestellt, wie es wohl war, dort vorzufahren, und ein Page rollte mit dem goldenen Wagen heran, um mir meinen Koffer abzunehmen.

»Ich bin gespannt.« Ich beugte mich etwas zu Michael vor. »Ich kenne ein kleines Lokal, in dem es die besten Krabben der Insel gibt, wollen wir da später hingehen?«

Er schaute verdutzt. »Es ist wirklich schwer, hier einen Tisch zu bekommen. Ist mit deinem Essen irgendwas nicht in Ordnung?«

Ich zuckte mit den Schultern. »Doch, doch, es schmeckt prima. Ich hätte dir das Lokal einfach gern gezeigt.«

Seine Lippen formten sich zu einem Lächeln. »Dann gehen wir morgen früh dorthin, wenn du möchtest.«

»Morgen musst du allein hingehen, aber dafür würde ich dir dein Frühstück servieren. Ich helfe dem Inhaber nämlich gerade aus, weil eine Servicekraft krank ist, morgen ist meine letzte Schicht.«

Mit einer ungläubigen Miene angelte Michael die letzte Krabbe aus seinem Glas. »Du *kellnerst* da? Ich dachte, du machst hier Urlaub und arbeitest zu Hause als Assistentin der Geschäftsführung?«

Bildete ich mir das nur ein, oder hatte er das Wort *kellnern* eher widerwillig ausgesprochen?

»Ehrlich gesagt, nicht mehr. Bevor ich nach Sylt gefahren bin, habe ich … sozusagen gekündigt.«

Michael sah mich an, als hätte ich ihm gerade erklärt, ich käme vom Mars und nicht wie vermutet von der Venus. Als er sich wieder gefangen hatte, fragte er: »Und was willst du tun, wenn du wieder in Hannover bist? Du fährst doch kommendes Wochenende, oder?«

»Ich werde mir eine neue Stelle suchen, die besser zu mir passt.«

»Wenn du möchtest, arrangiere ich ein Vorstellungsgespräch bei uns, wir können fähige Sekretärinnen immer gebrauchen.«

Ich schenkte ihm ein schwaches Lächeln. »Das ist lieb von dir, vielleicht komme ich darauf zurück. Aber erstmal steht morgen meine letzte Schicht im Strandstübchen an. Ich hatte hier ja genügend Zeit, deshalb habe ich dem Besitzer meine Hilfe angeboten.«

»Ach so, verstehe. Dieser Ben ist dir auf die Nerven gegangen, und du hast eine Beschäftigung gesucht.« Er grinste selbstzufrieden.

Die Erwähnung von Ben wirkte sich sofort wieder auf meinen Magen aus, und ich kräuselte die Nase. Kurz war ich versucht, Ben zu verteidigen und zu erklären, dass es nichts mit ihm zu tun hatte. Doch ich ließ Michael seine Vermutung. Er sollte auf keinen Fall glauben, meine Beziehung zu Ben sei noch ungeklärt. Schließlich hatte es nie eine gegeben. Michael war der Mann meiner Träume, seit ich 17 war. Wir mussten uns einfach nur neu kennenlernen. Wir hatten uns schließlich beide in den vergangenen Jahren verändert. Und die Startsituation hier auf Sylt mit der erfundenen Liaison mit Ben war nicht optimal gewesen. Aber das änderte nichts daran, dass er der ideale Mann für mich war. Er löste immer noch dieselben Gefühle wie damals in mir aus. Da war ich mir sicher, ich war nur durcheinander wegen des gestrigen Abends.

Der Rest des Tages verlief harmonischer. Michael hatte eine Wellnessbehandlung im Budersand für uns gebucht. Ehrfürchtig schlüpfte ich in den flauschigen Bademantel und begab mich in den Raum mit den Liegen, wo zwei Masseurinnen eine Stunde lang jede Verspannung aus unseren Körpern kneteten. Das war genau das, was ich gebraucht hatte. Als wir danach mit einem Champagner auf der Terrasse des Hotels saßen und aufs Meer schauten, gelang es mir, den Ausrutscher mit Ben erfolgreich zu verdrängen.

»Wann genau fährst du wieder nach Hause?«, fragte Michael mich.

»Geplant ist Samstag.«

»Ist es nicht komisch, jetzt noch bei diesem Ben zu wohnen, wo ihr es beendet habt?«

Ich geriet ins Schwitzen. Was sollte ich nur sagen?

»Hm, es geht. Er hat ein Gästezimmer, da habe ich von Anfang an drin gewohnt.« Am besten blieb ich, soweit es möglich war, bei der Wahrheit.

»Ach so.« Michael schien irritiert. »Wenn du möchtest, kannst du die restlichen Tage hier im Hotel unterkommen. Ich muss zwar morgen Abend wieder abreisen, könnte aber das Zimmer länger buchen.«

Hier? Bei ihm? Im selben Zimmer?

»Oder ich erkundige mich nach einem Extrazimmer«, fügte er lahm hinzu. Die Panik stand mir wohl ins Gesicht geschrieben.

»Ich weiß nicht …« Ich ließ meinen Blick an der glänzenden Fassade des Hotels hinaufschweifen. Natürlich wirkte es für Michael moralisch fragwürdig, dass ich weiterhin bei Ben wohnte. Aber er ging auch davon aus, dass unser Verhältnis ein anderes war. Für mich verhielt es sich eher andersherum. Michael war der Fremde für mich, und jetzt auszuziehen fühlte sich Ben gegenüber falsch an. Eine verzwickte Situation.

»Ich denke, das mit dem Gästezimmer bei Ben ist schon

in Ordnung.« Schlussendlich war ich Michael keine Rechenschaft schuldig.

»Okay, aber mein Angebot steht.« Seine Miene zeigte deutlich, dass ihm meine Antwort missfiel.

Ich lächelte ihn an. Der eifersüchtige Michael schmeichelte mir.

Kapitel 24

»DU KOMMST DANN morgen nach deiner Schicht in dem Lokal auf der Baustelle vorbei? Ich habe da einiges mit der Baufirma zu besprechen. Falls sich was ändert, texte ich dir.«

»Mache ich. Und falls es bei dir schneller geht, komm doch ins Strandstübchen, dann serviere ich dir den besten Krabbencocktail der Insel«, erwiderte ich lächelnd.

»Mal sehen, ich will versuchen, vormittags alles Wichtige wegzuarbeiten, dann haben wir den restlichen Tag ganz für uns.«

Wir saßen in Michaels Mietwagen vor Bens Haus, und mein Herz klopfte etwas schneller, weil ich nicht wusste, ob er mich gleich zum Abschied küssen würde und wie ich mich damit fühlen würde, zwei Männer an zwei aufeinanderfolgenden Abenden geküsst zu haben. Sowas war mir noch nie passiert, und auch jetzt wünschte ich mir, ich hätte Ben gestern nicht geküsst. Das war doch so, oder? Meine Gefühle waren dermaßen durcheinander, dass ich das Knäuel immer noch nicht vollständig entwirrt hatte.

Ich versuchte, die Gedanken an Ben abzuschütteln. Meine Hände hatte ich in den Schoß gelegt, damit ich nicht wieder in Panik nach dem Türgriff tastete. Doch Michael beugte sich nicht zu mir herüber, sondern öffnete seine Tür und stieg aus. Ein wenig erleichtert beobachtete ich ihn dabei, wie er um das Auto herumlief, um mir aus dem Wagen zu helfen.

Auf wackeligen Beinen stieg ich aus, verharrte direkt vor ihm. Als er sich nun vorbeugte, stockte kurz mein Atem, aber er gab mir lediglich ein Küsschen auf die Wange, und ich wusste nicht, ob ich darüber erleichtert oder enttäuscht war.

»Bis morgen«, stammelte ich und lief zur Haustür. Michael wartete, bis ich aufgeschlossen hatte, dann stieg er ein und brauste davon.

Drinnen lehnte ich mich erstmal ein paar tiefe, zittrige Atemzüge lang gegen die Tür.

Ich hörte Ben in der Küche und beschloss, den gestrigen Abend einfach zu übergehen und an unsere Zeit davor anzuknüpfen. Ich wollte, dass es war wie zuvor. Freundschaftlich, locker, einfach.

Betont fröhlich rief ich also ein »Hallo« in die Küche. Aber die Stimmung, die mir aus dem kleinen Raum entgegenschlug, ließ mich ahnen, dass Ben nicht bereit war, die Erinnerung an den gestrigen Abend einfach zu streichen. Was mich ärgerlich stimmte. Schließlich hatte er von Michael gewusst. Ja, ich hätte ihn nicht küssen sollen, aber meine Güte – ich konnte es nicht ändern. Und ich war mir sicher, dass auch Ben schon öfter Frauen geküsst hatte, die er lieber nicht hätte küssen sollen. Außerdem war ich ja nicht über ihn hergefallen, es war einfach so passiert.

Ben murmelte nur einen knappen Gruß, ohne dabei

von den Tellern aufzusehen, die er in die Geschirrspülmaschine räumte. Ich stand für einige Sekunden im Türrahmen, schaute ihm dabei zu, wartete darauf, dass er sich doch noch umdrehte, mir sein schiefes Grinsen schenkte. Aber es geschah nicht. Er schaltete die Spülmaschine an, lief dann mit den Worten »Ich bin nochmal weg« an mir vorbei und verschwand durch die Haustür.

»Hm, das war ja sehr nett«, sagte ich laut, als die Tür ins Schloss gefallen war. Er musste mir nun wirklich nicht die letzten Tage versauen. Um mich abzulenken, begann ich, eine letzte Apfelsinentorte zu backen, die mir heute aber einfach nicht so gut gelingen wollte. Die Masse war zu flüssig, weil ich mit dem Saft ausrutschte, und der Boden war bröselig.

Als ich später die Reste der Creme mit dem Finger aus der Schüssel strich und ihn ableckte, fühlte ich mich trotzdem ein wenig besser.

Sorgfältig räumte ich die Küche auf, stellte die Torte kalt, ehe ich das Licht löschte und zu Bett ging.

Am nächsten Morgen war ich dennoch froh, erstmal ins Strandstübchen fahren zu können. Ich genoss meine letzte Schicht an diesem ruhigen Montagvormittag und versprach Paul am Ende, ich würde nochmal vorbeischauen, ehe ich die Insel am Wochenende verließ.

»Eigentlich kannst du nicht gehen, wir brauchen deinen Kuchen!«, rief Andy aus der Küche.

»Ich werde euch auch vermissen«, entgegnete ich gerührt und schrieb Andy das Rezept für die Torte auf. Doch ich bezweifelte, dass er es jemals nachbacken würde, denn so wie ich nicht kochen konnte, konnte oder wollte Andy nicht backen.

Ich verabschiedete mich. Mit feuchten Augen radelte ich anschließend zu der Baustelle, wo ich mit Michael verabredet war. Sein gemietetes Auto parkte neben dem Lieferwagen, der bereits beim letzten Mal hiergestanden hatte.

Ich ging den schmalen Steig zur Haustür entlang und stieß die Tür auf, die wieder nur angelehnt war. Im Inneren hörte ich die Männer diskutierten, und Michaels Stimme hallte verärgert durch die leeren Räume.

»Das ist mir scheißegal, Sie bringen das in Ordnung, und wenn Sie darüber bankrottgehen! Denn ansonsten verklage ich Sie so lange, bis Sie nicht einmal mehr ein Hemd haben, das ich Ihnen nehmen könnte!«

Ein kalter Schauer lief mir den Rücken hinunter. Meine Schritte wurden zögerlicher, und ich verharrte unentschlossen auf der Stelle, nicht sicher, ob ich weitergehen sollte.

»Sina!«, rief Michael überrascht, und ich stellte fest, dass seine Stimme wieder ihren vertrauten Ton hatte. »Ist es schon so spät?«

Verlegen trat ich ein paar Schritte näher. Der andere Mann schaute derweil betreten zu Boden und knetete nervös seine Hände. Kein Wunder, nach der Standpauke von Michael.

»Ich will nicht stören, ich kann draußen warten, oder du meldest dich später bei mir.«

»Du störst nicht, wir sind hier fertig. Gib mir nur noch eine Sekunde.«

Ich nickte und lief wieder hinaus, ich wollte nicht noch einmal Zeugin werden, wie er den Mann zusammenfaltete.

Draußen lehnte ich im Schatten an der Hausmauer, als zuerst der Bauarbeiter heraustrat und mit gesenktem Kopf zu seinem Lieferwagen schlurfte.

»Alles Stümper«, fluchte Michael, als er mit einer Mappe Unterlagen neben mir auftauchte und dem davonfahrenden Lieferwagen nachschaute.

Ich lächelte schwach, weil ich nicht wusste, was ich darauf erwidern sollte. Sicherlich hatte Michael seine Gründe, aber der Mann tat mir leid. Michael hatte mich soeben ein wenig an Herrn Hoyer erinnert. Und mein Vater hatte immer gesagt: Wer schreit, hat meist unrecht.

Michael sah mich nun an, und seine Miene erhellte sich deutlich. Er umarmte mich zur Begrüßung.

»Sorry, ich habe es nicht zu diesem Lokal geschafft, es kam ein Anruf nach dem anderen aus dem Büro, die können einfach nicht ohne mich.«

»Kein Problem.«

Als Michael mir, nachdem er die Unterlagenmappe auf die Rückbank seines Autos gelegt hatte, die Beifahrertür öffnen wollte, hielt ich ihn auf.

»Sollen wir an den Strand gehen? Ich würde gern nach einem Bernstein schauen, ich habe so eine Liste, und für die fehlt mir noch ein Bernsteinfund.«

»Was für eine Liste?«, fragte er verwundert.

»Meine Mitbewohnerin Amelie erstellt vor ihren Reisen immer Listen mit allem, was sie sehen oder erleben will. Und ich habe jetzt auch eine.«

Michael hielt in der Bewegung inne und sah mich über die Autotür hinweg an.

»Wir können auch zum Juwelier gehen, und ich kaufe dir eine Kette mit einem Bernstein.«

»Aber das ist doch nicht dasselbe!« Ich lachte, obwohl mein 17-jähriges Ich verzückt in die Hände klatschte bei der Vorstellung, Schmuck von Michael Eberdinger geschenkt zu bekommen. Mein 26-jähriges Ich neigte hingegen dazu, diese Geste etwas übertrieben zu finden.

»Nun komm schon!«, forderte ich ihn auf, und er schlug die Tür wieder zu und schloss das Auto per Knopfdruck ab.

Von hier aus war es nicht weit zum Strand, und ich lief die schmale Seitenstraße zum Aufgang hinauf. Michael folgte mir bis zum Ende der Holzstufen. »Das wird meine Schuhe ruinieren.«

»Dann zieh sie aus.« Abwartend stemmte ich meine Hände in die Hüften. Wann war ich jemals diejenige gewesen, die andere aufforderte, über ihren Schatten zu springen? Obwohl – war es verrückt, am Strand seine Schuhe auszuziehen? Nein, es *nicht* zu tun, das wäre verrückt! Außerdem war ich wild entschlossen, einen Meer-Moment mit Michael zu erleben. Ich war mir sicher, das war genau das, was uns fehlte.

Mein Herz machte einen kleinen Freudenhüpfer, als er sich runterbeugte. Er öffnete die Schnürsenkel und krempelte seine Hose hoch.

Wir spazierten hinunter an die Wasserlinie, doch Michael wirkte hier ein klein wenig deplatziert, mit seinem weißen Hemd und den teuren Lederschuhen in der Hand. Aber als er mit der anderen Hand nach meiner griff, fühlte sie sich warm und weich an. Lächelnd suchte ich den Sand ab. Hin und wieder hielt ich inne, beugte mich hinab, hob einen vermeintlichen Bernstein auf und klopfte ihn prüfend gegen meine Zähne, was mir einen amüsierten Blick von Michael einbrachte.

»So findet man heraus, ob er echt ist oder nur ein Stein.«

»Ach so.« Er lächelte und schüttelte leicht den Kopf dabei.

»Was?«

»Nichts, ich wundere mich nur, wie du dich verändert hast. Du warst damals so … verschlossen, irgendwie zu ernst für dein Alter und …«

Ich stutzte. Dafür, das er anfänglich behauptet hatte, er könne sich nicht mehr richtig an die Zeit in der Schule erinnern, hatte er anscheinend doch ein ziemlich klares Bild von mir. »Und was?«, hakte ich nach. Mein Herz versuchte derweil, in meiner Brust davonzurennen, aus Angst, gleich einen tödlichen Treffer abzubekommen.

»Und ich war wohl der Ansicht, dass man mit dir keinen Spaß haben konnte.«

Peng. Treffer. Herz versenkt. Daran änderte auch sein entschuldigender Gesichtsausdruck nichts.

Der zuvor aufgehobene Stein fiel mir aus der Hand, was ich nur nebenbei registrierte. Ich schnaufte auf. »Du wusstest doch, dass mir der Tod meines Vaters zu der Zeit immer noch zu schaffen gemacht hat.« Hatte ich es bei unserem letzten Gespräch über unsere Schulzeit nicht fertiggebracht, ihm das offen zu sagen, platzte es nun regelrecht aus mir heraus. Ich meine, wenn jemand einem so etwas offenbarte, dann vergaß man das doch nicht, oder? Unwirsch löste ich meine Hand aus seiner, ich brauchte Abstand.

»Sina, jetzt sei nicht sauer. Das ist doch ewig her! Wir waren damals fast noch Kinder, an einem Tag fand man Birdy toll, am nächsten Rihanna«, sagte er leichthin. »Ich war ein hormongebeutelter Idiot.«

Stand Birdy in diesem Vergleich etwa für mich und Rihanna für Annamaria, oder was wollte er damit sagen? Also hatte er doch mitbekommen, wie sehr ich in ihn verliebt gewesen war? Und trotzdem hatte er mich, ohne mit der Wimper zu zucken, gegen Annamaria eingetauscht, weil ich kein Partygirl war? Da kam ich nicht mehr mit.

»Aber jetzt – es ist, als hättest du deinen traurigen Kokon von damals abgelegt. Als ich dich am Bahnhof gesehen habe, ist mir das zunächst gar nicht aufgefallen, aber mit jedem weiteren Mal, das wir uns trafen, hast du mich mehr in deinen Bann gezogen. Du leuchtest wie die Sonne, und ich will gern in deiner Nähe sein.«

Wow, das war ... poetisch. Ich lächelte schwach. Wie sollte ich da weiter sauer sein? Eingehend musterte ich meine Füße im Sand.

Michael lachte unterdessen nervös auf. »Zu früh? Es ist nur – ich konnte es gar nicht mehr erwarten, dich wiederzusehen.«

Seine Hand legte sich zaghaft in meinen Nacken. Ich sah auf, in seine hübschen dunklen Augen. Und als seine Lippen sich näherten, vergaß ich den Schmerz von damals, denn wir lebten im Hier und Jetzt, und da wollte er mich. Er hatte recht, wir waren damals fast noch Kinder, und es waren viele Jahre vergangen. Aber als seine Zunge sich in meinen Mund schob, konnte ich nicht loslassen. Zu viele Gedanken und Ereignisse überschlugen sich in meinem Kopf. Der Kuss war schön, und mein Herz veränderte auch seinen Rhythmus, aber ich vermochte mich nicht völlig hinzugeben. Etwas hielt mich zurück. Ich löste mich von ihm.

Michael lächelte mich liebevoll an. »Alles in Ordnung?«

Ich nickte. »Ich glaube, ich brauche einfach noch etwas Zeit.«

»Das ist okay, ich habe Zeit. Dieses Mal habe ich Zeit.« Er zog mich an seine Brust, die nach teurem Eau de Parfum roch, und ich wusste nicht, ob mir gefiel, was er gesagt hatte. Das Gefühl, dass nun mein einst größter Wunsch wahr wurde und Michael Eberdinger eine Zukunft mit mir wollte, war einfach surreal. Daran würde ich mich erst gewöhnen müssen.

»Ich habe für den frühen Abend einen Tisch in einem exquisiten Restaurant gebucht, wir müssen jetzt los, sonst verfällt die Reservierung«, murmelte er in mein Haar.

»Okay«, entgegnete ich, obwohl ich keine große Lust hatte, erneut in ein *exquisites Restaurant* zu gehen. Viel lieber wäre mir ein Picknick am Strand gewesen.

Er bot mir seine Hand an, und ich nahm sie nach kurzem Zögern. Schweigend liefen wir zur Holztreppe, die vom Strand hinaufführte.

Wir schafften es pünktlich ins Restaurant, und Michael setzte an, eine Bestellung aufzugeben.

»Ich würde lieber die Linguini nehmen«, warf ich ein und legte die Karte beiseite.

Michael lächelte. »Dann die Linguini für meine Begleitung.«

Meine Anspannung und die leisen Zweifel, die am Strand aufgekommen waren, fielen nach und nach wieder von mir ab. Es war, wie ich gesagt hatte – wir brauchten nur ein wenig Zeit, um uns neu kennenzulernen. Es hatte gutgetan, ihm zu sagen, dass er mich damals verletzt hatte. Gewitter reinigten die Luft, so sagte man doch.

Michael erzählte von seiner Arbeit und von der Wohnung, die er sich erst kürzlich in Hannover gekauft hatte. Ich erzählte von meiner Wohngemeinschaft mit Amelie, und wir stellten fest, dass wir nur etwas mehr als fünf Kilometer voneinander entfernt wohnten. Die Pasta war köstlich, und ich lehnte mich bald darauf satt zurück. Kurz bevor die Nachspeise serviert wurde und wir gerade Pläne für weitere Treffen in Hannover schmiedeten, klingelte sein Handy, und er entschuldigte sich, um draußen auf der Terrasse zu telefonieren.

Als er wiederkam, schaute er betroffen drein. »Sina, es tut mir unendlich leid, aber es gibt einen Notfall in meiner Abteilung, und ich muss jetzt sofort nach Hannover aufbrechen.« Er winkte bereits dem Kellner wegen der Rechnung, und Enttäuschung machte sich in mir breit. Ursprünglich hatte er geplant, mit dem letzten Zug zurückzufahren. Außerdem, wenn er jetzt bereits fuhr, bedeutete es, dass ich früher als gedacht zu Ben musste, der mich sicher weiterhin mit Nichtbeachtung strafen würde. Im Großen und Ganzen waren das eher wolkige Aussichten für den Rest des Tages.

Dennoch lächelte ich verständnisvoll. »Klar, die Arbeit geht immer vor.« Hätte ich diesen Satz vor einem Monat noch voller Inbrunst gesagt, fühlten sich die Worte jetzt hohl und wie eine leere Phrase auf meiner Zunge an.

»Ich mache das wieder gut, am Wochenende in Hannover.«

»Klingt prima«, entgegnete ich und setzte ein weiteres Lächeln für ihn auf. Kurzzeitig zog ich ernsthaft in Erwägung, gemeinsam mit ihm abzureisen, aber er würde kaum Zeit haben zu warten, bis ich meinen Koffer gepackt hätte. Außerdem hatte ich Paul versprochen, vor meiner Abreise nochmal bei ihm vorbeizuschauen. Und was war mit Willi? Was, wenn er nicht mehr auftauchte und ich ihn hier zurücklassen musste? Meine Kehle verengte sich bei dem Gedanken daran.

Nach einem eiligen Aufbruch aus dem Restaurant stoppte Michael den Wagen vor Bens Auffahrt. Nach einem Blick auf seine Armbanduhr zuckte er entschuldigend mit den Schultern. »Ich wünschte, ich könnte es ändern.« Er beugte sich zu mir und gab mir einen weiteren Kuss. Bei diesem bewegten sich unserer Lippen etwas mehr im Einklang als vorhin am Strand. Ich ließ meine Finger über seine kurzen Haare im Nacken gleiten, vertiefte den Kuss. Ein kleiner Funken Leidenschaft loderte in mir auf, aber er wollte sich nicht entzünden. Noch nicht. Alles brauchte seine Zeit.

»Ich freue mich aufs Wochenende«, sagte ich zum Abschied.

Vielleicht war es gut, dass ich ein paar Tage Zeit hatte, um das Gespräch vom Strand zu verdauen und die Sache mit Ben geradezurücken, dachte ich beim Aussteigen.

Kapitel 25

MICHAEL FUHR DAVON, und ich stand vor dem gepflasterten Weg, der zu Bens Haus führte. Meine Füße weigerten sich weiterzugehen. Meine Gefühlswelt war zu aufgewühlt, und ich erinnerte mich daran, wie ich empfunden hatte, als ich das erste Mal hier auf Sylt am Meer gestanden hatte. Wie das Rauschen der Wellen meine Gedanken beruhigt, wie der Wind in meinem Haar gespielt und einen Teil meiner Sorgen mit sich genommen hatte. Ich drehte mich um und lief zum Strand.

Zwei Stunden schlenderte ich am Wasser entlang, versuchte, dieses Gefühl, diese innere Zufriedenheit, die der Anblick des Meeres in mir auslöste, für immer abzuspeichern. Meine Gedanken kreisten nun wieder ruhiger. Eigentlich hatte ich Ben fragen wollen, ob er in den kommenden Tagen ein letztes Mal mit mir surfen gehen konnte. Nun war ich mir aber nicht sicher, ob er das noch wollte oder ob das eine kluge Idee war. Wehmütig schaute ich aufs Wasser hinaus.

Auf dem Rückweg fand ich ein paar Steine, die anders an meinen Zähnen klangen als die restlichen. Zumindest bildete ich mir das ein. Sorgsam verstaute ich sie in der Tasche.

In der Hoffnung, dass Bens Ego sich mittlerweile beruhigt hatte, ging ich schließlich zurück. Ich konnte ihm ja nicht ewig aus dem Weg gehen.

Aber Bens Auto war fort, und als ich meine Schuhe im Flur abstellte, war es still im Haus.

An diesem Abend ging ich früh zu Bett, lag aber lange wach und lauschte den Geräuschen des alten Gebäudes.

Ich erwachte mitten am Vormittag. Ringsum war es immer noch still. Verschlafen richtete ich mich auf, als mir einfiel, dass mein Rad noch an der Baustelle parkte. Unabgeschlossen. Hastig sprang ich unter die Dusche und machte mich anschließend auf den Weg.

Erleichtert atmete ich auf, als ich den roten Drahtesel in der Baustelleneinfahrt stehen sah. Nach einem Stopp beim Bäcker fuhr ich mit einem Croissant in der Hand wieder nach Hause. Bereits beim Öffnen der Tür hörte ich Stimmen aus der Küche. Wenn Ben Besuch hatte, wollte ich ihn nicht stören. Aber als ich an der Küchentür vorbeilief, rief eine kindliche Stimme: »Ist sie das?«

Bens Antwort darauf waren gemurmelte Worte, die ich nicht verstand, aber das kleine Mädchen, das ich bereits von dem Foto in der Küche kannte, kam auf mich zugestürzt.

»Bist du Sina?«

Lächelnd nickte ich. »Die bin ich. Und wer bist du?«

»Merle.« Sie strahlte und entblößte eine Zahnlücke. Ohne Scheu griff sie nach meiner Hand. »Wir haben eine Überraschung für dich.« Ihre kleinen Finger hielten meine fest umklammert, und sie zog mich in die Küche.

Bens Schwester Becky stand von ihrem Stuhl auf. »Merle,

lass Sina doch erstmal reinkommen, ehe du sie in Beschlag nimmst.« Sie wuschelte ihrer Tochter liebevoll durch die Locken. »Entschuldige bitte den kleinen Wirbelwind. Ich bin Becky, Bens Schwester.«

Sie strahlte mich an, und ich sah eine Menge Ähnlichkeiten zwischen Ben und seiner Schwester. Nur lag ein Schmerz in ihren Augen, dessen Anblick mir vertraut war. Der Schmerz über den Verlust der großen Liebe, den auch meine Mutter nach all den Jahren nie losgeworden war.

»Ich freue mich, dich kennenzulernen«, sagte ich freundlich. »Ich bin Sina, ich habe das Zimmer hier gemietet.«

»Trinkst du einen Kaffee mit uns?« Sie wackelte verheißungsvoll mit einer Tasse.

Zögernd blickte ich zum Tisch, wo Ben saß und mit stoischer Miene unser Gespräch verfolgte.

»Bitte, bitte, und danach zeigen wir dir die Überraschung!«, rief Merle und zog erneut an meiner Hand, um dann an ihrer Mutter hochzuhüpfen. »Krieg ich ein Eis, Mama?«

»Noch eins? Na schön, aber nur ein kleines, du kannst es dir aus dem Gefrierschrank im Schuppen holen.«

Becky schenkte mir ein Lächeln, während sie mir einen Becher Kaffee reichte und sich wieder auf ihren Platz setzte.

»Hey«, begrüßte ich Ben, als ich unschlüssig näher trat.

»Hey«, echote er und verzog sogar einen seiner Mundwinkel ein wenig, aber wenn ich mich nicht täuschte, weitaus weniger als üblich.

»Setz dich!«, rief Merle. Folgsam zog ich mir einen Stuhl heran und nahm darauf Platz.

Auf dem Tisch lagen Schleifpapier und Zahnpasta. »Was bastelst du denn Schönes?«, fragte ich Merle.

»Ich schleife einen Bernstein, weil du ja keinen findest.«

Verwundert zog ich die Augenbrauen zusammen.

»Merle, wolltest du nicht ein Eis?«, fragte Ben plötzlich.

Seine Nichte lächelte ihn mit schräg gelegtem Kopf an. »Holst du mir eins?«

Ben seufzte zwar, erhob sich aber, und schien fast ein wenig froh, den drei Frauen in seiner Küche vorübergehend zu entkommen.

»Ben hat so ein Schleifset gekauft. Da ist immer ein kleiner Bernstein dabei, den bearbeitet Merle jetzt.«

Becky hatte einen lockeren Plauderton angeschlagen, aber sie musterte mich dabei eingehend. Und kurz kam mir der Gedanke, ob Ben das womöglich ursprünglich für *mich* gekauft hatte? Nein, das war albern. Vermutlich hatte ihn mein Wunsch, einen Bernstein zu finden, auf die Idee für das Geschenk an seine Nichte gebracht. Ich schaute auf die kleine Schachtel, auf der eine genaue Anleitung zum Bearbeiten von Bernsteinen abgebildet war.

»Ich hab am Strand die letzten Wochen über immer nach einem Bernstein gesucht, erst gestern habe ich wieder ein paar Teile entdeckt, die welche sein könnten. Ich hole sie mal.«

Ich lief in mein Zimmer und kramte meine Schätze aus der Tasche. In der Küche legte ich sie auf den Tisch. Sie hatten wieder ihren Glanz verloren.

»Das ist kein Bernstein«, erklärte Merle kurzerhand. Hinter mir lachte Ben auf, der in diesem Moment mit dem Eis zurückkam. Ich schaute ihn an und versuchte, in seinen blauen Augen Antworten zu finden, auf Fragen, von denen ich nicht mehr wusste, wie sie lauteten. Warum nur hatte ich ihn geküsst? Meine Augen wanderten zu seinen Lippen, und ich wandte den Blick rasch ab. Das verkomplizierte alles und drohte, die schöne Zeit, die wir gemeinsam erlebt hatten, zu überschatten. Aber das würde ich nicht zulassen, ich wollte mit einem positiven Gefühl abreisen. Vielleicht war es ganz gut, dass Becky und Merle da waren. Das lockerte auf jeden Fall die Anspannung auf.

Merle löffelte glückselig ihr Eis, und ich nutzte die Zeit, um mich bei Becky für den Einfall mit der Reittour auf Rømø zu bedanken.

»Das war wirklich ein grandioses Erlebnis. Auch wenn Ben wohl lieber darauf verzichtet hätte.« Ich kicherte unterdrückt und vermied es dabei, Ben anzusehen. »Schade, dass wir keine Fotos gemacht haben.«

»Du bist mitgeritten?«, fragte Becky ihren Bruder ungläubig. »Nur im Schritt, oder seid ihr auch schneller geritten?«

Mein Glucksen wurde lauter. Als Ben keine Anstalten machte zu antworten, übernahm ich es. »Auch im Tölt und Galopp, obwohl das eher unbeabsichtigt war.«

Becky schaute mich breit grinsend mit großen Augen an. »Ich glaube es nicht!«

»Schön, dass ihr euch so blendend amüsiert.« Ben betrachtete uns mit zusammengekniffenen Augen, aber um seine Mundwinkel zuckte es. Ich wusste nur nicht, ob das angedeutete Lächeln auch mir galt oder nur Becky.

»Merle, willst du Sina nicht langsam mal die Überraschung zeigen?« Er stupste seine Nichte an, die bereits wieder emsig ihren Bernstein polierte.

»Au ja, verbinden wir ihr die Augen?«

»Was habt ihr denn mit mir vor?«, fragte ich gespielt aufgeregt.

»Oder Onkel Ben hält ihr die Augen zu, und du, Mama,

hilfst mir, die Überraschung zu holen«, delegierte Merle die Aufgaben.

Becky schaute kurz zwischen Ben und mir hin und her. »Genauso machen wir es.« Sie blickte ihren Bruder auffordernd an. »Los, worauf wartest du?«

Ben schenkte mir einen genervten Blick. »Ich sagte dir ja schon, sie ist gern die Bestimmerin.« Seine Schwester schlug ihn kräftig auf den Arm, was er mit einem erneuten Augenrollen kommentierte. »Und gewalttätig.«

Ich grinste und freute mich, dass Ben zu seinem lockeren Ich zurückfand. Womöglich würde sich das zwischen uns doch noch einrenken.

Ben stellte sich hinter mich. Im Wohnzimmer hörte ich leises Poltern, und dass Becky und Merle miteinander tuschelten.

»Halt ihr jetzt die Augen zu!«, befahl Merle. Ben seufzte ziemlich laut auf, legte aber seine Hände über meine Augen, und ich versuchte, die heißen Wellen zu ignorieren, die seine Berührung in mir auslösten. Mit geschlossenen Augen nahm ich seinen Köper hinter mir plötzlich viel deutlicher wahr, und als ich einatmete, erfüllte sein Duft meine Nase und jeden meiner Sinne.

»Nicht schummeln«, flüsterte Ben in mein Ohr, woraufhin ich leicht den Kopf schüttelte. »Und nicht bewegen.« Da hörte ich es wieder – das Lächeln in seiner Stimme. Woraufhin mein Herz vor Freude prompt schneller schlug.

Ich hörte Schritte, dann vernahm ich ein Kratzen auf dem Tisch.

»Fertig«, verkündete Merle. »Du kannst sie gucken lassen, Onkel Ben.« Er ließ seine Hände auf meine Schultern sinken. Ich blinzelte ein paar Mal, um mich wieder an das Licht zu gewöhnen. Auf dem Tisch stand Willis Käfig und …

»Das glaub ich jetzt nicht!«, rief ich erfreut. »Willi!« Lächelnd drehte ich mich zu Ben um, der immer noch hinter mir stand und seine Hände nun sinken ließ. Überschwänglich schlang ich meine Arme um seinen Hals, wozu ich mich auf die Zehenspitzen stellen musste. Seine Hand wanderte meinen Rücken hinauf, und ich schloss kurz die Augen.

»Ich habe ihn gefunden! Er ist zu mir gekommen!«, rief Merle aufgeregt.

Räuspernd löste ich mich von Ben, vermied dabei bewusst den Augenkontakt mit ihm und wandte mich an Merle.

»Das macht mich sehr glücklich, vielen, vielen Dank, Merle.« Ich beugte mich zu ihr hinunter und umarmte sie ebenfalls.

»Merle hat mit ihren Barbies im Wohnzimmer gespielt, und als sie nach einer Pause bei uns in der Küche weiterspielen wollte, lag er in ihrem Barbie-Wohnmobil.«

»Unglaublich, der kleine Racker scheint dich ja zu mögen.«

»Ben sagt, du warst sehr traurig, als er ihn hat weglaufen lassen.«

Ich errötete. »Ja, das stimmt.«

»Ich hatte aber schon eine Lebendfalle gekauft, damit du nicht ohne ihn abreisen musst«, verteidigte sich Ben und grinste mich an. Bei dem Anblick rührte sich etwas in meinem Inneren, und die Worte kamen schneller über meine Lippen, als ich sie überdenken konnte: »Danke, das ist wirklich nett. Danke für so vieles, Ben.«

Unverhofft traten mir Tränen der Rührung in die Augen.

Er hatte so viel für mich getan, ich wollte nicht, dass es zwischen uns seltsam wurde. »Ich weiß gar nicht, wie ich dir für alles danken soll.«

Mir entging Beckys musternder Blick nicht, nur Merle steckte arglos Leckereien in den Hamsterkäfig, die Willi sich allesamt in seine Backen stopfte.

»Kein Ding, ich sagte ja schon, schreib mir einfach eine gute Bewertung bei Airbnb.« Obwohl er es scherzhaft meinte, hinterließ seine Bemerkung bei mir ein flaues Gefühl. Für mich war Ben mittlerweile mehr als nur mein Vermieter. Und dass ich nur irgendein Feriengast für ihn gewesen sein könnte, traf mich härter, als es sollte. Dabei hatte ich mir vor fünf Minuten doch noch gewünscht, es möge alles wieder wie vor dem Kuss sein.

»So, bevor ihr jetzt schon in Abschiedsstimmung verfallt, wird heute erstmal gefeiert. Wir gehen ins Pony, Merle schläft bei ihrer Freundin«, sagte Becky.

Ins Pony? Ich schaute kurz zu Ben, um herauszufinden, ob dieser Vorschlag von ihm stammte, oder ob seine Schwester durch Zufall diesen Klub ausgewählt hatte. Der stand schließlich noch bei den offenen Punkten auf Amelies Liste – obwohl die für mich keine große Bedeutung mehr hatte, weil es jetzt eine viel wichtigere gab: *meine* Meer-Momente. Bens Miene nach zu urteilen, war es nicht sein Vorschlag, er schaute nämlich nicht begeistert. »Mitten in der Woche? Es ist Dienstag!«

»Merle, gehst du einen Moment ins Wohnzimmer zu deinen Barbies?« Becky drückte ihrer Tochter einen Kuss auf die Nasenspitze, und als Merle außer Hörweite war, wandte Becky sich ihrem Bruder zu. »Deinem Gesichtsausdruck nach zu urteilen, überlegst du, mir für heute Abend einen Korb zu geben.« Als ihr Bruder ansetzte, etwas zu erwidern, hob sie die Hand, um ihn zum Schweigen zu bringen. »Ich habe eine verdammt beschissene Zeit hinter mir, aber in der Kur habe ich viel gelernt, über Trauer, aber auch über mich, und ich bin bereit, mal wieder unter Leute zu gehen. Ich habe verstanden, dass es okay ist, wenn ich Spaß habe. Dass ich auch weiterhin versuchen sollte, die schönen Seiten des Lebens zu sehen.«

Sie schwieg kurz, ehe sie fortfuhr: »Für Merle muss ich nach vorn schauen, ohne den Blick zurück zu verlieren.«

Eine Träne löste sich aus einem meiner Augenwinkel.

»Nicht weinen, Süße.« Sie tätschelte meine Schulter. »Heute wollen wir nicht weinen.«

Ich sah, wie auch Ben schwer schluckte.

»Also, ich möchte heute Abend tanzen gehen, im Pony gibt es eine Pre-Abschlussparty, bevor sie am Wochenende für immer schließen. Seid ihr dabei?«

Sie lächelte uns an, und wir nickten benommen.

»Wusste ich doch, dass euch auch nach Tanzen zumute ist.«

Merle kam in die Küche gelaufen. »Fährst du mich jetzt zu Annabelle?«

»Ja, Schätzchen, das mache ich.« Becky legte ihrer Tochter eine Hand auf die Schulter.

»Warum weint Sina denn?« Merle sah mich mit ihren großen Kulleraugen an, und ich wischte schnell eine weitere Träne weg, die entkommen war.

»Weil sie so glücklich ist, dass du ihren Hamster wiedergefunden hast, mein Schatz.«

Kapitel 26

NACHDEM BECKY UND Merle gefahren waren, standen wir uns eine Weile in der Küche gegenüber, ohne etwas zu sagen. Bis ich die Stille nicht mehr aushielt.

»Es tut mir leid.«

Seine blauen Augen fanden meine.

»Was genau?«

»Dass ich …« Wie sollte ich es ausdrücken?

Seine Augenbrauen wanderten ein Stückchen höher.

»Das mit Samstag eben.«

Wieder senkte sich eine erdrückende Stille über uns, in der der Sekundenzeiger der Wanduhr unnatürlich laut klang, bis Ben seine Mundwinkel leicht hob. Aber es war ein aufgesetztes Lächeln, das erkannte ich daran, dass sich beide gleichmäßig hoben und nicht, wie sonst, der linke mehr als der rechte.

»Du brauchst dich nicht zu entschuldigen. Es war meine Schuld. Ich habe es darauf angelegt. Wir hatten etwas getrunken und …« Er beendete den Satz nicht. »In ein paar Tagen fährst du wieder nach Hause.«

»Ich werde die Insel vermissen.« *Und dich auch*, dachte ich. »Die Wochen bei dir werde ich niemals vergessen.«

Er hatte mir Momente geschenkt, die ich für den Rest meines Lebens mitnehmen würde. Aber es wurde Zeit, in die Realität zurückzukehren. Ein wenig verstand ich Amelie nun – zu reisen war, wie seinen Alltag für ein paar Wochen abzustreifen, ein anderes Leben auszuprobieren. Hier auf Sylt hatte ich mich freier gefühlt, hatte unzählige Meer-Momente erlebt. Und womöglich war auch unser Kuss einer dieser Momente. Aber man konnte nicht für immer in einem Urlaubstraum leben. Und ich brauchte auch gar nicht traurig sein, denn zu Hause konnte wahrhaftig ein Traum von mir in Erfüllung gehen. Michael wartete dort auf mich, und alles sprach dafür, dass er ernsthaftes Interesse an mir hatte – wenn es mir gelang, ihm zu verzeihen. Aber er hatte ja recht, wir waren damals jung und vielleicht sogar ein bisschen dumm gewesen.

»Also tun wir meiner Schwester den Gefallen und gehen mit ihr ins Pony?«

Ich nickte. »Dann habe ich, bis auf den Bernstein und das Nacktbaden, Amelies ganze Liste erfüllt, vorausgesetzt, ich tanze dort mit einem Millionär.« Ungläubig schüttelte ich den Kopf. War mir diese Liste bei meiner Ankunft vorgekommen wie ein unlösbares Rätsel, war sie mir nun fast gleichgültig. Es waren meine eigenen Glücksmomente, die ich für immer von dieser Insel mitnehmen würde, die kleinen wie die großen.

»Du glaubst mir demnach, dass Hamster meine Lieblingstiere sind?«, riss Ben mich aus meinen Gedanken.

»Ich weiß nicht … nachdem Willi dein ganzes Wohnzimmer vollgeköttelt und deinen Lieblingspullover angefressen hat?«

»Dann eben alle Hamster außer Willi.«

Wir mussten beide lachen, und mir fiel ein Stein vom Herzen, dass Ben nicht mehr sauer war.

Bens Schwester kehrte zurück, als ich am Abend gerade mit Haarspray die Wellen in meinen Haaren fixierte. Dazu trug ich ein enges schwarzes Kleid. Ein Geschenk von Amelie, das ich noch niemals zuvor getragen hatte. Sie hatte bei der Planung des Sylt-Trips angemerkt, dass ich das unbedingt mitnehmen müsste. Für das Date mit Michael war es mir zu freizügig erschienen, aber für einen Klubbesuch war es genau richtig. Dennoch zog ich eine Jeansjacke darüber, um den tiefen Rückenausschnitt zu verbergen. Zweifelnd stand ich vor dem Spiegel. Konnte ich so gehen? Oder doch lieber Jeans und T-Shirt? Ich linste aus der Tür. »Becky?«

Sie streckte ihren Kopf aus der Küche.

»Kannst du mal schauen, ob mein Outfit in Ordnung ist?«

Sie selbst trug eine hautenge Jeans, Highheels, einen schwarzen Body und roten Lippenstift. Erleichtert atmete ich auf, weil sie sich ebenfalls herausgeputzt hatte.

Sie schob sich zu mir ins Zimmer, und ich vollführte eine kleine Drehung. Woraufhin sie einen Pfiff ausstieß.

»Die Männer werden an dir kleben wie Eintagsfliegen an einem Marmeladenbrötchen.«

»Das ist aber gar nicht Sinn der Sache«, wehrte ich ab.

»Doch, das ist gut, ich bin nämlich noch nicht bereit dafür, von irgendwelchen Männern angequatscht zu werden. Mein Aufzug und mein Make-up sind wie bei einem Clown – nur eine Fassade.« Sie drehte den goldenen Ehering an ihrer rechten Hand. »Du bist mein Schutzschild«, fügte sie lächelnd hinzu, aber die Traurigkeit stand deutlich in ihren Augen.

»Es tut mir leid, was ihr durchmachen musstet«, platzte es aus mir heraus. Aber sie hob mahnend einen Zeigefinger. »Keine Tränen mehr.«

Ich schluckte den Kloß in meinem Hals hinunter.

Während sie mein Zimmer verließ, sagte sie leise: »Es wäre der erste Tag seit seinem Tod, an dem ich nicht geweint habe. Und es sind nur noch dreieinhalb Stunden bis Mitternacht. Das will ich schaffen. Verstehst du?«

»Keine Tränen, versprochen.«

In dem Moment kam Ben die Treppe herunter, und mir stockte ungewollt der Atem. Er trug eine lange Jeans, die er lässig hochgekrempelt hatte, dazu schwarze Turnschuhe sowie ein schwarzes T-Shirt, das in genau dem richtigen Maße eng um seine Brust lag. Auch dessen Ärmel hatte er umgeschlagen. Mir fiel auf, dass es erst das zweite Mal war, dass ich ihn in langen Hosen sah, und das erste Mal mit etwas anderem als Flip-Flops an den Füßen. Aber was mich am meisten irritierte, waren seine Haare. Er hatte sie streng zurückgenommen und zu einem kleinen Knoten am Hinterkopf zusammengebunden. Ich stand absolut nicht auf Männerzöpfe, normalerweise, deswegen verwunderte es mich, wie attraktiv ich es plötzlich fand.

Seine Schwester tat geschockt. »Du besitzt eine lange Hose? Und ein Haargummi? Oder hast du das von Merles Barbies geklaut?«

Wir prusteten alle drei los.

Nach drei Sina-Spezial machten wir uns mit einem Taxi auf den Weg zum Klub. Glücklich sah ich während der Fahrt aus dem Fenster. Ich war Becky so dankbar – denn ich war mir nicht sicher, ob ohne sie die Stimmung zwischen mir und Ben wieder ins Lot gekommen wäre. Nun konnte ich die restlichen Tage genießen und am Samstag beruhigt nach Hause fahren.

Der Klub befand sich an der sogenannten »Whiskeymeile« in Kampen und daher ebenfalls in einem reetgedeckten Haus aus roten Backsteinen. Der jetzige Besitzer gab das Lokal ab und feierte das Ende einer Ära. Drinnen waren einige Decken und Wände in Blutrot gestrichen, die Deckenhöhe war stellenweise ziemlich niedrig, und die dunklen Farben verstärkten diesen Eindruck. Über einer Bar hingen kunstvolle Lichterketten in unzähligen Fäden wie Regen herunter. Auf der Tür der Frauentoilette war das lebensgroße Foto einer Frau abgebildet, und ich hätte schwören können, dass mir genau diese Frau im Klub entgegenlief. Außerdem glaubte ich, Robert und Carmen Geiss in einer Lounge gesehen zu haben. Als ich es Becky erzählte, zuckte sie nur mit den Schultern und rief: »Kenne ich nicht!«

»Seid ihr öfter hier?«, erkundigte ich mich bei Ben, der an der Theke auf meiner anderen Seite saß. Becky schien mir eigentlich nicht der Typ für so einen Schickimicki-Schuppen zu sein und ihr Bruder schon gar nicht. Er schüttelte den Kopf und beugte sich etwas dichter zu mir. »Ich glaube, Becky wollte hierher, weil die Gefahr, Bekannte zu treffen, hier am geringsten ist.«

Okay, das verstand ich. Wenn sie sich schon überwand, unter Leute zu gehen, wollte sie nicht mit mitleidigen Blicken überhäuft werden. Hier war sie einfach nur Becky, niemand wusste, was sie im letzten Jahr durchgemacht hatte.

Ich schaute zu ihr. Mit ihr zusammen zu sein war genauso

leicht wie mit Ben. Sie schafften es beide, mich einfach mitzuziehen. Und so dauerte es nicht lange, bis Becky und ich ausgelassen auf der überfüllten Tanzfläche tanzten. Die Luft im Klub war stickig, und ich hatte meine Jacke ausgezogen. Bens Augen hatten sich beim Anblick meines nackten Rückens geweitet, ehe er sich noch ein Bier bestellte.

Becky sollte recht behalten, immer wieder versuchten Männer, mich anzutanzen. Aber ich ignorierte alle Versuche. Ganz egal, ob auf Amelies Liste stand, mit einem Millionär im Pony zu tanzen oder nicht. Ich wollte einfach den Abend mit Becky und Ben genießen. Hin und wieder schielte ich zu Ben, der weiterhin an der Bar stand und brav auf unsere Taschen aufpasste. Er kannte sogar hier im Pony Leute, des Öfteren blieb jemand bei ihm stehen. Männer begrüßten ihn freudig und klopften ihm auf die Schulter. Frauen stellten sich dicht neben ihn, und er wechselte ein paar Worte mit ihnen, ohne ihnen jedoch groß Beachtung zu schenken. Stattdessen schaute er immer wieder zu mir und seiner Schwester.

Jemand schmiegte sich tanzend von hinten an mich, und ich löste meinen Blick von Ben, brachte etwas Abstand zwischen mich und den aufdringlichen Tänzer. Der war bestimmt Mitte vierzig und einen halben Kopf kleiner als ich, wie ich feststellte, als ich mich umdrehte. »Sorry, auf meiner Liste stehen nur Millionäre!«, rief ich ihm über die Musik hinweg zu – in der Annahme, eine vermeintliche Goldgräberin würde ihn abschrecken.

»Wer sagt dir, dass ich keiner bin?« Er lächelte schmierig.

»Bist du?« Ich tat erfreut und tanzte ein paar Takte direkt vor ihm.

Er nickte mit geschwollener Brust, wie ein stolzer Pfau.

»Cool, ich bin Sina Reichert, schön mit dir getanzt zu haben.« Mitten auf der Tanzfläche streckte ich ihm meine Hand hin. Nach einem Moment der Irritation ergriff er sie und schüttelte sie. Er sagte mir seinen Namen, den ich nicht verstand, was mir total schnuppe war. Ich fing Bens Blick auf, der gerade unsere Handtaschen dem Barmann reichte und nun ebenfalls auf die Tanzfläche kam. Plötzlich drang der Beat der Musik unter meine Haut, der Bass vibrierte deutlich stärker als noch vor ein paar Sekunden durch meinen Körper. Bens Augen hielten meine fest, und ich war nicht in der Lage wegzusehen. Eine Hand hatte er tief in der Tasche seiner Jeans vergraben, mit der anderen fuhr er sich wie gewohnt durch sein Haar, bis er merkte, dass seine Locken zurückgebunden waren. Seine Finger verfingen sich, und er zerrte genervt an dem Haargummi, bis er es aus seinem Haar befreit hatte. Ich grinste ihn an, und er lachte auf, während seine Locken wieder in ihre ursprüngliche Form sprangen. Der vermeintliche Millionär tippte mich von hinten an, und ich sah zu ihm hinunter.

»Danke, der Punkt auf meiner Liste ist abgehakt, jetzt könntest du mich nur noch mit einem Bernstein beeindrucken.« Das Nacktbaden erwähnte ich lieber nicht. Er schaute, als hätte ich nicht alle Tassen im Schrank, und nahm tanzend Abstand zu mir, um sich bei der Nächsten von hinten anzuschmiegen. Warum immer von hinten? Uhh! Kopfschüttelnd drehte ich mich wieder um – und schaute geradewegs auf Bens Brust. Ich sah hinauf in sein Gesicht und lächelte, ich fühlte mich plötzlich so … kribbelig. Irgendwie euphorisch. Er lächelte zurück, und mein Herz tanzte zum Beat der Musik. Dasselbe Lied wie bei der Grillparty wurde jetzt gespielt, und Ben nahm meine Hand, drehte mich einmal links und einmal rechts. Wir bewegten uns gemeinsam zur Musik. Es war so leicht, mit ihm zu tanzen, mein Körper passte sich dieses Mal mühelos seinen Bewegungen an. Und ich wusste, dies war ein weiterer Glücksmoment für meine Liste. Becky beugte sich zu Ben und sagte etwas zu ihm, er neigte seinen Kopf zu ihr und nickte, ohne mich dabei loszulassen. Das Lied war mittlerweile zu Ende, und ein langsameres folgte. Ben hatte meine Hand umfasst und sie an seine Brust gelegt. Als Becky von der Tanzfläche ging, drehte sie sich noch einmal um und zwinkerte mir lächelnd zu, während Ben mit seinen Fingern über meinen nackten Rücken strich und ein wohliger Schauer sich mein Rückgrat hinaufzog. Durch die verschwörerische Geste von Becky begriff ich, dass Ben und ich mal wieder die Freundschaftsgrenze überschritten hatten. Warum passierte uns das immer wieder? Meine Sinne waren vollständig auf ihn gerichtet, registrierten jedes Detail seiner Berührung, meine Haut war überempfindlich. Mein Körper wurde von seinem angezogen wie die Erde von der Sonne. Es wäre so einfach gewesen, meine Umlaufbahn zu verlassen und dem nachzugeben.

Während ich noch einen inneren Kampf ausfocht, zog Ben mich dichter an sich, sodass sich mein Kopf ganz automatisch an seine Brust schmiegte. Seine Finger strichen weiter sanft und verführerisch zugleich über meinen Rücken, hinauf zu meinem Hals, fanden eine Strähne meines Haares, spielten damit. Bens Mund näherte sich meinem Ohr. »Ich will nicht, dass du gehst.« Seine tiefe Stimme ließ die Worte in mir vibrieren. Ich löste mich etwas von ihm, um ihn ansehen zu können. Seine Augen wanderten zu meinen Lippen, bestimmt würde er mich gleich küssen.

Mein Inneres war zerrissen, wollte es gleichermaßen, wie es das andererseits auf keinen Fall zulassen konnte. Wenn wir uns jetzt erneut küssten, konnte ich weder Ben noch Michael je wieder in die Augen schauen.

»Ich muss aber gehen«, presste ich hervor. Und mir wurde unvermittelt klar, dass ich nicht bis Samstag warten konnte – jetzt war der Moment gekommen, um die Insel und Ben zu verlassen. Ich verstand, dass sich die Uhr nicht zurückdrehen ließ. Da war eine Übereinstimmung zwischen uns, die sich nicht mehr in bloße Freundschaft umkehren ließ. Wir hatten eine Grenze überschritten, und es war nicht möglich, wieder zu dem Davor zurückzukehren. Ich trat einen Schritt von ihm weg. Zögernd gab Ben meine Hand frei, und das Knistern in der Luft, das mir das Atmen schwer machte, ließ mich weiter zurückweichen. Nach schier endlosen Sekunden, die wir uns gegenüberstanden und ich still Abschied nahm, senkte ich meinen Blick und drängte eilig zum Tresen, wo Becky sich mit ein paar Leuten unterhielt.

»Alles in Ordnung?«, fragte sie mich.

Ich zwang mir ein Lächeln auf. Im Vergleich zu ihren Problemen waren meine nahezu lächerlich. »Ja, klar. Ich bin nur müde.«

Sie sah mich an, und ich war mir ziemlich sicher, dass sie mir das nicht abkaufte, aber sie ließ es auf sich beruhen.

»Vielen Dank für den schönen Abend und für den Ausritt am Strand.« Ich schloss sie in meine Arme und drückte sie, so fest ich konnte, an mich, wünschte ihr im Stillen, sie würde den Verlust ihres Mannes besser verarbeiten, als meine Mutter es getan hatte. Aber sie und Merle waren stärker als ich und meine Mutter. Und sie hatten Ben an ihrer Seite.

Ich ließ sie los, nahm meine Handtasche und schob mich durch die Leute Richtung Ausgang.

»Wir sehen uns aber noch, bevor du fährst, oder?«, rief sie mir hinterher. Ich lächelte ihr nur flüchtig zu.

Ben stand ein paar Meter entfernt und hatte seine Schwester und mich beobachtet. Ich hob eine Hand zum Gruß und spürte, dass es ein Abschied für immer war. Ben drehte sich um und verschwand in der Menge. Als ich es endlich nach draußen geschafft hatte, ließ ich mich auf die Rückbank eines der Taxis sinken.

Eine Träne nach der anderen rann aus meinen Augenwinkeln. Keine Tränen, hatte Becky gesagt. Aber Mitternacht war längst vorbei. Es war ein neuer Tag. Zeit nach Hause zurückzukehren.

Kapitel 27

MEIN ENTSCHLUSS, SYLT am nächsten Morgen zu verlassen, stand fest. Noch in der Nacht hatte ich meinen Koffer gepackt. In der Früh zog ich das Bett ab, stopfte die Wäsche in die Waschmaschine, um Ben diese Arbeit abzunehmen. Ich richtete die Kissen auf dem Sofa, zog das Rollo hoch, öffnete das Fenster, um frische Luft hereinzulassen. Das hergerichtete Zimmer war meine Art, Ben noch mal für die schöne Zeit zu danken. Alles sah genauso aus wie am Tag meiner Ankunft, nur ich fühlte mich gänzlich anders.

Während ich in der Küche eine letzte Portion Müsli löffelte, hoffte ich, Ben käme herein und würde mir mit einem schiefen Grinsen versichern, dass zwischen uns alles in Ordnung sei. Aber tief in mir wusste ich, dass er nicht kommen würde, dieser Moment gestern im Klub, das war unser Abschied gewesen. Und in Ordnung war zwischen uns ebenfalls nichts.

Meine Augen waren verquollen, durch die Tränen und den kleinen Kater, der mir von gestern nachhing. Bevor ich mit Willi und meinem Koffer vor die Haustür trat, setzte ich meine Sonnenbrille auf. Ich warf einen letzten Blick zurück, prägte mir den Anblick des kleinen Häuschens ein.

Das Taxi wartete bereits und fuhr mich zunächst zum Strandstübchen. Ich konnte nicht abreisen, ohne mich von Paul und Andy zu verabschieden.

»Sina!«, begrüßte er mich erfreut, auch Andy winkte aus der Küche heraus. Eine Kellnerin, die ich nicht kannte, nahm an den Tischen die Bestellungen auf.

»Wie macht sie sich?«, fragte ich mit Blick auf die neue Bedienung.

»Ganz gut, aber nicht so gut wie du.« Er zwinkerte mir zu, ehe seine Miene wieder ernst wurde. »Alles in Ordnung?«

Ich nickte tapfer und war froh über die Sonnenbrille auf meiner Nase.

Paul schaute zum wartenden Taxi am Straßenrand. »Kommst du, um dich zu verabschieden?«

»Richtig, ich werde ein paar Tage früher nach Hause fahren«, sagte ich betont fröhlich und merkte selbst, dass es aufgesetzt klang.

»Wir werden dich vermissen!« Liebevoll zog er mich an sich, dann hielt er mich an den Schultern fest, um mich besser betrachten zu können. »Du zögerst nicht, mich zu fragen, solltest du mal Hilfe brauchen, verstanden? Und wenn du mich oder das Meer vermisst, weißt du ja, wo du uns findest.«

Ich schlang nochmals meine Arme um ihn und winkte Andy, ehe ich zurück zum Taxi eilte.

Als ich am Bahnhof ankam, kaufte ich mir im Kiosk eine Flasche Wasser, und beim Öffnen der Geldbörse entdeckte ich den Lottoschein. Den hatte ich ganz vergessen. Ich zog ihn heraus und reichte ihn über den Tresen, wo der Kassierer ihn einscannte.

»Oh, wow, Sie haben dreiundneunzig Euro gewonnen!«

»Echt?« Ungläubig schaute ich zu der digitalen Anzeige. Offenbar war meine Pechsträhne nun endgültig zu Ende. Aber weder dieser Gedanke noch die dreiundneunzig Euro, die der Mann mir überreichte, vermochten mich an diesem Morgen fröhlich zu stimmen.

Ich suchte mir im Zug einen Platz, und ehe ich michs versah, rollten wir auf dem Hindenburgdamm über das Wattenmeer in Richtung Festland. Mit einem benommenen Gefühl schaute ich auf die Nordsee, die sich am Horizont mit dem Himmel zu verbinden schien. Still sagte ich Lebwohl zu dieser mir so liebgewonnenen Landschaft.

Zu Hause leerte ich zuallererst den völlig überfüllten Briefkasten. Als ich kurz darauf die Wohnungstür aufschloss, fühlte ich mich plötzlich fremd. Die Räume lagen leer und verlassen vor mir. Ich riss alle Fenster auf, stellte das Radio an und siedelte Willi in seinen großen Käfig um.

»Da wären wir wieder«, sagte ich zu ihm, während er sein Mäulchen weit aufriss und herzhaft gähnte. Für ihn war die Zeit wohl mindestens genauso aufregend gewesen wie für mich.

Am Küchentisch sitzend, sortierte ich die Post in zwei Stapel – einen für Amelie und einen für mich. Nachdem ich auch die Werbung beiseitegelegt hatte, war mein Stapel überschaubar. Und – es war ein Brief vom Getränkegroßhandel Hoyer dabei. Mit erhöhtem Puls öffnete ich ihn, obwohl ich ahnte, was darin stand. Ich faltete das Blatt auseinander, und meine Augen registrierten sofort die Wörter »Fristlose Kündigung«. Erstaunlicherweise löste das nichts weiter in mir aus, keine Reue, keine Panik. Ich hätte mich jederzeit wieder so entschieden, wäre ich erneut in der Situation, die hierzu geführt hatte.

Am nächsten Morgen hielt ich die Stille in der Wohnung nicht mehr aus und fuhr zu meiner Mutter, die mich überschwänglich begrüßte.

»Ich dachte, du kommst erst am Samstag!«, rief sie und zog mich in ihre Arme. Sie verfrachtete mich umgehend aufs Sofa und verlangte, dass ich ihr alles haarklein erzählte.

Erst nach einer Stunde, in der ich das meiste aus der Zeit auf Sylt berichtet hatte, hielt ich inne und sah mich um. »Wo ist eigentlich Toni?«

»Toni ist zurück nach Spanien.«

»Was? Wann denn? Warum hast du nichts gesagt? Ich wäre sofort zurückgekommen.«

»Das weiß ich, und deswegen habe ich es für mich behalten, mein Apfelsinchen. Du warst lange genug für mich da.«

»Aber …«, wandte ich ein. Meine Mutter wirkte erstaunlich gefasst.

»Es ist alles gut, Toni hat mich ein Stück meines Weges begleitet, aber ich denke, ich wusste von Anfang an, dass es kein besonders langes Stück sein wird. Es ist in Ordnung für mich. Ich bin glücklich mit mir selbst, mit meiner Kunst und mit meinen Erinnerungen. Vielleicht werde ich irgendwann wieder bereit sein für eine ernsthaftere Beziehung, wer weiß schon, was das Leben für Überraschungen für uns bereithält.«

Mein verstörter Gesichtsausdruck brachte sie zum Lachen. Wer war diese Frau, und was hatte sie mit meiner gebrochenen Mutter gemacht? Sie hatte sich wohl in den letzten Jahren Stück für Stück wieder zusammengesetzt. Und ich hatte es nicht einmal bemerkt.

»Du hättest mich auf Sylt besuchen können.«

Sie winkte ab. »Du sahst auf den Fotos so glücklich aus, was solltest du da mit deiner alten Mutter anfangen? Dieser Ben, dem das Haus gehörte – es wirkt, als hättet ihr zusammen eine gute Zeit gehabt.«

»Ja, das hatten wir.« Erst jetzt fiel mir auf, dass ich Michael bisher mit keinem Wort erwähnt hatte.

»Ich habe Michael Eberdinger wiedergetroffen und bin mit ihm ausgegangen«, schob ich nun nach.

»Der Michel aus der Schule? Mit diesen versnobten Anwaltseltern? Der dir das Herz gebrochen hat?« Sie rümpfte die Nase.

»Genau der, er wohnt immer noch ganz in meiner Nähe, ist das nicht praktisch?« Dieses Mal verzichtete ich darauf, sie in Bezug auf seinen Namen zu korrigieren.

»Ich weiß noch, dass er ganz schön auf deinen Gefühlen herumgetrampelt ist.«

»Ja, aber das ist ewig her. Und jetzt ist er wieder da und bemüht sich um mich.«

»Hauptsache, du bist glücklich.« Sie drückte meine Hand. Erst jetzt merkte ich, wie sehr ich meine Mutter vermisst hatte.

Entschlossen, Michael und mir eine Chance zu geben, textete ich ihm am Nachmittag, dass ich bereits zurück sei, und er lud mich noch für denselben Abend zu sich zum Essen ein.

Zunächst zeigte er mir seine Wohnung. Er bemühte sich

sichtlich, mir eine schöne Zeit zu bereiten. Doch von Anfang an fiel mir auf, dass überall das Rauschen des Meeres fehlte, die kreischenden Möwen, die salzige Luft, die man auf der Zunge schmeckte. Aber als wir dann auf seiner Dachterrasse Sushi aßen, mit Blick auf die Lichter Hannovers, war ich zufrieden. Obwohl meine Gefühle immer noch einem Wirrwarr glichen. Er bot mir erneut an, ein Vorstellungsgespräch bei der Degener Holding zu organisieren. Ich wusste das Angebot zu schätzen, lehnte es aber ab, ich mochte nicht wieder in einen Job hineinrutschen, den ich im Grunde gar nicht wollte.

Am Ende des Abends küsste er mich zum Abschied, und ich stellte erleichtert fest, dass dabei ein warmes Gefühl in mir aufkam. Sagte ich doch: Wir brauchten einfach etwas Zeit.

Kapitel 28

DIE ERSTE WOCHE nach meiner Rückkehr verbrachte ich damit, die Stellenanzeigen durchzusehen, und bewarb mich auf einige Positionen. Die meisten Stellen waren in Verwaltungen, doch ich schrieb ebenfalls eine Bewerbung an eine kleine Buchhandlung und ein Café.

Heute würde endlich Amelie zurückkommen, und ich konnte es kaum erwarten, meine Freundin in die Arme zu schließen. Vergessen war der Groll gegen sie wegen ihres Kommentars zu Michael. Michael – mir fiel ein, dass ich ihm noch schreiben wollte. Er war seit Montag für ein paar Tage zu einer Fortbildung und hatte vorhin getextet, wie sehr er sich freute, mich morgen wiederzusehen. Wir hatten uns ein weiteres Mal getroffen, und es war ein netter Abend gewesen. Aber ich ließ es langsam angehen, bis auf einen Abschiedskuss war bisher nichts passiert. Mein Herz wollte sich einfach nicht so recht öffnen, und auch die Schmetterlinge hatten plötzlich wieder Probleme zu fliegen. Obwohl es doch exakt das war, was ich mir gewünscht hatte. Ich verstand mich selbst nicht mehr.

Beim Geräusch des Schlüssels im Türschloss schreckte

ich aus meinen Gedanken hoch. Ich sprang auf und rannte zur Tür.

»Amelie!«

»Sinchen!«

Wir fielen uns in die Arme und stolperten über ein paar Schuhe, die im Flur standen. Sie landete auf mir, und ich drückte sie noch fester an mich. Lachend rappelten wir uns wieder auf.

»Ich habe dich vermisst! Und schau dich an, gut siehst du aus! Bist du mir noch böse? Ich habe das wirklich nicht so gemeint …«, plapperte sie los.

»Komm doch erstmal rein, ich habe zur Feier deiner Rückkehr meine Apfelsinentorte gebacken.«

Sie legte mir den Arm um die Schultern, und wir gingen in die Küche, wo wir es uns an dem kleinen Küchentisch gemütlich machten. Das hatte mir gefehlt!

Amelie schaute mich prüfend an. »Du siehst anders aus. Erzähl mir alles von Sylt.«

»Sylt ist großartig. Du solltest bei Gelegenheit mal hinfahren«, neckte ich sie.

»Es tut mir ehrlich leid, dass ich dich habe hängen lassen, aber ich wusste, du rockst es auch ohne mich. Hast du irgendwas von unserer Liste gemacht oder nur faul am Strand gelegen?«

Die Erinnerungen an die Erlebnisse zauberten mir ein Lächeln aufs Gesicht, und ich konnte fast die salzige Luft schmecken und das wackelige Brett unter meinen Füßen spüren.

»Bis auf zwei Punkte habe ich alles erledigt und dazu noch eine eigene Liste angelegt.« Ich genoss es, wie Amelie der Unterkiefer vor Erstaunen runterklappte.

»Du verarschst mich!«

»Nein, das ist mein voller Ernst«, versicherte ich ihr. »Warte, ich hole das Buch.«

In meinem Zimmer sah ich mich suchend um. Wo war es nur? Schließlich fand ich es in meiner Handtasche, aus der ich es nach meiner Rückkehr noch nicht ausgepackt hatte. Ein seltsames Gefühl durchströmte mich, als ich es in den Händen hielt. Der Einband sah etwas mitgenommen aus, und als ich es aufschlug, rieselte Sand heraus. In diesen Sekunden wurde mir klar, warum ich es bisher in meiner Tasche gelassen hatte. Die Seiten waren voll mit Erinnerungen, voll mit Glücksmomenten – voll mit Ben. Die Intensität, mit der ich ihn in diesem Augenblick vermisste, ließ mich zum ersten Mal denken, dass ich womöglich einen Fehler gemacht hatte. Die Erkenntnis kam ebenso unerwartet wie heftig. Die Gefühle fluteten mich regelrecht, als hätte sich ein Staudamm geöffnet ... als hätte sich endlich der Gefühlsknoten in mir gelöst. Eine Träne tropfte hinab und gesellte sich zu den Sandkörnern auf dem Boden.

Nein, nein, nein, sagte ich mir stumm. Alles war gut so, wie es war. Männer wie Ben taugten nichts für die Wirklichkeit, nur für Träume, für Sommerflirts, es lag keine Zukunft vor uns. Oder? Wir waren so verschieden! Ich kämpfte gegen die lauter werdenden Zweifel an. Michael dagegen, er war der wahre Mann meiner Träume, seit Ewigkeiten!

Entschlossen wischte ich mir über die Augen und ging mit dem Buch zurück zu Amelie.

»Darf ich?« Sie schaute fragend auf das Büchlein, das ich ihr daraufhin stumm und benommen reichte. »Alles in Ordnung?«, wollte sie wissen und musterte mich.

Ich nickte und pflasterte mir ein Lächeln aufs Gesicht. »Klar, ich musste nur gerade an etwas denken.« Nach ein paar weiteren, schier endlosen Sekunden, die sie mich prüfend ansah, schlug sie das Buch auf. Zunächst stellte sie Fragen zu unserer gemeinsamen Liste, von der ich alles weggestrichen hatte, bis auf den Bernsteinfund und das Nacktbaden.

»Die ersten Tage waren frustrierend, aber dann hat Ben mir unter die Arme gegriffen, und ab da lief es irgendwie von selbst. Obwohl wir manchmal etwas geschummelt haben.«

»Hauptsache, du hattest Spaß.«

»Den hatte ich.« Ich erzählte ihr von der Begegnung mit dem Besitzer des Sansibar.

Dann blätterte Amelie um und studierte

Meine Meer-Momente

- *am südlichsten Strand von Sylt eine Bratwurst gegessen*
- *vierzig Kilometer Fahrrad gefahren, dabei den schmalsten Punkt der Insel passiert*
- *freihändig mit den Armen im Wind gefahren*
- *den besten Krabbencocktail der Insel gegessen*
- *mit Hamster in den Urlaub gefahren*
- *Strandspaziergang bei Sonnenuntergang, beobachtet, wie die Sonne im Meer versunken ist*
- *einen Cocktail mit dem Typen aus meinen Träumen getrunken*
- *ein Picknick am nördlichsten Zipfel Deutschlands*
- *einen Aprikosenkern bis nach Dänemark gespuckt*
- *vom nördlichsten Punkt Deutschlands übers Meer bis nach Dänemark geschaut*
- *auf einem Pferd über den Strand geflogen*

- *mit einem Prominenten (Bens Onkel / ehemaliger Bürgermeister von Kampen) einen Cocktail getrunken*
- *im Meer gebadet, dabei die Füße auf den Grund gestellt (dank Ben)*
- *ein Wettrennen mit dem Fahrrad veranstaltet und gegen Ben verloren*
- *zwei Robben mit Heringen gefüttert*
- *den Besitzer des Sansibar kennengelernt*
- *Surfstunden von Ben bekommen*
- *mit Ben im Garten unter Lampions getanzt*
- *mit Ben auf dem Rasen gelegen und in die Sterne geschaut*
- *Ben geküsst*

Die Punkte vom letzten Abend hatte ich noch nicht dazugeschrieben. Amelie stellte lachend einige Fragen zu den ersten Punkten und wie es dazu gekommen war, dass Willi mich begleitet hatte. Stöhnend erzählte ich von Frau Tammsen. Dann las Amelie weiter und hielt schließlich wieder inne. »Einen Cocktail mit dem Typen aus deinen Träumen getrunken und Ben geküsst?« Sie sah mich mit hochgezogener Augenbraue an.

Ich lächelte traurig. »Kurz bevor ich nach Sylt gefahren bin, habe ich mehrmals von so einem Surfertypen geträumt, mit blauen Augen und blonden Haaren, das wurde bestimmt beeinflusst von deinem Gequatsche über das Surfen und, na ja, dann klingele ich an der Tür des Reetdachhauses, und wer öffnet? Ben, der dieselben blauen Augen hat wie der Mann aus meinen Träumen.«

»Verrückt.«

»Ich habe auch ziemlich blöd geschaut.«

»Sina?«

»Hm?«

»Ist dir aufgefallen, dass fast alle deine persönlichen Glücksmomente mit diesem Ben zu tun haben? Und dass du Michael nicht einmal erwähnst?«

Mein Lächeln verebbte. Einen Moment lang schwieg ich, der Moment dehnte sich – und dann schluchzte ich auf.

»Hey, was ist denn los?«

Alle angestauten Emotionen, die ich so mühsam verdrängt hatte, sprudelten nun gleichzeitig an die Oberfläche und machten mir das Reden schwer.

»Amelie, ich befürchte, ich habe mich da in was verrannt. Verrannt in die Vorstellung von Michael und mir. Aber wenn ich an Ben denke, dann ...« Wie sollte ich Worte für etwas finden, das ich selbst nicht verstand?

»Dann gerät dein Herz aus dem Takt, und du wirst unaufhörlich von ihm angezogen wie ein Magnet vom anderen?«

Dass sie ganz ähnliche Worte benutzte, die mir selbst im Klub durch den Kopf gegangen waren, ließ noch mehr Tränen fließen. Ich putzte meine Nase mit dem Taschentuch, das sie mir reichte.

»Ich weiß gar nicht, warum ich jetzt so heule. Wir haben uns nur ein Mal geküsst, und ich fühle mich wohl mit Michael, er ist wirklich sehr um mich bemüht, und mit ihm zusammen zu sein wünsche ich mir schon so lange.«

Amelie bedachte mich mit einem gequälten Blick.

»Okay, also zu den Küssen mit dem heißen Surferboy kommen wir gleich. Aber meinst du, ›wohlfühlen‹ und ›bemühen‹ sind die richtigen Zutaten für eine lebenslange Liebe?«

»Aber … aber seit ich siebzehn Jahre alt bin, bin ich in ihn verliebt, alle habe ich immer mit ihm verglichen«, sagte ich schluchzend.

»Das weiß ich, doch du bist inzwischen nicht mehr siebzehn, sondern sechsundzwanzig, und in deinem Kopf hast du Michael nun lange genug idealisiert. Das entsprach aber nicht der Realität, er war ein Phantom, das über jeder deiner Beziehungen geschwebt hat. Und jetzt hast du gemerkt, dass er gar nicht so toll ist wie in deiner Vorstellung.«

Sie machte eine Pause, in der sie meine Hand drückte, ehe sie fortfuhr: »Ich glaube, du wurdest damals so von Michael enttäuscht, weil es in einer Phase deines Lebens passierte, in der du sehr zerbrechlich warst. Daher konntest du dich nie auf etwas Neues einlassen, weil du immer noch nicht richtig damit abgeschlossen hattest. Bis jetzt.«

»Bis jetzt.« Wiederholte ich ihre letzten Worte und ließ sie auf mich wirken. Verzweifelt schnaubte ich auf. »Also du meinst, all die Jahre konnte ich Michael nicht vergessen, aber jetzt, wo er mich will, ist die Sache für mich erledigt? Zack, einfach so?« Dabei hatte ich mir eingeredet, meine verhaltenen Gefühle rührten daher, dass ich ihm die Sache von damals noch nachtrug.

Amelie zuckte lächelnd mit den Schultern und beugte sich über den Küchentisch zu mir vor. »Du hast also diesen Ben geküsst? Und es war heiß?«

»Ja«, gab ich augenrollend zu. »Mit ihm war alles leicht, irgendwie war ich mit ihm zusammen eine bessere Version von mir selbst. Fröhlicher, ohne den ganzen Ballast, mit weniger Zweifeln. Und bei seinen Küssen war mir nicht warm, sondern … ich habe lichterloh gebrannt.« Ich errötete bei dem Geständnis.

»Wo liegt dann das Problem?«

»Genau in dieser Leichtigkeit, ich brauche jemand Bodenständigen. Außerdem war ich sicherlich nur ein Flirt für ihn.«

»Sina, ist dir mal aufgefallen, dass alle Menschen um dich herum eher nicht zu den bodenständigen Typen zählen? Schon mal daran gedacht, dass du genau diese Gegenpole brauchst für dein Gleichgewicht, für dein Glück?«

»Seit wann bist du so tiefschürfend?« Ich lachte verzweifelt auf, aber wenn ich ehrlich zu mir war, trafen ihre Argumente genau ins Schwarze.

»Und zu der Sache mit dem Sommerflirt – finde es heraus.«

»Wie denn? Der Zug ist abgefahren, ich habe es vermasselt«, sagte ich mit wachsender Verzweiflung. Und das war wortwörtlich gemeint – ich hatte mich in den Zug gesetzt und hatte Ben verlassen.

»Wenn er dir wichtig ist, findest du schon einen Weg. Nur wer mit hohem Einsatz spielt, kann auch viel gewinnen.«

Stöhnend tat ich so, als schlüge ich meine Stirn auf die Tischplatte.

»Das wird schon, Sinchen.« Amelie tätschelte meinen Hinterkopf. »Ich habe aber auch ein paar Neuigkeiten.«

»Gute? Bitte nur gute!«

»Ich bin schwanger, und Tommek hat mir einen Heiratsantrag gemacht!«

»Was?« Binnen eines Lidschlages saß ich kerzengerade und forschte in Amelies Gesicht, ob das ihr Ernst war. Das konnte doch nicht sein!

»Es ist noch ganz frisch, ich bin erst in der neunten

Woche. Zunächst dachte ich, ich hätte mir den Magen verdorben, aber dann ließ meine Periode auf sich warten. Als der Test dann unsere Vermutung bestätigt hat, ist Tommek sofort auf die Knie gefallen und hat gefragt, ob ich seine Frau werden will.«

»Oh, Amelie! Und das sagst du erst jetzt?« Ich sprang von meinem Stuhl auf und drückte sie fest an mich. »Ich freue mich für euch!«

»Ich freue mich mittlerweile auch. Zuerst war das ein ganz schöner Schock. Und du glaubst gar nicht, wie froh ich bin, dass ich nichts mit diesem anderen Typen hatte! Und das erklärt auch meine Dünnhäutigkeit.« Ihre Wangen röteten sich beschämt. »Aber irgendwie sind seitdem alle unsere Streitigkeiten unwichtig. Wir werden bald für einen kleinen Menschen verantwortlich sein, dagegen verblassen all die anderen Sachen.«

»Das ist toll, ich mein – wow!«

Wie rasend schnell sich alles veränderte. Jahrelang war alles seinen gewohnten Gang gegangen, und nun war auf einmal alles anders. Ich schätzte, das war das Leben. Bens Worte kamen mir in den Sinn: »Ich glaube, manchmal hast du einfach Angst vor dem Leben.«

Er hatte recht, all die Jahre war ich mit angezogener Handbremse unterwegs gewesen, weil der Tod meines Vaters mich gelehrt hatte, dass Veränderungen schmerzhaft sind. Vielleicht hatte ich auch aus diesem Grund weiter an Michael gehangen, aus Angst, mich erneut zu verlieben und wieder verletzt zu werden. Dass es auch gute Veränderungen gab, hatte ich verdrängt und an Sachen festgehalten, die mir das Gefühl gaben, die Kontrolle zu haben. Die hatten mich zwar nicht unbedingt glücklich gemacht, aber eben auch nicht unglücklicher. Nur – so funktionierte das Leben nicht. Es gab keine Blumen ohne Regen.

»Da gibt es noch etwas«, begann meine Freundin. »Tommek und ich werden in den nächsten Monaten zusammenziehen. Das verstehst du doch, oder?«

»Natürlich! Selbstverständlich müsst ihr zusammenziehen – ihr bekommt ein Baby!«

»Aber ich gehe erst, wenn du einen neuen Mitbewohner gefunden hast.«

Wir stießen mit Apfelschorle an und quatschten bis tief in die Nacht. Und wir legten eine neue Liste an. Dieses Mal mit Babynamen.

»Ich habe dich vermisst!« Michael zog mich in seine Arme, als er mir am Freitagnachmittag die Tür öffnete. Ich ließ mich von ihm umarmen, aber als er mich küssen wollte, schob ich ihn sanft, aber entschieden von mir.

»Können wir reden?«

»Komm doch erstmal rein.« Er ließ mich in die Wohnung, und ich setzte mich auf die Couch. In seiner hochmodernen Küche, die nur durch einen Tresen vom Wohnzimmer getrennt war, schenkte er uns zwei Gläser Wasser ein. »Alles in Ordnung?«

»Wie man es nimmt.« Ich schaute ihn an, diese ältere, reifere Version meines einstmals großen Schwarmes, und nahm eines der Gläser.

»Wo fange ich nur an ...« Nervös kramte ich in meinem Kopf nach den zurechtgelegten Worten, aber irgendwie waren alle verschwunden. Ich seufzte und trank zunächst einen Schluck Wasser, um mich zu sammeln.

»Weißt du, dich auf Sylt am Bahnhof wiederzutreffen, so

unverhofft, das hat mich reichlich durcheinandergebracht. In den Ferien damals, nachdem du an unsere Schule gewechselt warst, hatte ich mich Hals über Kopf in dich verliebt, und offen gesagt, hat es mir das Herz gebrochen, als du nach den Ferien wieder mit Annamaria zusammengekommen bist.«

»Aber das ist lange her, ich habe mich doch schon entschuldigt ...«

»Ja, es ist ewig her, aber irgendwie konnte ich dich nie loslassen, du warst immer meine Idealvorstellung von einem Mann, und als wir uns auf Sylt begegneten, hoffte ich, wir könnten an damals anknüpfen.« Meine Wangen röteten sich, weil es mir unangenehm war, all das auszusprechen. »Aber in diesem Sommer habe ich gemerkt, dass meine Träume sich geändert haben.«

Michael lockerte seine Krawatte und sah ernsthaft getroffen aus. »Ich schätze, das habe ich verdient. Es tut mir leid, das von damals ...«

»Ist schon in Ordnung, du hattest recht, wir waren jung«, wiederholte ich die Worte, die er auf Sylt zu mir gesagt hatte. »Jetzt ist es in Ordnung.« Forschend sah ich ihn an. Sicherlich hatte er sich den heutigen Abend anders vorgestellt. Er wirkte geknickt, aber ich war mir sicher, er würde meine Zurückweisung überwinden, schneller als ich seine in der elften Klasse.

»Ich vermute, es gibt keine Chance, dass du deine Meinung nochmal änderst?«

»Nein.« Kurz überlegte ich, ihm zu erzählen, dass mir erst hier zu Hause klar geworden war, wie sehr Ben für die Veränderung verantwortlich war, die Michael auf Sylt an mir bemerkt und als Leuchten bezeichnet hatte. Dass ich

Picknicke mit Butterkeksen und Cola wollte anstatt Pasta mit Trüffelsauce. Es gab aber vieles, das Michael nicht wusste, und ich entschied, es bestand kein Grund, es ihm zu erzählen.

Unschlüssig, was ich noch sagen sollte, erhob ich mich von seiner Couch. »Mir tut es im Übrigen auch leid. Ich hätte besser nur anrufen sollen.«

»Nein, ich finde es nett, dass du persönlich gekommen bist. Da hätte sich mein jüngeres Ich wohl eine Scheibe abschneiden können.«

Ein kleines Lächeln schaffte es auf seine Lippen, und er begleitete mich zur Tür. »Mach's gut, Sina. Stünde ich heute noch mal vor der Entscheidung du oder Annamaria, würde ich mich anders entscheiden.«

Ein letztes Mal sah ich in sein glattrasiertes Gesicht, aber als ich in mich hineinhorchte, war da kein Herzschmerz. Nicht einmal eine kleine Ecke meines Herzens brach, es schlug seelenruhig hinter den Rippen. Stattdessen fühlte ich mich gut, erleichtert und frei für alles, was vor mir lag. Kein Wirrwarr an Gefühlen bescherte mir mehr einen Knoten im Magen.

In der Abendsonne spazierte ich von der Bushaltestelle zurück zu unserer Wohnung und wählte spontan die Nummer von Paul.

»Sina! Es wird aber auch Zeit, dass du dich meldest. Wir vermissen dich hier oben.«

Ich lächelte. »Ich vermisse dich und das Meer auch. Wie geht es dir, wie macht sich die neue Aushilfe?«

»Die Aushilfe macht sich ganz gut, nur …« Er zögerte. »Mir ist ein Missgeschick passiert, und ich falle leider für ein paar Wochen aus.«

»Was ist denn geschehen, geht es dir gut?«

»Ja, ja, mache dir keine Sorgen. Ich bin etwas unausgeschlafen die Treppe hinunter und aus dem Tritt gekommen … Meine alten Knochen brechen halt schneller als vor vierzig Jahren.«

»O nein!«, rief ich erschrocken. »Du hast dir was gebrochen?«

»Den Arm, Gott sei Dank den linken, aber eine große Hilfe bin ich im Lokal trotzdem nicht. Nun, wir kriegen das schon hin. Kein Grund, sich Sorgen zu machen.«

»Was hast du denn jetzt vor?«

»Mehr Aushilfen einstellen.«

Ob ich an das Schicksal glaubte? Nein, eher nicht. Aber eines hatte mich dieser Sommer gelehrt: Das Glück lauerte oftmals da, wo man es am wenigsten erwartete. Und wenn es einem begegnete, musste man zugreifen.

»Hättest du auch Interesse an einer Vollzeitkraft?«, fragte ich.

Kapitel 29

DER HIMMEL HING heute voller Wolken, und die Wellen schoben sich kraftvoll auf den Strand. Ich stand auf der Düne und sah zum Wasser hinunter. Ich erkannte ihn sofort an der Art, wie er sich bewegte. Ein Stich durchfuhr mich, und ich wünschte, ich hätte früher erkannt, dass mein Herz nicht mehr für Michael Eberdinger schlug. Aber wenn ich ehrlich war, hatte ich immer noch Angst vor einer neuen Enttäuschung, wo ich doch gefühlt gerade erst mit der einen abgeschlossen hatte. Außerdem hatte Ben niemals gesagt, dass er mit mir zusammen sein wollte.

Genau in diesem Augenblick hob er den Kopf, schaute in meine Richtung und hielt kurz inne, aber er stand zu weit weg, um mich zu erkennen, und ich hatte meine Haare unter der Kapuze verborgen.

Der Wind wehte frisch. Er wandte sich wieder der Frau neben ihm zu. War das seine neue Untermieterin? Ob er ihr auch Surfstunden gab? Ich drehte mich um und lief hinunter zu meinem Fahrrad. Dieses Mal war ich zwar mit meinem bis unters Dach vollgestopften Auto auf die Insel gekommen, aber gleich nach meiner ersten Schicht im

Strandstübchen am Montag hatte ich mir ein Rad gekauft. Ein rotes Hollandrad.

Ich konnte es immer noch nicht glauben, dass ich hier war. Dass ich die zwei Einladungen zu Vorstellungsgesprächen in Hannover abgesagt und stattdessen wieder meinen Koffer gepackt hatte und nur zwei Tage nach meinem Anruf bei Paul samt Willi zurück nach Sylt gefahren war. Aber es hatte sich vom ersten Moment an richtig angefühlt. Was brachte einem ein wohlklingender Job, wenn er einen nicht glücklich machte? Ging es nicht genau darum in unserem Leben? Glücklich zu sein? Außerdem bestand Paul darauf, dass *stellvertretende Geschäftsführerin* in meinem Vertrag stand, insofern hatte ich das mit dem wohlklingenden Job sogar inklusive.

Nach meinem Telefonat mit Paul hatte ich als Erstes Amelie angerufen und ihr gesagt, sie und Tommek bräuchten nicht nach einer Wohnung suchen, sie konnten die WG haben. Die beiden waren total glücklich und schmiedeten bereits Pläne, wie sie aus meinem Zimmer ein Kinderzimmer machen wollten. Ich lächelte bei dem Gedanken daran. Niemals hätte ich es für möglich gehalten, dass Amelie dem Nestbautrieb verfallen und ich mein ganzes Leben auf links krempeln würde.

Nach ein paar Kilometern erreichte ich das kleine Haus von Paul. Solange ich nach einer Wohnung suchte, schlief ich nun tatsächlich erstmal auf seiner Couch. Ich glaubte, insgeheim waren wir beide froh, nicht allein zu sein. Außerdem war Paul durch seinen gebrochenen Arm sehr eingeschränkt.

»Warst du bei ihm?«, fragte er mich, als er von seinem

Buch aufschaute. Paul und ich hatten in den Tagen seit meiner Ankunft reichlich Zeit miteinander verbracht, er hatte mir von seiner Frau Renate erzählt – wie sie damals aus Wiesbaden hergekommen waren, um den Traum vom eigenen Lokal am Meer zu verwirklichen –, und ich hatte ihm von meinen Eltern, Michael und Ben berichtet.

»Ich bin noch nicht so weit.«

»Am Ende bereuen wir nur das, was wir nicht getan haben. Das hat meine Renate immer gesagt.« Er zuckte vielsagend mit den Schultern.

Seufzend ließ ich mich in den Sessel neben seinem fallen. »Was soll denn im schlimmsten Fall passieren?«

»Er könnte mir das Herz brechen. Und die Sache mit Michael hat ja gezeigt, dass mir sowas lange nachhängen kann.«

Paul schmunzelte. »Aber in dem du es gar nicht erst riskierst, brichst du es dir da nicht selbst?«

So betrachtet ...

»Meine Mutter kommt schon in zwei Tagen«, lenkte ich unser Gespräch auf ein anderes Thema. »Ist es wirklich in Ordnung für dich, wenn sie mit ihrem Camper in deiner Hofeinfahrt steht?« Meine Mutter hatte nämlich kurzerhand beschlossen, sie habe keinen Grund mehr, in Hannover zu bleiben, wenn ich dort nicht mehr war. Also hatte sie einen von diesen kleinen Campingbussen gekauft und plante, in den nächsten Monaten dorthin zu fahren, wo der Wind sie hinwehte, was zunächst zu mir nach Sylt war. Ich fand es schön, dass sie den Traum, den sie einst gemeinsam mit meinem Vater gehabt hatte, nun allein in die Tat umsetzte. Obwohl mir nicht wohl dabei war, meine fünfundfünfzig Jahre alte Mutter ohne Begleitung in einem

Camper herumfahren zu lassen. Ärgerlich kniff ich mir in die Nasenwurzel. Ich musste definitiv lernen loszulassen.

»Selbstverständlich, ich freue mich darauf, deine Mutter kennenzulernen. Wenn sie nur halb so entzückend ist wie du, werde ich sie mögen.«

»Du Charmeur.«

Am Samstag kurz vor Schichtende verabschiedete ich gerade ein älteres Pärchen, das in den letzten Tagen täglich bei uns zu Mittag gegessen hatte, als jemand meinen Namen rief. Beim Klang der Stimme zuckte ich zusammen.

»Becky!«, rief ich und eilte auf sie zu, um sie in die Arme zu schließen.

»Sina!« Ungläubig sah sie mich an. »Ich dachte, du bist wieder in Hannover.«

»Ja …«, begann ich. »Das ist eine verrückte Geschichte. Zu Hause habe ich gemerkt, wie sehr ich das alles hier vermisse, und wie es der Zufall wollte, hat Paul eine Vollzeit-Mitarbeiterin für das Strandstübchen gesucht, und da bin ich kurzerhand zurückgekommen.«

»Also bleibst du länger?«

»So ist es geplant.« Ich lächelte, der Gedanke erfüllte mich immer noch mit einem ungewohnten Gefühl von Glück und Aufbruchsstimmung.

»Mensch, das freut mich, wir müssen uns unbedingt mal wieder treffen. Ich verstehe gar nicht, warum Ben das nicht erwähnt hat.« Ihr Gesicht zeugte immer noch von Erstaunen.

Geräuschvoll atmete ich aus. »Becky, er weiß es nicht. Und ich wäre dir dankbar, wenn das erstmal so bleibt.«

»Aber warum? Er wird sich freuen.«

»Ich bin einfach noch nicht so weit«, sagte ich wieder einmal und sah sie eindringlich an. »Bitte.«

»Wie du willst, aber du solltest es dir noch mal überlegen, er wird sich freuen, ich bin mir sicher.«

Das glaubte ich zwar auch, aber was, wenn er nur mit mir befreundet sein wollte? Schließlich war ich es gewesen, die betont hatte, das mit uns ergäbe keinen Sinn. Ich war mir nicht sicher, ob ich gut damit umgehen könnte, wenn er das mittlerweile genauso sah.

Die Gäste an Tisch 3 winkten mich zu sich.

»Ich muss jetzt weiterarbeiten. Es war schön, dich zu sehen. Grüß Merle von mir.«

Becky nickte langsam, als versuche sie immer noch, mein Auftauchen auf Sylt einzuordnen, dann ging sie davon.

Am späten Nachmittag wartete ich auf die Ankunft meiner Mutter. Früher als erwartet, klingelte sie an der Tür von Pauls Häuschen.

»Ich geh schon!«, rief ich Paul zu, der in der Küche rumwerkelte, obwohl ich ihm gesagt hatte, er sollte das mit seinem gebrochenen Arm nicht tun.

Schwungvoll riss ich die Tür auf und erstarrte.

»Ben!«, sagte ich erschrocken.

»Überrascht?« Bens Augen bohrten sich in meine.

Er sah anders aus, er trug eine schwarze Hose aus breitem Kord, die unten einen leichten Schlag hatte, darunter lugten schwere Arbeitsstiefel hervor. Ein schlichtes weißes T-Shirt spannte sich über seiner breiten Brust. Seine Haut war gebräunter, seine Haare, die er ein Stück abgeschnitten hatte, wirkten dadurch blonder und die Augen blauer. Ich schluckte. Es tat so unheimlich gut, ihn zu sehen. In dieser

Sekunde wusste ich ganz sicher, dass ich Michael niemals hätte lieben können, ja nicht einmal ernsthaft in ihn verliebt gewesen war. Jedes einzelne Härchen meiner Gänsehaut richtete sich nur für Ben auf. Das Kribbeln in meinem Bauch breitete sich bis in meine Fingerspitzen aus. Er gab mir das Gefühl, atmen zu können, nachdem ich jahrelang die Luft angehalten hatte.

»Woher weißt du …?«, begann ich, nur um mir die Frage selbst zu beantworten. »Becky.« Ich hätte mir denken können, dass sie es ihrem Bruder erzählte, aber mit seinem Auftauchen hatte ich nicht gerechnet. Vielleicht nur insgeheim auf eine Nachricht gehofft.

Ben zuckte mit den Schultern. »Ich habe dir doch gesagt, wie nervig sie sein kann. Aber in diesem Fall bin ich ihr dankbar. Wann hattest du denn vor, mir zu erzählen, dass du wieder hier bist?«

Ich war noch immer völlig perplex, unfähig, vollständige Sätze zu formulieren.

»Übrigens – kann es sein, dass du Donnerstag in Wenningstedt am Strand warst?«, fuhr er unbeirrt fort, und mein Herz schlug immer schneller.

»M-m-meine Mutter«, stotterte ich schließlich.

Verwirrt zog Ben die Augenbrauen zusammen. »Deine Mutter war da?«

Ich schüttelte den Kopf und deutete hinter ihn, wo just in diesem Moment der Camper meiner Mutter ruckelnd zum Stehen kam.

Die Fahrertür schwang auf. »Apfelsinchen!«, rief sie fröhlich, während sie in ihrem wehenden Kaftan ausstieg.

Sie schwebte geradezu zu uns herüber. »Was für eine Tour, aber jetzt bin ich ja da. Puh.« Ihr Blick huschte zwischen Ben und mir hin und her, ihre Augen funkelten, und ein wissendes Lächeln stahl sich auf ihr Gesicht. »Ich habe das Gefühl, ich unterbreche hier gerade etwas Wichtiges.« Sie zeigte mit ihrem Finger zwischen uns hin und her.

»Ja«, sagte Ben und ich im selben Moment: »Nein.« Woraufhin Ben mir einen bösen Blick zuwarf.

»Ben Behrends.« Er streckte meiner Mutter die Hand hin.

»Sie sind der junge Mann, bei dem meine Tochter gewohnt hat?«

Er nickte. »Und ich wollte Sina gerade sagen, wie unverschämt ich es finde, dass sie mir nicht erzählt hat, dass sie wieder auf Sylt ist.«

Meine Mutter schaute erstaunt drein.

»Jetzt sogar hier lebt«, setzte Ben hinzu und bedachte mich mit einem weiteren vielsagenden Blick. Hilfesuchend sah ich meine Mutter an.

»Sie hat es Ihnen nicht erzählt? Dabei dachte ich, Sie seien der Grund, dass sie zurück nach Sylt wollte.«

Ich schloss die Augen und wünschte, der sandige Boden Sylts möge sich für mich auftun. Meine Wangen begannen zu glühen.

Meine Mutter drängte sich zwischen uns hindurch. »Ich gehe mal rein, Paul begrüßen«, verkündete sie.

Rums, die Tür flog zu.

Zögernd öffnete ich ein Auge.

»Stimmt es, was deine Mutter gesagt hat?« Ben sah nun nicht mehr ganz so verärgert aus.

»Zum Teil«, gab ich zu. »Aber Paul brauchte auch dringend Hilfe und ich die Insel, die Luft, den Strand … Das alles hier habe ich vermisst.«

»Mich auch?«, fragte er mit diesem schiefen Grinsen, das ich so sehr liebte.

»Könnte sein.«

»Und warum hast du dich dann nicht bei mir gemeldet?« Seine Stimme klang rau.

»Weil ich Angst hatte, dass du mich nicht auf dieselbe Art vermisst hast«, krächzte ich.

»Und statt es herauszufinden, hast du es lieber gleich gelassen?« Er trat einen Schritt auf mich zu.

Ich nickte. »Ja … nein …, ich meine, ich brauchte nur noch ein wenig … Anlauf?«

Als er einen weiteren Schritt auf mich zumachte, bewegten sich meine Füße ganz automatisch auch auf ihn zu.

»Hast du jetzt genug Anlauf genommen? Sonst komme ich dir nämlich entgegen.« Seine Hand glitt in mein Haar, und ich seufzte wohlig auf, als seine Finger die empfindliche Haut in meinem Nacken berührten. Ich stellte mich auf die Zehenspitzen, schlang meine Arme um seinen Hals, und als er mich küsste, fühlte sich alles richtig an. Mein Herz pumpte das Blut viel zu schnell durch meinen Blutkreislauf, bis es in meinen Ohren rauschte. Es war gleichermaßen berauschend wie beängstigend.

»Okay, ich glaube dir, dass du mich auf dieselbe Art vermisst hast«, flüsterte ich lächelnd an seine Lippen. Sein Körper bebte, als er lautlos auflachte. Dann glitt sein Blick über meine Schulter. »Sollen wir ein Stück spazieren gehen?«

Ich schaute ebenfalls hinter mich, wo Paul und meine Mutter nebeneinander am Fenster standen. Meine Mutter reckte strahlend einen Daumen nach oben, und ich verdrehte lachend die Augen.

Ben und ich verschränkten unsere Finger ineinander und gingen durch das kleine Tor, fort von dem Haus und den neugierigen Augenpaaren.

»Was trägst du für Klamotten?«, fragte ich ihn.

»Das ist die Montur eines Reetdachdeckers. Als Becky auf die Baustelle kam und mir erzählte, dass du hier bist, bin ich geradewegs ins Strandstübchen gefahren und habe auf deine Adresse gepocht. Der Koch hat sie mir schließlich verraten.« Er grinste schief.

»Du arbeitest wieder in der Firma deines Onkels?«, schlussfolgerte ich.

»Erst seit ein paar Tagen, aber es fühlt sich richtig gut an.«

»Wow, das ist toll. Hat dein Onkel Hilfe gebraucht?«

»Auch, aber mir ist nach deiner Abreise klar geworden, dass du nicht die Einzige warst, die vor etwas Angst hatte. Mein Onkel hat mich schon oft gefragt, ob ich nicht mit in die Firma einsteigen möchte, und ich schätze, ich habe abgelehnt, weil ich fürchtete, dass dadurch Erinnerungen hochkommen würden.« Er zögerte, und Traurigkeit flackerte in den Tiefen seiner Augen auf. »Außerdem war ich mir nicht sicher, ob mein Vater mich noch in der Firma gewollt hätte.«

»Wegen eures Streits?«

»Ja, aber ich habe mir ein Herz gefasst und mit meinem Onkel darüber gesprochen. Da hat er mir erzählt, dass mein Vater sich nach unserem Streit selbst Vorwürfe gemacht hat, mich zu sehr unter Druck gesetzt zu haben, und dass er verstehen konnte, wenn ich erstmal was von der Welt sehen wollte.«

»Das ist schön. Wie gut, dass du das endlich angesprochen hast.« Ich blinzelte, um die Tränen, die sich hinter meinen Lidern sammelten, am Austreten zu hindern.

Ben blieb stehen, um mich anzusehen. Seine kräftigen Hände umfassten meine Wangen, die Haut seiner Handflächen fühlte sich etwas rauer an.

»Du bleibst also hier?«, fragte er mich, und ich nickte. »Und was ist mit diesem Krawattenfuzzi?«

»Es hat sich herausgestellt, dass sich meine Träume seit der elften Klasse geändert haben.«

»Ich kann nicht fassen, dass du wieder hier bist und einfach nichts gesagt hast.« Er schüttelte den Kopf. »Hast du nicht zugehört, als ich im Klub gesagt habe, ich möchte nicht, dass du gehst?«

»Ich schätze, ich hatte einfach Angst.«

Er beugte sich zu mir herunter, strich mit seinem Daumen über meine Wange. »Angst hält uns nur vom Leben ab.« Sein Finger glitt über meine Unterlippe, und als sein Mund sich auf meinen senkte, begann mein Inneres zu pulsieren, und ich verstand, wie echte Liebe sich anfühlen musste. Sie ging von beiden Seiten aus.

Epilog

»ICH HABE EINEN!«, kreischte ich und riss triumphierend meine Hand mit dem kleinen Stein in die Höhe.

Der Herbst stand kurz davor, in den Winter überzugehen. Der Sturm in der letzten Nacht hatte das Meer aufgewühlt und viel Holz und Tang am Spülsaum hinterlassen.

»Zeig mal«, forderte Merle, und ich hielt ihr meinen Bernstein hin. »Ja, das ist einer«, beurteilte sie fachmännisch. »Ich habe schon sieben Stück.« Stolz holte sie ihre Ausbeute aus der Jackentasche.

»Du bist einfach der Profi«, bestätigte ich ihr.

»Na endlich!« Ben zog mich lachend in seine Arme. Die blonden Locken lugten aus der Kapuze seiner Jacke heraus. Er war gerade von der Arbeit gekommen, ich fand ihn unglaublich sexy in seiner Handwerkerkluft.

Nach Schichtende im Strandstübchen brachte ich ihm oftmals ein Stück Torte auf seinen Baustellen vorbei. Mittlerweile hatte ich mein Repertoire erweitert, damit den Gästen nicht irgendwann die Apfelsinentorte zum Hals raushing, aber sie blieb Bens Favorit. Manchmal stand ich minutenlang vor den Häusern und genoss den Anblick, wie er über die schmalen Balken des Daches balancierte, die Bündel auffing, die sein Onkel ihm zuwarf, und er das Reet nach und nach in Form klopfte. Diese wunderschönen, typisch nordfriesischen Strohdächer, die meine zwei großen Lieben miteinander verbanden. Ben und Sylt. Manchmal grinste ich dann glückselig vor mich hin, bis Ben mich beim Starren ertappte und mich mit einem Blick bedachte, der mir das Gefühl gab, ich wäre sein größter Glücksmoment.

Bei dem Gedanken daran seufzte ich lächelnd auf.

»Was ist?«, fragte Ben und drückte mir einen Kuss auf die Nasenspitze.

»Ich liebe dich«, flüsterte ich.

»Ich liebe dich schon viel länger!« Er zog mich noch enger an sich heran.

Die Saison im Strandstübchen neigte sich dem Ende zu, die Insel verfiel langsam in eine Winterruhe, obwohl sie niemals ganz schlief, wie Paul stets betonte. An Weihnachten und Silvester würde wieder mehr los sein. Die Zeit bis dahin wollten wir nutzen, um meine Mutter und Paul in Portugal zu besuchen. Ja, *meine Mutter und Paul.* Da hatten sich zwei gebrochene Herzen gefunden und festgestellt, dass ihre Bruchkanten perfekt zueinander passten. Ich freute mich für beide und war beruhigt, dass meine Mutter nicht allein um die Welt tingelte.

Und als ich von ihnen die Nachricht erhielt, dass sie Portugal ansteuerten, war für mich sofort klar, dass wir sie dort besuchen würden. Damit Ben endlich seinen Traum vom Surfen an Portugals Stränden wahrmachen konnte. Auch ich würde mich an den Wellen dort versuchen, in den letzten Wochen war ich immer besser geworden und stellte mich, mittlerweile ohne zu zögern, auf den Meeresgrund. Aber auch nur, weil Ben mir versprochen hatte, mich vor allem, was da unten lauerte, zu beschützen. Da fiel mir ein – gab es in Portugal nicht auch Haie? Das musste ich später unbedingt googeln.

Nachdem meine Mutter sich bei Paul immer breiter gemacht hatte, war ich zu Ben gezogen. Das Zimmer vermietete er nicht mehr, wir hatten daraus ein Gästezimmer gemacht, für Amelie, die nach eigenen Aussagen schon nicht mehr in ihre Hosen passte. Und auch Merle besuchte uns gern und blieb ab und an über Nacht, wenn Becky mal Zeit für sich brauchte.

Die ursprüngliche Meer-Momente-Liste konnte ich heute also komplett abhaken, denn den Punkt mit dem Nacktbaden hatten Ben und ich bereits in einer lauen Spätsommernacht erledigt. Aber meine persönliche Meer-Momente-Liste füllte nach und nach das ganze Buch. Ich liebte es, mit dem Kopf in Bens Schoß zu liegen und all die wunderbaren Momente aufzuschreiben, die mir zeigten, wie reich mein Leben war. Das konnten kleine Augenblicke sein, wie ein Eis bei Sonnenuntergang an der Promenade oder länger auf einer Welle zu reiten als Ben.

Oder ein großer wie der, der zwei Jahre nach meinem ersten Bernsteinfund folgte: Bens Heiratsantrag, den er mir mit einem Ring machte, in dem mein erster Bernstein eingearbeitet war.

Danksagung

MANCHE TRÄUME SIND so groß, dass man sie nicht zu träumen wagt. Die Veröffentlichung einer meiner Romane bei einem Verlag wie Blanvalet gehörte für mich dazu.

Bis ich im Sommer 2019 den Vertrag unterzeichnete.

Mein allergrößter Dank gilt euch, meinen Leserinnen und Lesern. Ohne euch würde ich diesen traumhaften Beruf gar nicht ausüben können, deswegen hoffe ich von Herzen, dass ihr schöne Lesestunden mit Sina und Ben verbracht habt und euch für ein paar Stunden nach Sylt träumen konntet.

Weiterhin danke ich:

- meiner Agentin Elisabeth, die mich »gefunden« hat und mich bei dieser wundervollen Reise begleitet und dabei immer ein offenes Ohr für mich hat.
- den Lektorinnen Julia Fronhöfer und Diana Neiczer sowie meiner Redakteurin Gisela Klemt. Es ist mir eine Freude, mit euch zusammenzuarbeiten! Ich danke euch für diese großartige Chance.
- dem gesamten Team von Blanvalet für die herzliche Aufnahme.

- meiner Familie, besonders meinem Mann, der viel mehr an mich glaubt als ich selbst. Und meinem Sohn, der so stolz auf mich ist, dass er momentan sogar den Berufswunsch Autor hat.
- meiner Mutter und meiner Tante, die seit Jahrzehnten jene Apfelsinentorte backen.
- meinen Freundinnen Saskia und Sirka, für jeden Strandausritt und jeden gemeinsamen Ausflug.
- meinen zauberhaften Autorenkolleginnen, die mir immer mit Rat und Tat zur Seite stehen und oft mit mir gemeinsam am Schreibtisch sitzen, obwohl wir hunderte Kilometer voneinander entfernt leben.
- der Fotografin Maike Hilbert, die für die zauberhaften Fotos passend zu den Meer-Momenten gesorgt hat.
- all jenen Menschen, die mich während der letzten Jahre unterstützt haben.

Zum Schluss noch ein paar Worte zur Entstehung der »Meer-Momente«:

Ich lebe auf dem nordfriesischen Festland und muss zugeben, meine Liebe zu Sylt entflammte erst spät. In meiner Kindheit und Jugend verband ich mit der Insel vor allem Staus auf unseren Straßen und das überlaufene Westerland. Erst später entdeckte ich die schönen Seiten von Sylt und verfiel ihr dafür umso mehr. Die Insel vereint so vieles und bietet neben dem Trubel immer noch einsame Strände – selbst im Hochsommer.

Die Rohfassung der Meer-Momente schrieb ich bereits im Frühjahr 2019, nachdem ich mit meiner Freundin Saskia ein verlängertes Wochenende auf der Insel verbracht hatte – bei dem unsere Hintern von der langen Fahrradtour schmerzten, wir feststellten, dass die Busse zum Glück einen riesigen Fahrradgepäckträger haben, wir den letzten freien Tisch in der Kupferkanne ergatterten und mir von dem Berg Schlagsahne schlecht wurde. Ich scheiterte gnadenlos daran, einen Bernstein zu finden, während Bekannte am selben Tag auf Rømø bestimmt zwanzig Stück sammelten. Rømø – die kleine dänische Insel, auf der ich selbst schon oft mit meinem Islandpferd über den Strand geflogen bin. Wo jeder Tag ein Tag Unendlichkeit ist. Die Ponys Kraftur und Stjarni gibt es übrigens wirklich, nur ist Kraftur in Wahrheit absolut brav.

Es sind viele persönliche Erlebnisse in die Geschichte von Sina und Ben eingeflossen, und das ist einer der Gründe, warum ich meine Romane am liebsten hier bei uns im Norden spielen lasse – weil mich jeder Tag, jedes Erlebnis neu inspiriert, und es keinen Ort auf der Welt gibt, den ich mehr liebe als meine Heimat.

Rezept Apfelsinentorte

Tortenboden

4 Eier
150 g Zucker
1 Packung Vanillezucker
2 Päckchen Vanille-Puddingpulver
100 g Mehl
2 TL Backpulver

- Eier mit 3 EL heißem Wasser schaumig schlagen
- Zucker und Vanillezucker dazugeben
- Vanille-Puddingpulver, Mehl und Backpulver durchsieben und unterheben
- Die Biskuitmasse in eine Springform geben
- Bei 180 Grad circa 45 Minuten backen

Apfelsinencreme

0,5 l Orangensaft
75 g Zucker
1 Päckchen Vanille-Puddingpulver

- 6 EL vom Saft abnehmen, damit den Zucker und das Puddingpulver anrühren
- Restlichen Saft aufkochen
- Von der Kochstelle nehmen, das angerührte Pulver hinzugeben und

unter stetigem Rühren nochmals gut aufkochen lassen

- Im Anschluss kaltstellen

3/8 l Schlagsahne
filetierte Mandarinen/Apfelsinen (aus der Dose)
Sahne zum Garnieren

- Schlagsahne steifschlagen
- Die vollständig erkaltete Orangencreme gut durchrühren und mit der Sahne vermengen
- Im Anschluss den Tortenboden aufschneiden und mit der Creme füllen, obendrauf ebenfalls eine dünne Schicht Creme verstreichen
- Mit filetierten Mandarinen/Apfelsinen und wahlweise mit Sahne garnieren und bis zum Verzehr kaltstellen

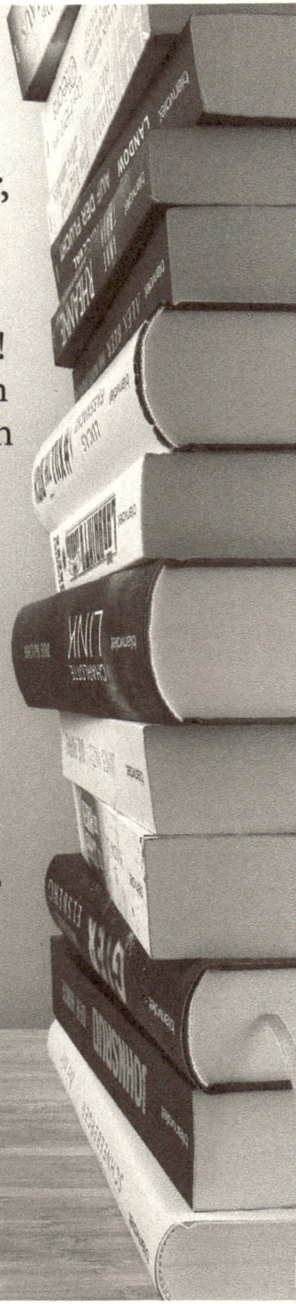
LINK
CHARLOTTE
blanvalet